Henry Miller, Paris, ca. 1930.
(Foto Lawrence Clark Powell)

Henry Miller

# Frühling in Paris

## Briefe an einen Freund

Herausgegeben von
George Wickes

Deutsch von
Werner Schmitz

rororo

Rowohlt

Deutsche Erstausgabe
Veröffentlicht im Rowohlt Taschenbuch Verlag GmbH,
Reinbek bei Hamburg, Dezember 1991

Die Originalausgabe erschien 1989 unter dem Titel
«Letters to Emil» bei New Directions Books, New York
Umschlaggestaltung Barbara Hanke
(Foto: Lawrence Clark Powell)
Gesetzt aus der Garamond und Helvetica (Linotronic 500)
Gesamtherstellung Clausen & Bosse, Leck
Printed in Germany
1280-ISBN 3 499 12954 X

# Inhalt

# Einleitung

Im September 1938 kündigte Henry Miller neben anderen Werken ein Buch mit dem Titel «Briefe an Emil» an, das in der damals von ihm für die Pariser Obelisk Press herausgegebenen Villa Seurat-Reihe erscheinen sollte. Die Briefe, die er seit 1922 an seinen Freund Emil Schnellock geschrieben hatte, waren kurz vorher zusammengestellt und transkribiert worden; sie mußten nur noch überarbeitet werden. Doch im nächsten Jahr war Henry Miller sehr beschäftigt, dazu kamen die Ablenkungen durch die Münchner Krise, sein Ringen mit *Wendekreis des Steinbocks*, seine Reise nach Griechenland und der Ausbruch des Kriegs, und so ist er nie dazu gekommen, die Briefe herauszugeben.

Im folgenden Jahrzehnt wurden die Briefe an Schnellock in mehrere Veröffentlichungen aufgenommen. Etwa hundert Seiten erschienen in zwei schmalen Bänden, die sich beide hauptsächlich mit Millers Kommentaren zur Malerei beschäftigten: *Semblance of a Devoted Past*, 1945 von Bern Porter herausgegeben, mit Auszügen aus Briefen der Jahre 1930 bis 1939; und *The Waters Reglitterized*, 1950 von John Kidis herausgegeben, ein einziger Marathonbrief, den Miller zwischen dem 22. Februar und dem 12. März 1939 geschrieben hat. *A Henry Miller Miscellanea* (1945) enthielt einen weiteren Brief an Schnellock über die Aquarellmalerei. Und in *Sunday After the War* (1944) war ein «Todesbrief an Emil» abgedruckt, in dem Miller weitschweifig über die Spenglerschen Theorien schrieb, die er sich mit seinen Freunden Michael Fraenkel und Walter Lowenfels zu eigen gemacht hatte. Schnellock selbst zitierte Auszüge aus Millers Briefen in seinem Beitrag *Just a Brooklyn Boy* für das 1945 erschienene Erinnerungsbuch *The Happy Rock*.

Miller und Schnellock kannten sich seit ihrer gemeinsamen Schulzeit an der staatlichen Schule Nr. 85 in Brooklyn, Jahrgang 1905 – ein alter Witz der beiden, wie die Briefe zeigen, wenn sie die Ermahnungen des Rektors und die Schulhymne zitieren: «Liebe 85, liebe 85, wir ehren Deinen holden Namen». Später besuchten sie verschiedene High Schools und verloren sich für viele Jahre, in denen Schnellock in Europa umherreiste und studierte, aus den Augen. Und als der Zufall sie 1921 wieder zusammenführte, betrachtete Miller seinen alten Freund voller Ehrfurcht und Staunen, daß ein gewöhnlicher Junge aus Brooklyn zu einem vollendeten Künstler und Kosmopoliten geworden sein sollte.

Diese Begegnung hatte, wie Miller häufig bemerkte, einen entscheidenden Einfluß auf sein Leben. Im *Wendekreis des Steinbocks* erinnert er sich an die langen Abende, die sie im Prospect Park, Brooklyn, verbrachten und über alles unter der Sonne sprachen, vor allem aber über fremde Länder, über Künstler und Schriftsteller. Miller, damals in seinem 30. Lebensjahr, war ein verheirateter Mann mit einem guten Posten in der Personalabteilung der Western Union in New York City, wenn er auch noch keineswegs zur Ruhe gekommen war. Seit Jahren mühte er sich heftig ab herauszufinden, was er vom Leben eigentlich erwartete. Jene langen Gespräche mit Emil Schnellock hatten viel mit seinem Entschluß zu tun, Schriftsteller zu werden.

Während der folgenden Jahre wurden die beiden enge Freunde und teilten alle möglichen Erfahrungen miteinander, die das Grundmaterial für Millers autobiographische Romane werden sollten. Sie hatten viel gemeinsam, kamen aus der gleichen Welt und sprachen die gleiche Sprache, hatten die gleiche Sinnlichkeit und Sensibilität. Schnellock, Junggeselle und erfolgreicher Werbegraphiker, war stets bereit, sich Millers Eskapaden anzuschließen und ihm mit Geld auszuhelfen. Wichtiger aber als seine Kameradschaft war die intellektuelle und ästhetische Stimulation, die von ihm ausging. Während der ganzen zwanziger und bis in die dreißiger Jahre hinein war Schnellock Millers oberster Mentor, der Meister, der ihn in die bildenden Künste einführte und ihm das Malen beibrachte, der Kritiker, bei dem Miller immer wieder um Rat nachfragte – beim Schreiben ebenso wie beim Aquarellmalen.

Millers Briefe an Schnellock erzählen die Geschichte eines Schriftstellers im Werden, und dies ist das eigentlich Interessante an ihnen. Sie beginnen 1922 mit seinen ersten Schreib-Bemühungen, dokumentieren sein zehn Jahre langes Ringen um eine eigene Sprache, und gipfeln in der Publikation seines ersten Buchs, *Wendekreis des Krebses*, im Jahre 1934. Freilich hat Miller seine Briefe an Schnellock bis zum Tod des letzteren im Jahre 1960 weitergeschrieben. Doch als er 1938 Briefe zur Veröffentlichung auswählte, beschränkte er sich selbst auf seine Lehrjahre, 1922 bis 1934, ein Zeitraum, der mit seiner vorübergehenden Rückkehr aus Paris nach New York zu Ende ging. Die Briefe aus dieser entscheidenden Zeit sind fraglos die besten und aufschlußreichsten.

Die späteren Jahre sind in anderen Briefbänden reichlich dokumentiert. Tatsächlich ist die Zeit ab 1932 in mancher Hinsicht wesentlich gründlicher erfaßt in Millers Briefen an Anaïs Nin, da sie in Paris seine Gönnerin und literarische Vertraute wurde, während Schnellock weit weg in New York war und, wie Miller sich häufig beklagte, nur allzu selten auf seine Briefe antwortete. Einen amüsanten Bericht von seinem Besuch in New York 1935 bietet Millers Achtundachtzig-Seiten-Brief an seinen Freund Alfred Perlès, der längste Brief seiner Karriere, der unter dem Titel *Aller Retour New York* veröffentlicht wurde. 1935 begann auch Millers langjährige Korrespondenz mit Lawrence Durrell, ebenso wie seine tausend Seiten starke briefliche Debatte mit Michael Fraenkel, die unter dem Titel *Hamlet* erschienen ist.

Was die Briefe an Schnellock von allen diesen anderen Sammlungen unterscheidet, ist nicht so sehr der Zeitraum, den sie abdecken, als vielmehr der Aufschluß, den sie über die Entstehung seines Werkes bieten. Sie zeigen den Schriftsteller nicht nur beim Entdecken seines Mediums, nicht nur bei all dem, was er dann in seine ersten Bücher eingehen ließ, sondern auch bei der

Produktion von Rohentwürfen, von denen einige sich später zu vollendeten Büchern entwickelten. In *Just a Brooklyn Boy* rief Schnellock aus: «Diese Briefe!»

Wie lange muß man suchen, um ihresgleichen zu finden? Ein Wasserfall, ein Strom, ein Meer von Worten. Erzählungen, Prophezeiungen, Träume, Ideen, Reisen, Pläne, Umrisse künftiger Bücher, Abenteuer, Intrigen, Kommentare zu Büchern, die er gerade liest, Dialoge mit neuen Gestalten, denen er begegnet, Tagträume, Sehnsüchte, philosophische und metaphysische Spekulationen, Beschreibungen von Banketten – alles ist darin enthalten. Und umfangreiche Fragmente aus Büchern, an denen er gerade arbeitet – über Lawrence, Proust, Joyce, Spengler, Balzac – und große Stücke aus den «Wendekreisen», die damals im Werden waren.

Schnellock mag kein zuverlässiger Briefschreiber gewesen sein, aber er war ein dankbarer Briefempfänger und über viele Jahre der einzige, vor dem Miller Respekt hatte. Zudem kam ihm eine außerordentliche Funktion zu, wie Miller im Dezember 1938 in einem Brief bemerkte: «Ich betrachte Dich als meinen ‹literarischen Treuhänder› pro tem. Mir gefällt die Vorstellung, zu wissen, daß meine ersten Entwürfe irgendwo in Sicherheit sind, denn die Versuchung ist groß, sie zu vernichten, nachdem ich mit der Arbeit fertig bin. Aber wie Du weißt, haben erste Versuche etwas ganz Eigenartiges an sich, das schon einen Wert für sich darstellt.»

Zu dieser Zeit war Miller schon fast vier Jahre in Paris und hatte Schnellock einige der besten Arbeiten geschickt, die er jemals schreiben sollte und von denen bis dahin noch keine veröffentlicht war. Er hatte entdeckt, daß Schnellock sein einziger Freund in New York war, bei dem er darauf zählen konnte, daß er sich um seine Manuskripte kümmerte; der einzige, dem er seine entstehenden Arbeiten zur Aufbewahrung schicken und bei dem er zugleich sicher sein konnte, daß er sie bei Bedarf zurückbekommen würde. Zudem war Schnellock von all seinen Briefpartnern der einzige, dem gegenüber er sich vollkommen ungezwungen auf seine derbste Art äußern konnte.

Nicht nur 1938, sondern auch in späteren Jahren wollte Miller die Briefe an Emil gedruckt erscheinen lassen, denn er fühlte, daß darin einige seiner besten Texte eingegangen waren. 1968 bat er mich, eine Auswahl zur Veröffentlichung vorzubereiten, was ich im folgenden Jahr auch tat; doch aus verschiedenen Gründen ist das Buch damals nicht in Druck gegangen. Die vorliegende Auswahl unterscheidet sich kaum von der, die ich vor zwanzig Jahren getroffen habe, bringt jedoch einige persönliche Anspielungen, die damals fortgefallen wären; vornehmlich solche auf Anaïs Nin, die Miller in den sechziger Jahren unbedingt streichen wollte. Nachdem sie inzwischen ihr leidenschaftliches Verhältnis mit Miller und seiner Frau durch die postume Veröffentlichung von *Henry and June* in aller Ausführlichkeit dargestellt hat, würde Miller, wäre er noch am Leben, sich gewiß nicht mehr verpflichtet fühlen, ihre Privatsphäre zu schützen.

Dieses Buch ist nach den Reinschriften herausgegeben, die Miller der UCLA Library übergeben hat. Die Library besitzt auch einige der Originale, wenn auch die meisten davon offenbar verschwunden sind. Bei der Textredaktion habe ich mich bemüht, Millers ursprünglichen Absichten zu folgen, wie er sie 1938 in mehreren Briefen an Schnellock geäußert hat: die Spontaneität des Briefschreibens so weit wie möglich beizubehalten, und mit dem Brief zu enden, den Miller Ende 1934 am Vorabend seiner Rückkehr nach Amerika schrieb. Orthographie und Interpunktion habe ich, wie Miller es auch getan hätte, ein wenig den Gepflogenheiten angeglichen, dabei aber einige seiner Eigenarten beibehalten, um etwas von der Atmosphäre seines Briefstils zu vermitteln.

Größere Auslassungen im Text sind gekennzeichnet: • • • • Was wie Streichungen aussieht (...), stammt von Miller selbst. Hauptsächlich ging es mir darum, Wiederholungen und Unklarheiten zu beseitigen und das zentrale Thema, die Selbst-Entdeckung eines Schriftstellers, herauszuarbeiten.

George Wickes

Emil Schnellock, 1943.
(Foto UCLA Special Collections)

# Briefe an Emil

# 1

# Ein Junge aus Brooklyn 1922–25

Aus den zwanziger Jahren sind fünfzehn Briefe erhalten, und aus diesen habe ich sechs ausgewählt, die Millers literarische Anfänge besonders deutlich widerspiegeln. Der älteste erhaltene Brief ist an seinem ersten Tag als Schriftsteller entstanden, während eines dreiwöchigen Urlaubs, in dem er ein Buch über die Kuriere der Western Union schreiben wollte, ein Buch, das nie veröffentlicht worden ist. Dieser und andere frühe Briefe lassen seinen damaligen Geschmack erkennen, zum Beispiel seine Aversion gegen Henry James oder seine Begeisterung für Arthur Machens *Hill of Dreams*, woraus er fünf Seiten zitiert (die nachzudrucken ich keinen Grund gesehen habe).

Bei dem Brief, der die Beschreibung der Bowery Savings Bank enthält, handelt es sich um den ersten Entwurf eines von Millers «Mezzotintos», jenen Prosagedichten, die er auf farbigen Karton hatte drucken lassen und nach dem Vorbild Walt Whitmans von Tür zu Tür zum Kauf angeboten hatte. Wie der Entwurf zeigt, war Millers Schreiben zu jener Zeit allzu befangen «literarisch», mit Ausrufen wie «Pah!» und «Verdammich!», die in der Sprache seiner Heimat Brooklyn gar nicht üblich waren. In Tagebuchnotizen, die er Schnellock 1923 schickte, grübelte Miller über die Worte eines Freundes: «Du bist dazu verdammt, unannehmbare Literatur zu schreiben», und erwiderte darauf ziemlich bitter: «Meine Literatur ist nicht weniger genießbar als mein Leben. Wenn man (mit ‹man› meine ich das fruchtbar undeutliche Bild einer gemeinen Öffentlichkeit) mich auf den Abfall zurückwirft, erwartet man dann etwa von mir, daß ich mit weißen Lilien in der Hand wieder auftauche?»

Wahrscheinlich war Millers Schreiben auch von seinem Publikum behindert. Manche seiner Briefe waren nicht nur an Schnellock, sondern an mehrere Bewunderer zugleich gerichtet. Und ein Brief ist an die Nachwelt adressiert – «ein verschlagenes Blatt, eingelegt in meine künftigen Memoiren» –, worin er sein hartes Los als rackernder Künstler beklagt. Einige der weniger interessanten Briefe (hier nicht enthalten) spielen auf Millers Privatleben an, erzählen aber nur sehr wenig, da Schnellock mit den Umständen ja bestens vertraut war. 1923 lernte Miller June Mansfield kennen, die femme fatale aus *Wendekreis des Steinbocks* und anderen autobiographischen Romanen. 1924 ließ er sich von seiner ersten Frau scheiden, heiratete June und kündigte seine Stelle bei der Western Union, um sich nur noch dem Schreiben zu widmen.

---

20. März 1922

Ihr Götter! Der erste Tag als Schriftsteller hat mich beinahe überfordert. Ich habe neue Muskelgruppen entdeckt, neue Schmerzen, neue Sorgen. Aber ich habe mein Tagespensum erledigt, einen vollen Acht-Stunden-Tag absolviert, wie kein Mensch bei der Union ihn einhält. Ich habe meine 5000 Wörter geschrieben und einige kleine Revisionen vorgenommen. Sollte ich dem Herrgott gleichen, werde ich morgen aufwachen, mein Werk betrachten und es für gut befinden. Heute abend hege ich ernste Zweifel und stehe schreckliche Qualen aus. Erschöpft frage ich mich, ob Götterblut in mir fließt oder nicht. Ach ja, der Glaube ist schon was, und was ist auch nicht übel! Aber jetzt bin ich erschossen und verdrossen.

Übrigens tausend Dank dafür, daß Du mich mit Ezra Loomis Pound bekanntgemacht hast. Ich habe ihn und den ganzen Stamm der modernen Poetaster auf meinem Schreibtisch. Acht Bände moderner Dichtung auf einmal, und einen heimlich aus der öffentlichen Bücherei mitgenommen. Bin ich durchgedreht? Mann, ich kann das in mich reinschütten wie Selbstgebrautes.

Mehr noch, ich kann es verstehen, und das ist das Unfaßbare! Klingt für mich wie das Zeug, das ich mir den ganzen Tag lang vorsage. Ach, Gottchen, am Ende bin ich ein zweiter Lindsay oder Masters oder Bodenheim, wie? Eines Tages während dieses gigantischen Urlaubs werde ich Dich mit meinem Machwerk überhäufen – aus echtem rotflanellenem Nachthemdstoff, feucht und verlaust wie das Zeug, das Dostojewskis Gefangene trugen. Verstanden, Steve?

Was hat mich in Schwung gebracht? Da kommst Du nie drauf? Fing an zu schreiben über einen jüdischen Bastard, der bei seiner Tätigkeit als Kurier die edle Kunst des blinden Gehorsams ausübt. Brauchte zur Einleitung in das Kapitel und die Stimmung ein paar schöne Gedichtzeilen. Stöberte in meiner Kartei und stieß auf *The East Side* von Irwin Granich – zwei Couplets oder Vierzeiler oder wie man den Humbug nennt, will ich Dir rausschreiben:

> Und Kummer sitzt neben dem Bett des jungen
> Einwanderers im vierten Stock, als er einsam
> und qualvoll sich auf den Bettfedern herumwälzt,
> Gepeinigt von Wanzen, von Gedanken an sein schwindendes,
> darbendes Leben und all die unerreichbare Schönheit.

In Deinem Kopf löst das vielleicht nichts aus. Für mich sind das ganze Welten. Ich verstehe das vollkommen, und meine Seele ist trunken vor Erwartung, mehr davon zu bekommen. Also schleich ich mich gegen Abend zur Bücherei und klemme mir die erwähnten Bücher – *Corn-Huskers, Lustra, Advice, Challenge, The Golden Whales of California, General William Booth Enters Heaven, Smoke and Steel.* Mann, ich werde Dich so mit Zitaten vollzitieren, daß Du kein X mehr von einem U unterscheiden kannst. Ich frage mich: Habe ich deswegen Haeckel, Darwin, Spencer, Freud, Huxley, Weininger, Rolland, Dewey, Andrejew, France, D'Annunzio, Havelock Ellis, Forel, Nietzsche, Schopenhauer, Tolstoi, Gorki und Mencken gelesen? Ich bitte Dich als meinen Freund, sag mir, das ist nicht wahr! Wie reagiert Deine blasse, rosa Seele auf das hier, bitte?

Eines Tages

Eines Tages, eines Tages
Werde ich den Göttern entsagen,
Ihren epischen Cancans und plumpen Posen,
Den Huris der Mystik und dem planetarischen
Gefasel des täglich Gedruckten.
Und der Schnitzeljagd nach Wahrheit und Romanen,
die über Lügen lügen.

Eines Tages, eines Tages
Werde ich den scheelen Blicken dunkler Augen abschwören,
Den seßhaften Paradiesen im Weinglas,
Dem Rascheln der Scharen, die auf den Straßen promenieren
Wie Kraniche und Pinguine in einer Cloaca Maxima,
Und den «Filmen» mit ihren Phantomküssen und
Phantommorden –
Und mit kleinen Kindern in einem Spalt im Himmel leben!
Benjamin de Casseres

Eines Tages – werde ich Gedichte schreiben – genau wie dies! Papa, kauf mir das! Und eines Tages werde ich in Iowa Schweine mit Mais aufziehen und bunte Halstücher tragen; und dicke Rotzklumpen ausspucken, während ich ein Klagelied auf Atlanta singe.

Merkst Du, wie ein Urlaub einen Mann in Einklang mit dem Unendlichen bringt? Und ich habe mich schon fast für einen Geschäftsmann gehalten, für einen von diesen tüchtigen Knaben mit ihrem Fürsorge-Getue und ihren kleinen amourösen Sünden mit der flotten Tippse. Ho, ho, und eine Buddel Rum!

Menschenskind, ich bin intellektuell besoffen. Fühle mich wie ein lustig aufgeputzter Kazike unter Kormoranen, wie ein Pascha unter Peitschenhieben – eine Fledermaus aus der Hölle! Singen wir Gottverdammich und zur Hölle mit der Western Union, die meine Brut ernährt und all die anderen kriecherischen Händeschüttler, die der W. U. dabei helfen.

L'Envoi.
HVM

In der Halle des Bergkönigs
5. Nov. 1923

Amiel: (Abschriften an Ross, Stanley und Nachwelt)

• • • •

Fortsetzung meines Briefs von gestern über die Tugend der Freundschaft in alten Zeiten. Hier einige weitere Gedanken... Um die reine Wahrheit zu sagen, habe ich keine weiteren Gedanken zu diesem Thema, aber ich bin mit einem neuen Amanuensis gesegnet, und entschlossen, ihm Übung zu verschaffen, selbst auf die Gefahr hin, mich in einem eitlen Geschwätz zu verlieren. Ich lasse daher meinen Geist sachte auf den kleinsten gemeinsamen Nenner herabschweben und will zum Thema der *Sättigung*, wie der selige Henry James sie in seinem einzigartigen Romanstil praktiziert hat, einige Worte von scheinbarer Gelehrsamkeit mitteilen.

Alle großen Männer schreiben auf Bestellung: Caesar, Balzac, Wells, Shaw, Barrie, Strindberg und auch der unvergleichliche Dostojewski. Die Jamessche Vorgehensweise sah so aus, daß er in einem scharlachroten, brokatbesetzten, baumwollsamtenen Nachthemd im Zimmer auf und ab schritt, eine anregende Zigarette artistisch zwischen zwei seidigen Fingern baumeln ließ und dabei aus einem überfütterten Geist einem unterernährten Sklaven diktierte. Um einen Roman von hunderttausend Wörtern zu schreiben, hielt Henry James es für das Zweckmäßigste, etwa zweihundertfünfzigtausend Wörter abzusondern. Populäre Songschreiber halten diese Methode seit langem für verdienstvoll, man denke nur an das berühmte Liedchen «Der längste Umweg ist der kürzeste Weg nach Hause».

Halten wir ein paar Augenblicke inne und denken darüber nach, was es bedeutet, einhundertfünfzigtausend überflüssige Wörter auspressen, ausreuten, ausrotten, eliminieren und bändigen zu müssen. Welch kostbarer Abfall, welch göttliche Wucherungen müssen in jenen einmaligen Jamesschen «Ausscheidungen» enthalten gewesen sein! Nimm die vier Wände Deines Kabäuschens: und dann stell Dir vor, wenn Du willst, wie es wohl aussähe, wenn wir versuchen würden, sie mit den reinen didaktischen Monstrositäten von Henry James' künstlichen Destillationen, Lukubrationen und Menstruationen zu bedecken. Frag Dich selbst, ob Dir die himmelschreienden phallischen Entweihungen an den grellroten Wänden der begrabenen Stadt Pompeij nicht lieber wären. Oder, falls dieser Kontrast nicht stark genug sein sollte, nimm das Pissoir im Houston Street Burlesque Theatre. Nimm ein charakteristisches Stück lyrischer Dichtung in der Manier Carl Sandburgs, verfaßt von einem kleineren Genius – zum Beispiel eine Inschrift wie diese: «Deine Mag hat tolle Titten» oder: «Lutsch an diesem dicken, saftigen Schwanz»... Wie blaß und anämisch muß Deinem soliden, kräftigen Verstand dagegen das Folgende aus der Feder von Henry James erscheinen:

Gib uns dieses Intermezzo; und dann fahre fort wie die *Kuriosität der Literatur*, die du geworden bist. Für Glanzlichter und Anspielungen und treffende verbale Andeutungen bist du unzugänglich. Aber der Kern der Literatur ist massiv. Gib ihn uns noch einmal! Der bloße Wohlgeruch von Dingen beweist nicht deren Existenz, und die Wirkung des Massiven, die du erzielst, ist nichts als Wohlgeruch und hohle Form.

Hier eine kurze Pause, während mein Sekretär sich den Rücken mit Omega-Öl einreibt und ich das Klaffmaul des Spucknapfs mit ein paar wohlgezielten Rotzklümpchen wieder auffülle. (Dies nur zur Erinnerung, daß ich mein Domizil noch immer in Oom Pauls Haus habe – den Eingeweihten besser bekannt als HAUS KAKERLAKE.) Ohne je eine Zeile von Henry James gelesen zu haben und unter Anwendung der Methode meines geschätzten Mentors John Cowper Pow Wow, wie er sie in seinem laxen und lamentablen Vortrag (lahmen wäre noch treffender) über Joseph Conrad einsetzt, will ich nun damit fortfahren, beredt über die Kunst des Verfassers von *Bildnis einer Dame* vom Leder zu ziehen... Du erinnerst Dich an Hamsuns Zeilen in *Gedämpftes Saitenspiel* über die Geräusche des Waldes? – «wie das Gemurmel von Millionen Nichtsen»? – genau dies ist die Literatur dieses saftlosen, ausgewanderten Stutzers, eine Neufassung von *Viel Lärm um nichts*.

In den unermeßlichen Wüsten der Wälzer jenes großen amerikanischen Romanciers (ich meine jetzt Theodore Dreiser) wird die dumpfe Dürre mehr als ausgeglichen vom üppigen Grün seiner schimmernden Oasen. In den unermeßlichen Räumen der hieratischen Schriften eines Henry James ist alles verloren außer der Ehre. Ein ungeheures Panorama von Wortgeklingel, ein zähflüssiger Prunk schillernder Bitterkeiten, ein Hokuspokus vergewaltigter Hieroglyphen, eine zerfranste Bettdecke dyspeptischer Arabesken. Versuche, den Pelion auf den Ossa zu stapeln, wenn Du kannst; subtrahiere das Perihel und addiere Osiris; multipliziere mit Numismatik und dividiere durch hydrathaltige quadratische Gleichungen; dann das Ganze vor Gebrauch gut schütteln. Falls noch immer bewegungsfähig, rufe Melrose 9693 an, und Dr. Paul wird eine Zwangsjacke bringen. In der linken Tasche des schmutzigen Arztkittels findest Du *Alice im Wunderland*; laß den Gefangenen von Zenda kommen; reihe Dich ein in die geschlossene Phalanx von Myriaden Bestien der Bettstatt, und nimm Dir in bester wordsworthscher Manier ein leuchtendes Beispiel, und dann sage mir, ob Du den Trompetenruf der Gerechtigkeit hören kannst! Wenn nicht, schreibe an Haridas Thakordas Mazumdar und fordere eine Ausgabe des New Yorker *Call* an. Lies den Leitartikel mit der Überschrift «Ökonomische Konsequenzen des Friedensvertrags» und versuche die komplizierten moralischen Aspekte der jüngsten Separatistenbewegung im verstümmelten Deutschen Reich zu entwirren. Sollte Dir dies mißlingen, laß Deinen Blick aufs Geratewohl umherschweifen, bis er auf den Anzeigenteil fällt. Lies, was dort über «milde, angenehme Laxative» geschrieben steht; «Läßt Ihre Männlichkeit nach?» – «Leiden Sie an Hexenschuß, Bartflechte oder blutenden inneren Hämorrhoiden?»...

• • • •

Irgendwo in seinen Vorträgen weist Cowper Pow Wow auf das tiefe Geheimnis hin, das den Agonien der Autorschaft zugrunde liegt. Nun magst Du weiterfragen, von was für Fleisch sich Caesar ernährt, daß er solch garstige Kotzbrocken ausspeien kann. Nun denn, hier kommt's: ein Artikel von Henry James in der *Yale Review*, langer und intimer Umgang gänzlich unfreiwilliger Art mit fleischfressenden Pflanzen, eine Holzkohlezeichnung eines indianerhaften Dante, drei Pfeifen Prince Albert-Tabak zuviel, eine allzu gierige Vorfreude auf den Besitz einer geräuschlosen Schreibmaschine, plus eine angeborene Liebe zur Bequemlichkeit, die sich im Ge- und Mißbrauch eines unerwarteten Amanuensis offenbart, und – eine schmutzige Bettdecke, eine Alliterationsmanie, ein ganz prachtvoller Stuhlgang, und die Vorstellung, wie Emil schnellockend all diesen quasselnd quatschenden Quark verschlingt.

28. August 1924

An die letzten Cro-Magnon-Menschen:
Ein paar Worte über die Bowery Savings Bank gegenüber dem Commodore Hotel. Das schönste Geschäftshaus, jedenfalls was die Innenausstattung betrifft, der ganzen Vereinigten Staaten. Es bettelt schier um Beschreibung. Beim Eintreten blieb ich wie verzaubert stehen, die Pracht der majestätischen Architektur bannte mich im Eingang fest. Man zögert, weiter hineinzugehen. Das Auge vermag all die vielfältigen Schönheiten der Ornamente nicht zu fassen, die trommelnd gegen die Netzhaut anbranden. Dennoch wäre es irreführend, es mit dieser Erklärung bewenden zu lassen. Denn dies Innere, so reich es ist an zahllosen kunstvollen Dekorationen, hinterläßt einen bleibenden Eindruck von Schlichtheit und Größe.

Man stelle sich eine rechtwinklige Basilika vor, mit edlen Peristylen entlang den Wänden. Im Zentrum, eingefaßt in zierlich gearbeitete Bronze und Marmor, ein ovaler Raum für das Corps der Angestellten und ihre Dollarnoten und Addiermaschinen etc.

Zwischen den Säulen, die eigentlich Pilaster sind, befinden sich edle romanische Bögen und an beiden Enden imposante Einlässe für das Licht. Die Decke ist getäfelt und reich verziert, ebenso wie die Balken und Träger. Sonderbare mittelalterliche Schnitzereien schmücken die flachen, in die glatten Kalksteinmauern eingebauten Ventilatoren. Und in den Boden eingelassen sind Mosaike in blassen Farbtönen und originellem Design.

Ein solches Bauwerk übt eine stimulierende Wirkung aus. Mühelos bekommt man ein Gefühl von Ehrfurcht und Respekt. Dies geht jedem so, ausgenommen altehrwürdigen Lakaien an der Tür. Die gewöhnen sich an alles, sogar an ihre entsetzlichen falschen Zähne. Verdammich, wenn ich das häßliche Maul dieses Kerls vergessen kann, als er mir in sterilem Ton etwas von den Wundern dieser Architektur vorschwafelte. Seine kaputten Scharniere, baufälligen Brücken und faulenden Füllungen zernichteten das ruhige Gleichgewicht, in das mich dieses Heiligtum versetzt hatte.

Er berichtete mir, er habe eines Sonntags, als er nichts zu tun hatte, die in der Broschüre angegebenen Maße nachgeprüft. Rechtfertigte dies umständlich als Schrulle eines alten Mannes. Doch sei er jetzt sicher, daß die Strecke vom Oval zur Tür 45 Fuß messe, oder wieviel auch immer.

Völlig hingerissen sagte ich zu ihm, eigentlich müsse er dafür bezahlen, an einem so herrlichen Ort arbeiten zu dürfen. Lächelnd gestand er, daß einer seiner Kunden, ein sehr reicher Mann, der viel in Italien herumgereist sei, eben das gleiche gesagt habe. Er glaube schon, dies müsse wohl ein wunderbarer Ort sein. Jeder sage ihm das. Wenn ich noch einmal wiederkäme, wolle er mir gestatten, mich auf den Balkon zu setzen und Zeichnungen anzufertigen, falls mir daran gelegen sei.

Aber pah, Leute, dies ist ein eitler Bericht und in keiner Weise das, was mir vorschwebte. Güldene Manifeste wollte ich von mir geben, barocke Melodien singen, zu skrjabinschen Rhapsodien anschwellen. Und bis jetzt ist es mir allenfalls gelungen, Zahlen, Fakten, Gegenstände und architektonische Daten aufzuzählen, die man in besserem Stil in jedem *Architectural Forum* finden kann.

Andererseits möchte ich jeden Verdacht beschwichtigen, ich schriebe dies zur Übung, bloß um die gesamte frisch angeeignete

Terminologie meiner architektonischen und ästhetischen Abschweifungen vorzuführen. Nein, wahrhaftig nicht. Ich möchte lediglich den wenigen Auserwählten – der ästhetischen Hierarchie des Millertums – kundtun, daß wir in unserer Mitte etwas ganz Herrliches, ganz Prachtvolles besitzen, das die endlosen Palazzi der Medici, der Dogen und der Numa Pompilii ohne weiteres in den Schatten stellt. Jetzt haben wir es nicht mehr nötig, Florenz zu besuchen, den Ponte Vecchio, den Duomo, den Campanile, den Arno, den Palazzo Pitti, die Santa Maria Novella, die Sixtinische Kapelle, den Palazzo Borghese oder sonst irgend etwas von den Numismatica Prophylactica. Gleich hier an der Ecke 42. Straße und Pershing Square haben wir die echte, authentische, autochthone Note, das ambivalente Äquivalent mittelalterlicher Modernität.

Gegenüber dem Commodore Maximus mit seinen gezackt gestaffelten Zimmerfluchten springen die Bronzetüren des frühen Mittelalters dem täglich bebend auf sie eindringenden Publikum entgegen. Gedrungene kleine Ungeheuer mit frömmlichen Antlitzen winken dem Pöbel mit häßlichen Gebärden. Verwachsen, gedrungen, gewunden, krummbeinig, mittelalterlich. Schön jedoch, wenn als erhabene Arbeit in der lackierten Bronze einer gepunzten Tür. Nichts fehlt, außer den Ithyphalli von Pompeij. Kein grellroter Farbton sorgt hier für eine wollüstige Note. Statt dessen die ruhige, gleichmäßige Beschaffenheit des faszinierend eintönigen Mosaikfußbodens.

Ach, Gentlemen, ehe mein Gefühlsüberschwang in die Niederungen geiler Millerismen verfällt, will ich mit diesem feierlichen Orgelton schließen. Die schöne, schwere Orgelstille, die so dräuend über den Geldsäcken in dem lackierten Bronzeoval schwebt, wird zerrissen von einem Schrei, dem schrillen Heulen einer nouveau-modernen Sirene. Der Bann ist gebrochen. Mein Informant teilt mit, irgendein ahnungsloser Narr sei auf den Einbruchalarmknopf getreten.

Verschwunden sind jetzt Florenz und der Arno, verträumt, von Weiden gesäumt, dantesk. Verschwunden sind die Borghese, Pitti und Medici. Verschwunden sind Lorenzo, Cosimo,

Benvenuto, Angelo, Leonardo und der Duomo. Verschwunden ist sogar die Hochbahn der Third Avenue, die ihren Darmtrakt so rüde in die Öffentlichkeit stülpte.

Verschwunden ist der Homunkulus. Verschwunden das Plebiszit. Verschwunden das Duodenum.

Ave atque vale.
Im Glauben.
Val Nieting.

P.S. Emil: Dieser alberne Brief wird Dich dennoch überzeugen, daß ich begeistert bin. Geh es Dir auf der Stelle ansehen.

HVM

P.P.S. Heute habe ich das Mittagessen ausgelassen. Ohne einen Pfennig in meinen Jeans war ich trotzdem in der Lage, mich der Situation gewachsen zu zeigen.

???

De Senectute!

P.P.P.S. Stör Dich nicht dran, wenn einige Worte fehl am Platze sind. In diesem verfluchten Universum ist eine ganze Menge fehl am Platz. Kapiert?

[1924 oder '25]

Lieber Emil:
Konnte hier nicht mehr länger auf Dich warten. Habe Ned (als Künstler) mitgenommen, um die Houston St. Burlesque fertig zu machen. Soeben drei Aufträge von einer Zeitschrift (*Menorah Journal*) erhalten, darunter die «Houston St.»-Sache und «Night Life on Second Avenue». Werde, wenn möglich, Minsky, Margie Pennetti und *Cleo* interviewen. Dachte, ich könnte mir gleichzeitig Deine Sachen ansehen, ja?

Heute abend wünsche ich mir, Du könntest mich begleiten, oder eher ich Dich (noch immer pleite, wie Du siehst), und die

Stammlokale der Literaten erledigen – ebenfalls mit Zeichnungen. Wohlgemerkt, die haben nicht um Zeichnungen gebeten, aber wenn sie interessant sind, wird es wohl gehen. Kannst Du das machen? Werde um 6:00 oder früher zurücksein. Könnte mit Dir zu Joe's gehen, oder wohin auch immer. Bißchen quatschen!

Habe in letzter Zeit schwer geschuftet – müßte eigentlich ausgetrocknet sein, bin es aber nicht. Hacke unablässig auf die Schreibmaschine ein. Einen großangelegten Versuch gestartet, bei Zeitungen oder Zeitschriften unterzukommen. Sieht ganz rosig aus. *Collier's* möchte sich etwa vier meiner Artikel ansehen, *Sat. Eve. Post* einen. Gerade mit einem über das «Sargassomeer» für *Sunday Tribune* fertiggeworden – und habe ein Angebot, für eine Pressezentrale – *N.Y. Journal* und die Hearst-Zeitungen – ein tägliches Feature von 400 Wörtern zu schreiben. Außerdem hat O'Regan, den ich nur einen einzigen Tag mit meinen MSS herumgeschickt habe, sehr positive Reaktionen gehört und die erwähnten Kontakte mit der *Tribune* und der Pressezentrale aufgebaut. Ich finde, mein Zeug sieht nicht übel aus – nur ein bißchen zu hochgestochen. Die wollen nichts Literarisches. Machen ständig Bemerkungen über die Vielseitigkeit meines Stils. Na prima! Vielleicht springen wir doch noch auf den Zug. Hab Dir viel zu erzählen.

HVM

P.S. Mit anderen Worten, ich bin Tag und Nacht jederzeit frei wie eine Lerche am Himmel. Also feiern wir und schreiben Literatur und zeichnen lustige Bilder. Frag mich nach Justin Smith und Jac Dun.

18. März 1925

Abschriften an Buzby, Stanley, Ross & Haridas Mazumdar

Papa Emil:
«Am heutigen Tage – 18/3/25 – meinem guten Freund Emil Schnellock gestohlen, auf daß es bis zu meinem Tod und Verfall nicht mehr aus meinem Besitz kommt. Das wundervollste Epos von der Seele des Künstlers, das ich je gesehen habe.»

Dies schreibe ich feierlich auf das Vorsatzblatt des Buches, das Du mir so großmütig geliehen hast und ich mir so lüstern unter den Nagel reiße. Aber dies ist ein Geschenk von höherer Stelle. Ein unfreiwilliges Geschenk, das nie ganz vergolten werden kann.

Pierre Loti, Spinner der feinen Phantastik, Weber solcher Sommerfäden wie *Jerusalem*, *Die Entzauberten* und *Die Sahara*, muß zusammen mit Rolland, France und Flaubert zum Abfall. Nicht, daß sie unwürdig wären, aber sie sind übertroffen worden. Denn dies ist wahrhaftig – in aller verdammten Wahrheit – DER LETZTE LACHER der Literatur: ein spirituelles Gewebe von strotzender Eloquenz, abgerungen einer großen kaputten Seele. Die reine Schöpfung eines Poeten der Phantasie, eines höchst vollkommenen Jongleurs der angelsächsischen Hieroglyphen.

Irgendein Idiot von Kritiker, angeheuert, ein lautstarkes Hurra zu trommeln, nennt diesen ehrbaren Gesang eines Mannes ein Werk des «Mystizismus». Zu solchem Quatsch kann ich nur «Bah!» murmeln. Es ist gar nicht nötig, angesichts dieser Seelentragödie derart gequälte Rätselhaftigkeiten wie «Mystizismus» herbeizuschleifen. Dies ist, wenn überhaupt etwas, der große Orgelton, der volle Tonumfang eines zerfressenen Künstlerherzens. Wer dies liest und nicht in sentimentale Ekstase gerät, ist ein unfruchtbarer, steriler Bastard – kein Mensch, nicht einmal ein Werwolf.

Ja, lieber Poop, vielleicht liegt mein Genie in der allgemeinen Richtung, «zielbewußte literarische Possen» hervorzubringen.

Vielleicht. Doch in meinem Lehnsessel, in meiner herrlichen, unverdienten Größe, zernagt mich ein heimliches, reißendes Verlangen, ein Buch wie dieses zu schreiben. Ich will nicht sagen, es sei das *größte* Buch in englischer Sprache (dies zu den Kritikastern), aber ich kann sagen, es hat mir die Gefühle geraubt.

«Literatur, formulierte er bei sich neu, ist die sinnliche Kunst, mit Hilfe von Worten hochgradige Eindrücke hervorzurufen.» Haltet das in Ehren, Gentlemen. Und dies: «Ein Hauch von Kunst macht die ganze Welt fremd.» Haltet das in Ehren!

Und nicht minder haltet in Ehren die folgenden Juwelen, die ewig außer Reichweite der sich in ihrer Kotze wälzenden literarischen Hunde unserer Gegenwart baumeln werden: «Dammschleusen, Salbentöpfe, Neumen, Rath, Puschto, Außenwerk, Silber, Traubensaft, Wirteln, gärend, Chrysoberyll, Veralten, Kral, Tälchen, Gischt, Ilex, gewürfelt, Schwaden, funkelnd, Magistrale, Thuribula, Deodarzeder, halluzinatorisch, Mittelpfosten, spagyrisch, Zedern, Flakon, Hüttenbauer.»

Wenn ihr von der polierten Literatur die Nase voll habt, nehmt diese Bündel und lest noch einmal diese Glanzstellen:

«Aber die ganze Zeit klangen ihm die Flötentöne in den Ohren, und der Ilex warf einen violetten Schatten auf das weiße Pflaster vor seiner Villa. Ein Junge näherte sich aus dem Garten; er war zwischen den Weinreben gegangen und hatte die reifen Trauben gepflückt, und der Saft war ihm über die Brust gelaufen. Ohne Scham trat er im Sonnenlicht neben das Mädchen und stimmte eins von Sapphos Liebesliedern an.»

• • • •

P.S. Keine Bange wegen des Buchs. Ich werde Dir sehr bald ein neues kaufen!

Emil:
Als ich eben in dem Ham and Egg-Laden futterte, habe ich Dir im Kopf einen Brief geschrieben, so lebhaft und schnell, daß ich mich an den Anfang gar nicht mehr erinnern kann. Jedenfalls hatte es mit Deinem morgigen Besuch zu tun. Und mit Freundschaft. Oh, ja, jetzt weiß ich wieder. Der Anfang ging so: «Alarm, Alarm!» Allerdings habe ich das schon so oft geschrien, daß mir kein Mensch mehr glaubt.

Nur, Emil, diesmal ist es nur zu wahr. Samstagnachmittag (ein heißer Nachmittag in Montana, nehme ich an) kam er, als June gerade nicht da war, wie zufällig bei mir vorbei, zog einen Stuhl neben mein Bett, in dem ich apathisch liegenblieb, und erzählte mir eine leise kleine Geschichte. Er war der beste Freund, den ich je hatte, und jetzt hat auch er mich im Stich gelassen. Er sagt, das Spiel ist aus. Ob ich mit der Miete rausrücke oder nicht, er will mir nicht versprechen, ob ich bleiben kann oder nicht. Etwa so deutlich hat er sich mir gegenüber ausgedrückt. Also überlasse ich Dir herauszufinden, was das zu bedeuten hat.

Aber bevor ich viel weiter gehe, muß ich klarstellen, daß dies hier keine Forderung nach einem Besuch von Dir sein soll. Es ist noch nicht einmal eine mottenzerfressene Bitte um ein Almosen. Nein, Freund (wie weit ist es noch bis Weihnachten?), es ist ein Gefühlsausbruch in einer introspektiven Stimmung. Vielleicht ein verschlagenes Blatt, eingelegt in meine künftigen Memoiren.

Aber ich habe so intensiv an Deinen Besuch denken müssen, daß mir schier nach Weinen zumute war. Ich dachte an die Freunde, die ich mal hatte, und wie wenige noch davon übrig geblieben sind. Nicht daß ich vorhätte, ein Paranoiker à la mode zu werden, wie ein gewisser Freund von uns beiden. Ich kann mir das irgendwie alles selbst erklären, wenn ich nicht die Augen verschließe. Aber das hilft mir nicht aus meiner schlechten Stimmung.

Als June mir aber sagte, «mein Freund Emil Snellogg» wolle morgen abend vorbeikommen, begann ich schon vor Vorfreude zu feiern. Ich überlegte, wie ich das Haus in Ordnung bringen könnte, damit alles schön heiter und kunstmäßig aussähe. Und überlegte, wie ich diese stygische Düsternis vertreiben könnte, die wie ein Sargtuch (oder Leichentuch) auf unserem freundlichen Wohnsitz liegt.

Wenn ich als Kind hörte, Joey oder Tony kämen zu Besuch, bin ich vor Freude herumgesprungen. Da konnte mich keiner mehr halten. Das war eine gelinde, knabenhafte Toberei. Und in meinen vor kurzem erworbenen Angewohnheiten als Eremit bin ich wohl ein Stück in meine Kindheit zurückgerutscht und etwas launisch geworden. Wie auch immer, über den genauen Zustand meiner Gefühle bin ich mir nicht ganz klar. Ich weiß nur, es ist ein schwer zu beschreibendes Gebräu, das nah an einem Tränenausbruch liegt. Denn jetzt ist mir nur noch ein einziger Freund geblieben. Und das bist Du.

Zur Verteidigung dieses glorreichen Ereignisses – der Probe wahrer Freundschaft und des Verschwindens der Zierden von Remsen Street – sage ich daher: «Schmuggle eine Flasche rüber, wenn Du kannst.» Wir könnten lockerer herumalbern, wenn Du eine mitbringst, als wenn Du es nicht tust. Wir könnten in Gedenken an die fünfunddreißig bis jetzt geschriebenen Mezzotintos einen Drink zu uns nehmen. Und noch einen auf die Muse, die «The Houston Street Burleskers», «Wrestlers», «Diary of a Futurist», «Cynara», «Asphodel», «Chewing Gum» et alia inspiriert hat.

Du könntest einen Seufzer ausstoßen, wenn ich vom wahren Leben eines Künstlers berichte, wie ich es seit sechs Monaten mit nichts als innerer Ruhe praktiziere. Ich könnte ausführlicher erklären, was Shaw damit gemeint hat, als er schrieb: «Der wahre Künstler wird eher alles opfern, seine Mutter verhungern und Frau und Kinder darben lassen, als auf seine Vision verzichten.» Ich zitiere ungenau, aber etwa so lauteten seine Worte. Weiß der Himmel, ich habe nie erwartet, diese Worte widerrufen zu müssen, wie ich es kürzlich getan habe.

Wir könnten ein kleines Klagelied über die Freunde anstimmen, die uns so schnell verlassen haben: Wright, Dewar, Buzby, Haase, Wardrop, Ramos, Sattenstein, Maurer – wozu noch mehr aufzählen? Über den Schrein von RAPPAPORT könnten wir einen imaginären Kranz hängen und unter den Namen schreiben: «Treu bis in den Tod.»

Weiß Gott, ich möchte meine Frau zu Hause an meiner Seite behalten, wo sie hingehört; ich möchte den Unterhalt bezahlen und mein Kind auf eine anständige Schule schicken; ich möchte weiterhin in netten, sauberen, luftigen Zimmern in einer ehrbaren Gegend wohnen; ich möchte regelmäßig dreimal am Tag essen und von meinem Essen nicht im Stich gelassen werden; ich würde sogar einer Kirche beitreten, unter sonst gleichen Umständen.

Doch als ich heute abend die Zeitung mitnahm, um beim Essen einen Blick hineinzuwerfen, wurde mir klar, wie abwegig das alles ist. Ich habe die Zeitung nicht angesehen. Sondern sie zusammengerollt und wieder mit nach Hause genommen. Zeitungen machen mich krank. Was sollen die mir nützen? Möchte ich wissen, was die übrige Menschheit tut? Mit meiner Phantasie ist alles in Ordnung. Ich weiß, die Leute treiben's miteinander, versauen alles, bekämpfen, prügeln und quälen sich und machen aus diesem Tal der Tränen ein Bett aus Dornen.

Da geh ich lieber nach Hause, gebärde mich als Künstler und schreibe noch ein bißchen Firlefanz. Letzten Endes läuft es wohl darauf hinaus: daß ich im Grunde der Realität entfliehen will. Vermutlich will ich mir saubere Laken, gutes Essen, Happy-Ends und alles andere nur erträumen. Und des weiteren vermute ich, daß ich einer dieser feigen Schnösel bin, die nicht genug Mumm haben, sich einen richtigen Männerjob zu suchen und acht oder zehn Stunden am Tag für irgendeinen Kerl zu schuften, der ein bißchen weniger weiß als ich.

Tja, Emil, ich hätte das Haus gern schön hergerichtet – mit all den Bildern, von denen ich gesprochen habe; hätte Dir gern einen behaglichen Sessel angeboten und von meinen vergangenen und gegenwärtigen Erfolgen erzählt. Aber das geht nicht. Wir werden einfach herumsitzen und uns schmutzige Bilder ansehen – geschaffen von den großen Meistern in Augenblicken wie diesem.

Der Kabinettminister

P. S. Wieder ein Brief, der Dir gehört.

## 2

# Frühling in Paris 1930

Am 4. März 1930 kam Miller nach Paris. Zwei Jahre zuvor hatte er die Stadt schon einmal besucht, aber diesmal wollte er dort bleiben. Seine Frau June, auf deren Drängen hin er seine Arbeit bei der Western Union gekündigt hatte, und von deren Unterstützung er seither hauptsächlich gelebt hatte, war davon überzeugt, daß er, wenn er jemals Schriftsteller werden wolle, nach Europa gehen müsse. In den sechs Jahren, die er mit sich gerungen hatte, waren drei Romane und zahllose Erzählungen und Artikel entstanden; nur wenige Artikel waren zur Veröffentlichung angenommen worden. Paris hatte den gewünschten Effekt, die Stadt machte Miller psychisch frei und bot eine Fülle von Material.

Paris war ihm sofort sympathisch, aber er selbst war nicht sofort ein Schriftsteller. Lange Zeit setzte er den Kampf mit einem unvollendeten Roman fort, wobei er noch immer konventionelle Prosa zu schreiben versuchte. Gleichzeitig aber fand er in seinen Briefen an Emil zu der ihm gemäßen Ausdrucksweise.

Schnellock, der loyale Freund, der ihn am Kai verabschiedet und ihm ein letztes Mal 10 Dollar geliehen hatte, erwies sich als ideales Publikum und die Zwanglosigkeit des Briefschreibens als ideales Medium. Hier konnte Miller seine Befangenheit abwerfen und sich spontan und umgangssprachlich ausdrücken. Seine langen, weitschweifigen Briefe an den alten Freund über alles, was er erlebte, führten ihn zu dem Stil, den er in seinen formalen, konstruierten, «literarischen» Bemühungen vermieden hatte.

Bei den meisten Texten, die er während seiner ersten drei Monate in Paris an Schnellock schickte, handelte es sich nicht um Briefe im gewöhnlichen Sinn, sondern um Rohentwürfe künftiger Artikel, die Miller für eine etwaige Publikation in einem Buch über Paris noch zu überarbeiten beabsichtigte. Bis dahin sollte Schnellock als eine Art Verteiler dienen und Abschriften an Redakteure und andere mögliche Interessenten verschicken. Obwohl diese Texte von keiner einzigen Zeitung angenommen wurden, markierten sie den Wendepunkt in Millers Karriere. Tatsächlich enthalten mehrere davon – besonders das Stück mit dem Titel «Nußbraun und Taubendreck» – Passagen, die später in *Wendekreis des Krebses* Eingang gefunden haben.

Die während Millers ersten drei Monaten in Paris entstandenen Briefe zeigen seine begeisterte Reaktion auf alles, was ihm dort begegnet: die Schönheit und das Elend der Stadt, die Sprache, die Menschen, die Lebensart. «Ich bin überwältigt», ruft er aus, «von diesem mannigfaltigen, alltäglichen, anonymen, volksmäßigen etc. etc. Leben!» Besonders beeindruckt ihn das ernsthafte Interesse der Leute am Kino, und besonders empfänglich ist er für den Surrealismus in Malerei und Literatur. Zugleich spiegeln seine Briefe von Anfang an Geldsorgen wider. June hatte versprochen, ihm genug Geld zum Leben zu schicken, doch verabsäumte sie nicht selten, das Geld, das sie ihm in gelegentlichen Telegrammen ankündigte, dann auch zu überweisen. Ein Brief, zwei Monate nach seiner Ankunft geschrieben, kündet von seiner Verzweiflung, aber auch von seinem Durchhaltewillen: «Es gefällt mir hier, ich möchte immer hier bleiben... verdammt, und wenn ich mich mit den Zähnen festhalten muß. Ich will nicht zurück. Elend dort. Hier – *angenehmes* Elend.»

Heute ist Donnerstag, glaube ich
Das Datum weiß ich nicht!
36 Rue Bonaparte
Hôtel St. Germain-des-Prés
Paris, Frankreich
Europa

[6. März 1930]

Tja, Emil – und Ned! – gottverdammt schön ist es hier. Ich fühle mich so gut, daß ich, wenn ich hiermit fertig bin, runtergehen und meinen ersten Pernod trinken werde. Da bin ich, gleich unterm Dach, fünf Stockwerke hoch, in einer neuen Absteige. 500 Francs im Monat, Bedienung eingeschlossen, und gleich vor der Zimmertür ein Bad, das ich für 5 Francs pro Besuch benutzen kann. Was für ein Zimmer. Dachfenster, schräge Decken, abblätternde Tapeten, kein Teppich – renovierungsbedürftig, aber für alle Zwecke hervorragend geeignet. Wozu mehr bezahlen? Es sei denn, man hat ein schwaches Herz und schafft es nicht, drei- oder viermal täglich die Treppe hochzusteigen. Aber ehrlich – wenn ich aus dem Treppenhausfenster auf die Umgebung hinausschaue, bin ich froh, hier oben im Himmel zu sein. Man kann in all diese französischen Wohnungen sehen, und die Augen werden mit seltsamen Anblicken belohnt. Vor mir – zur Rue Bonaparte hin – wohnen verschiedene Gruppen von Malern. Und die haben die Gewohnheit, ihre Gemälde zum Trocknen nach draußen zu stellen – mit der Vorderseite nach vorne. Was kann mich hindern, es ihnen nachzutun? Nichts, Bruder, nichts. Unten ist ein ganz wunderbarer Kunstladen, wo man Material kaufen kann. Da möchte ich am liebsten den ganzen Mist von wegen Schriftsteller sein hinschmeißen und mich auf das Leben eines Malers verlegen. Aber nein, ich muß mich zurückhalten. Ich bin erst drei Tage in Paris, und heute ist der erste Tag, an dem ich mich so zu fühlen beginne, wie ich es sollte. Ansonsten ist es mir sehr mies ergangen. (Gott, mit meinem Englisch geht es abwärts.)

In London habe ich mich schwer erkältet. Die Häuser werden nicht ausreichend beheizt. Man nimmt ein Bad und läuft durch

Flure – und brrr – man kommt ins Zittern, bevor man seine Sachen wieder anhat. London gefällt mir sowieso nicht. Ich würde keinem raten, dort hinzufahren. Es ist eine wunderbare Stadt – aber die können sie behalten. Die – wer? Nicht die Engländer. Gott, diese Bettler! Der Abschaum der Menschheit sind Londons Arme – und das ist die große Mehrheit. Im übrigen ein großartiges Volk.

Du hast von der reichen Düsternis gesprochen. Du hast recht. Man konnte sie mit der Axt spalten. Habe am Fenster unter elektrischem Licht gefrühstückt. Aber einige *Turners* gesehen – und Whitechapel und Limehouse. Das war schon die Reise wert. Der Rest von London hat mich kein bißchen erregt. Leicester Square, Piccadilly, Charing Cross – ziemlich dasselbe wie die 42. Straße um 1895. Freilich waren die Gassen und Höfe abseits dieser Straßen nicht übel – gut und reif. Eines Nachts habe ich unter einem Bogengang einen Burschen an die Wand pinkeln sehen. (So was könnte natürlich auch in N.Y. passieren!) Aber das hier war ein wenig ungewöhnlich, da nämlich, während der Kerl pinkelte, sein Mädchen auf ihn einredete, und zwar so laut, daß jeder mithören konnte. Sie sagte, sie würde ihn ordentlich durchvögeln und ihm einen ablutschen und was weiß ich noch alles. Aber ihm schien nur daran gelegen, seine Blase zu leeren, und das führte zu einem gewaltigen Zank im guten alten Cockney-Slang.

• • • •

Als ich heute abend das Restaurant verließ, kam ich an Notre Dame vorbei und trat zum Pinkeln in ein Pissoir. Ich wurde von widerstreitenden Impulsen hin und her gerissen – erstens, Notre Dame zu umkreisen und einzuweichen; zweitens, in dem Pissoir ein Plakat abzureißen, das mich außerordentlich interessierte. In ganz Paris (in London auch) läßt der Magistrat Plakate aushängen, auf denen die Öffentlichkeit vor der Ansteckung mit Geschlechtskrankheiten gewarnt wird. Ob die realistisch sind? Und grausam? Warte, bis ich Dir eines besorgt haben werde, auf dem die verschiedenen Stadien von Syphilis oder Tripper abgebildet sind (vom Keimplasma bis hin zum Totenschädel – eine lüstern grinsende Gestalt von Tod und Krankheit mit leeren Augenhöhlen).

Und, Mensch – das ist eine Abschweifung vom Thema – aber! wenn Marc Chagall ein Bild *Aus meinem Pariser Fenster* nennt, hat das etwas zu bedeuten. Heute nachmittag bin ich zu Sacré-Cœur hochgelaufen und habe über die Stadt geblickt. Es ist genau so ein Anblick, wie ich ihn oft geträumt habe. Es ist alles, was man sich wünschen kann – und vielleicht ein bißchen mehr. Und ich dachte daran (das ist jetzt Literatur, denn ich habe nichts dergleichen gedacht), wie die Stadt den Römern erschienen sein mag, als sie sie Lutetia tauften – und wie sie Napoleon erschienen sein mag, als er, trunken vom Wein des Sieges, bei seiner Rückkehr aus Italien durch das zog, was jetzt die Métro-Station Place d'Italie ist.

Alles in allem bin ich also zufrieden, Leute. Ich werde hier schreiben. Ich werde hier still und ganz allein leben. Und jeden Tag werde ich ein wenig mehr von Paris sehen, die Stadt studieren, sie lernen wie ein Buch. Sie ist diese Mühe wert. Wer Paris kennt, kennt eine ganze Menge. Wie ungeheuer anders als New York! Was für vielsagende Überraschungen hinter jeder Straßenbiegung. Sich hier zu verlaufen ist ein außerordentliches Abenteuer. Die Straßen singen, die Steine reden. Die Häuser triefen von Geschichte, Ruhm und Romantik. Na ja – Du denkst, ich bin betrunken. Nein, ich bin stocknüchtern. Habe zuviel für mein Abendessen bezahlt (22 Francs, einschließlich Bedienung). Das darf nicht so weitergehen. Aber nach einer Mahlzeit «prix fixe» wird man erst richtig hungrig. Man will Essen, das man essen kann. Mir ist rätselhaft, wie diese Studenten von der Sorbonne, die am Boul' Mich' essen, ihr Gehirn ernähren können. Ich bin Amerikaner, Menschenskind! Und bin es nicht gewohnt, die Innereien von Hunden, Pferden und Meerschweinchen zu essen. Und ich wäre ein Idiot, wenn ich weiterhin 2,50 für einen «café crème» bezahlen würde. Es gibt Hunderte von Kneipen, wo man den für 1,25 bekommt. Warum mehr bezahlen? Ich habe so viele Hundert-Francs-Scheine auf den Kopf gehauen, daß ich schwöre, morgen und übermorgen werde ich von 25 fr. leben – kein Cent mehr!

Emil, ich habe schlechte Nachrichten für Dich. Die Kloaken von Paris und die Katakomben sind bis Mitte Frühjahr geschlossen. Aber Zadkine sagt, praktisch ganz Paris sei über Katakomben erbaut. Also wollen wir vor Frühlingsanfang ein paar Privatgrabungen veranstalten.

Ach, der Frühling! Er ist bereits hier – fast. Schon sitzt jedermann in den Straßencafés. Es ist sehr mild – drinnen eher frostig, draußen aber mild, wenn man einen Mantel trägt. Und darin liegt der grundsätzliche Unterschied zwischen Paris und London. Die Londoner verkriechen sich in ihre schmuddligen, düsteren, scheußlichen Pubs. Ah, was für widerliche Löcher! Was für feige Kreaturen, Männer und Frauen. Mein erster Besuch in einem Pub hat mich schockiert. Besonders die Frauen dort. Alte Wracks, ramponiert, zerschunden und mürrisch, gehüllt in schmierige schwarze Kleider, die Gesichter versoffen und die Hände von harter Arbeit krumm. Bin froh, daß ich weiß, wie es in einem Londoner Pub aussieht. Nichts, was ich je gelesen habe, hat mir eine Vorstellung von dem erbärmlichen Elend dieser Lokale vermittelt.

Wie heiter und fröhlich sind die französischen Cafés! Gestern abend saß ich mit Zadkine in einem am Boulevard Haussmann und hörte einer Zigeunerkapelle zu. Der Laden war gerammelt voll. Und alle diese Leute waren eigens gekommen, um sich diese alten Volksweisen anzuhören – keiner schrie nach Jazz – Plus de Jazz!

Paris kommt mir noch immer als die kosmopolitischste aller Großstädte vor. Hier findet sich die größte Ansammlung bizarrer Typen. Die Leute kleiden sich, wie es ihnen gefällt, tragen Bärte, wenn sie wollen, und rasieren sich, wenn sie Lust haben. Man spürt hier nichts vom leblosen Druck stumpfsinniger Reglements wie in N.Y. oder London. London ist mit diesen oberflächlichen Details wirklich ein bißchen albern. Und bieten die Londoner nicht trotz ihrem ganzen Festhalten am Herkömmlichen einen langweiligen, einfältigen, schäbigen, jämmerlichen Anblick? Bist Du jemals stehengeblieben und hast sie Dir vorm Theater einmal angesehen? Sind ihre Frauen nicht schauderhaft? Sind das keine Schlampen, keine Nieten, keine Nervtöter?

Nun, Leute, damit müßt ihr euch fürs erste begnügen. Was soll ich trinken – falls überhaupt etwas? Und ohne welches Aroma? Bestellt Muriel meine besonderen Grüße; ich weiß, sie wird umfallen, wenn sie diese Einzelheiten erfährt (aber nicht alle, Poppa!). Wenn ihr irgendwelche speziellen Informationen braucht – irgend etwas praktischer oder dringender Art –, dann schreibt und fragt. À votre service, M'sieu, Madame!

Also – dieses Französisch! Am ersten Abend hat es mich komplett im Stich gelassen. Hatte schlichtweg alles vergessen. Hauptsächlich, weil der Kerl (der Patron des Hotels) so ausdruckslos stupide dreinschaute, als ich damit loslegte. Wir fingen an, aufeinander einzuschnattern – und gestikulierten wie zwei gottverdammte Affen. Ah, war das komisch. Aber ich kam mir sehr schnöde vor. Seit meinem Umzug geht's schon besser. Sogar die Gendarmerie reagiert höflich auf mich.

Nehme an, Französisch sprechen lernt man nur, indem man es spricht, wie? Werde mir mal einen französischen Tonfilm anhören.

Mann, ich weiß, ein Brief wie dieser tut Dir nicht gut. Verzeih mir, wenn ich darauf herumzureiten scheine. So meine ich das gar nicht. Ich wollte Dich nur wissen lassen, daß Du nicht enttäuscht sein wirst, falls Du Dich entschließt zu kommen. Selbst wenn Du Deinen Schirm oder die Gummistiefel vergessen solltest! Das wär's also. Alles Gute. Laßt gelegentlich von euch hören.

HVM.

[9. März 1930]

## Erster Sonntag in Paris

Vielleicht der schönste Sonntag meines Lebens! Früh geweckt vom Geschrei der Straßenhändler, von denen jeder ein anderes Lied singt, meinen fremden Ohren ein schönes Lied. Auf die Straße gestürzt und mich plötzlich gefragt, ob heute wirklich Sonntag ist; so viele Läden sind offen, Hausfrauen streichen in Pantoffeln durch die engen Gassen und schleppen sich mit Lebensmitteln ab. Die Luft ist hell, die Sonne scheint kräftig: ein typisch Pariser Himmel, nicht so leuchtend wie im Süden, und dennoch blendend, vielleicht vom Widerschein der hellgrauen Mauern. Ich gehe in Richtung St. Severin, entschlossen, mir die Kirche noch vor dem Frühstück anzusehen. Die Straßenkehrer sind mit ihren langen Besen aus dünnen, groben Hanfbündeln zugange. An den Bordsteinen entlang fließen winzige Bäche und befördern den Abfall der Straßen in die berühmten Kloaken, die man jetzt leider erst im Sommer besichtigen kann.

St. Severin liegt in all seiner zerbröckelnden Schönheit vor mir – sehr verwittert, sehr alt, sehr schön an diesem reizenden Sonntagmorgen. Ich bin beinahe versucht, hineinzugehen. Aber wozu? Draußen ist es ja noch wunderbarer als drinnen im Rauch und Gebet der Gläubigen. Ich trete in ein Café am Pont St. Michel – Au Départ heißt es – und bestelle Croissants und Café crème. An der Theke herrscht dichtes Gewühl, bestimmt weil Sonntag ist und alle früh aufgestanden sind, um den freien Tag auszunutzen. Ich mustere die gesunden, freundlichen Gesichter um mich her – diese bäurischen Gesichter, so kernig, so beseelt, so ausdrucksvoll vernünftig und normal. Sie sind so glücklich, wie wir Amerikaner es niemals sein werden. Sie scheinen jeden Tag zu genießen, wie er gerade kommt, finden einfach und natürlich zu ihrem Vergnügen, verlangen nichts außer zusammen zu sein, sich zu unterhalten, ihren vorzüglichen Wein zu trinken, das Aroma ihrer reichen Sprache zu kosten, vielleicht einmal zum Vogelmarkt zu gehen und einen Kanarienvogel oder eine gurrende Taube nach Hause zu bringen. Der Vogelmarkt ist nicht weit von hier – nur ein kleines Stück über die Brücke, auf der Île St. Louis, beinahe im Schatten von Notre Dame. Wie viel uns solche Kleinigkeiten wie dieser Vogelmarkt oder die überall herumstehenden Blumenstände von den Franzosen erzählen. Veilchen für einen Franc den Strauß – aber nicht zu besonderen Anlässen (wenn man sein Mädchen ins Theater ausführt oder einem plötzlich der Geburtstag der Gattin einfällt), sondern jeden Tag und für jedermann.

Ruhig und schön ist es an der Seine. So viele Brücken, und jede auf einen imposanten Namen getauft. Heute morgen sehen sie so aus, wie sie mir auf Bildern oft erschienen sind. Das Wasser ist leicht gekräuselt und unter den Bögen flimmern und zittern die Schatten. Den ganzen Fluß entlang, so weit das Auge reicht, stehen an beiden Ufern Männer mit langen Angelruten. Jenseits der gemauerten, den sanften Biegungen folgenden Flußböschungen lehnen die Häuser träge aneinander und leuchten mit sanftem, mildem Schein. Man fragt sich, wie alt sie sind, wie lange sie schon so in ihrer Heiterkeit und Lebendigkeit dort stehen. In jedem Zeitalter hat es Schriftsteller gegeben, die das Verschwinden des alten Paris beklagt haben, des Paris, das ihnen in ihrer Jugend vertraut war oder das ihnen ihre Eltern geschildert haben. Und doch kann man sich ein neues Paris nur schwer vorstellen. Ich glaube, Paris wird immer alt aussehen, genau wie seine alten Maler mit ihren Silberbärten und zwinkernden Augen; ich glaube, es wird seinen wunderbaren Reiz so wenig verlieren wie seine schön gefärbten Liqueurs.

Ich bin jetzt auf der rechten Uferseite, bin am Hôtel de Ville vorbei und finde mich plötzlich in einem schmutzigen, muffigen Viertel nicht weit vom Quartier St. Antoine. Massen von Kindern spielen hier, und die müssen einem einfach auffallen, da man zuweilen meilenweit gehen kann, ohne auf ein einziges Kind zu treffen. Die Straßen hier sind fürchterlich krumm, trostlos und eng. Die Häuser scheinen oben aneinanderzustoßen, und blickt man an den Mauern empor, entdeckt man tiefe Narben, rußig sind sie und verfärbt. Hier, mitten im Herzen des alten Paris, gedeiht der Abschaum. Hier eilten an einem Tag im Juli die Bürger rachsüchtig zu den Waffen; durch diese Straßen ergossen sie sich wie Ratten, die ein sinkendes Schiff verlassen. Von hier ist es nicht mehr weit bis zur Bastille. Die Rue Antoine hinauf, jetzt voller Schiebekarren. Eine typische Gettoszene, jedoch ausgesprochen pariserisch. Man beobachtet, wie die Gendarmen wie in jeder anderen Großstadt den armen Händlern zusetzen und sich widerlich mit ihnen über die elenden Paragraphen des Gesetzes zanken. Und da diese armen Geschöpfe des Bordsteins häufig Juden sind, verfolgt man mit Entzücken den Schlagabtausch, der sich dann abspielt – die Grimassen, die sie hinterm Rücken des Gendarmen schneiden, wie sie ihm die Zunge herausstrecken und eine lange Nase drehen. Kaum zu beschreiben sind die Waren, die entlang dieser volkreichen Gasse aufgehäuft sind. Orangen, schon geschält, abgezogene Kaninchen, Schalentiere aller Art, Holzschuhe, Pilze, Seidenstrümpfe zu 7 Francs das Paar (!), und so weiter. Am allerbesten die Weine und Liqueurs: Alter Portwein, sehr alt, echt, wirklich aus Porto etc., zu weniger als 50 Cents der Liter, Málaga, Burgunder, Weine aus Anjou, Cognac, Brandy, Whiskey, Benedictine, Chartreuse, Curaçao, Crème de Menthe. Ich habe eine kleine Flasche Benedictine für zweieinhalb Francs (10 Cents) gekauft und zum Mittagessen ausgetrunken. Bester Stoff der Welt, wärmt den Magen, bringt die Eingeweide zum Glühen. Hatte noch genug übrig, der Kellnerin ein Gläschen abzugeben, denn eigentlich schickt es sich nicht, in ein Restaurant seinen eigenen Liqueur mitzubringen.

An der Bastille habe ich das Gefühl (angesichts dieses Denkmals des Mutes und Trotzes), noch stark genug zu sein, ein wenig weiterzugehen. Der Bus bringt mich für 3 Cents zur Porte St. Denis, einem großartigen, arg mitgenommenen Überbleibsel aus den Zeiten des verrückten Louis. Ich weiß, jetzt stehe ich auf der Straße, die für die älteste von Paris gehalten wird: die Rue du Faubourg St. Denis. Und was für eine Straße das ist! Zweifellos eine der großen Straßen dieser Welt, wahrlich interessanter als alles, was ich je in London oder New York gesehen habe. Diese Straße ist geradezu bitter vor Alter, oder heißt es ranzig? Noch mehr Schiebekarren, mehr Geschäfte, im Rinnstein trampeln wimmelnde Massen durch Müllhaufen. Und immer wieder Durchgänge, die in Parallelstraßen führen, einige oben abgedeckt, andere zum Himmel hin offen, kräftige Sonnenstrahlen treffen die Pflastersteine. Ich ducke mich in diese Durchgänge und spähe in Hausflure und Ställe, berühre die triefnassen Wände und studiere die Schilder in den Eingängen. Unreine Orte sind das, wo Hebammen für ihr Gewerbe Reklame machen und Tanzlehrer garantieren, in einem Dutzend Unterrichtsstunden ihr ganzes Wissen zu vermitteln. Faule Hunde liegen auf dem Bürgersteig und weichen nicht von der Stelle. Du hast die Hunde von Paris nie gesehen? Ach, die sind eine Rasse für sich. Verlotterte, feige Geschöpfe, lethargisch und verstopft, und da sie nichts Besseres zu tun haben, kläffen sie.

Es geht auf elf Uhr zu, also kehre ich auf mein Zimmer zurück und arbeite ein paar Stunden. Nach dem Mittagessen nehme ich mein Manuskript unter den Arm und suche mir ein ruhiges Café, wo ich ungestört sitzen und das Geschriebene verbessern kann. Beim Gehen fällt mir auf – zumal jetzt die meisten Geschäfte die Laden heruntergelassen haben –, wie viele kleine Galerien hier überall sind. Es ist wohl tatsächlich so, wie jemand einmal gesagt hat, daß in Paris fünfzigtausend Künstler leben und arbeiten. Um die Gare Montparnasse, gleich unterhalb des Rotonde und des Select, gibt es Straßenausstellungen. Eine erstaunliche Menge von Gemälden, einige über jede Krittelei erhaben, andere grauenhaft, furchtbar, beleidigend selbst für die Augen der Bourgeoisie, die in Massen herausgekommen ist, um sich die Werke ihrer künstlerischen Mitbürger anzusehen. Die Maler selbst sind noch interessanter als ihre Bilder. Viele von ihnen sind echte Montparnasse-Typen, pittoresk gewandet in Kordhosen und schwarzen Schlapphüten, mit langen Bärten und gewaltigen Pfeifen. Andere, die Unauffälligen, Sensiblen, erwecken bei mir die tiefste Sympathie. Was muß ein Künstler dabei empfinden, wenn er den ganzen Sonntag herumsteht und wie ein gewöhnlicher Straßenhändler seine Ware zum Kauf anbietet. Einige von ihnen schauen zaghaft in die Menschenmassen, als wollten sie für ihre Anwesenheit hier um Verzeihung bitten, und mustern schwermütig die stupiden Gesichter, in der Hoffnung, unter ihren Werken möge sich irgend etwas nicht allzu Unverständliches befinden, das diesen Brieftaschen, die sich da unter den schwarzen Gehröcken wölben, zusagen könnte. Das meiste auf dieser Straßenausstellung ist konservativ. Die Aquarelle sind ausnehmend gut und entlocken den Betrachtern, die mühelos ihre geliebten Straßen wiedererkennen, begeisterte Kommentare. Die Stilleben sind sehr still, très mort, und das trotz all dem, was Cézanne über gegeneinander verschobene Flächen etc. gepredigt hat. Doch ist im Zusammenhang mit diesen Freiluft-Galerien folgendes zu bemerken – das Publikum legt einen kritischen Scharfsinn an den Tag, der weit über dem Niveau unseres bourgeoisen Pöbels liegt. Spott und Witzeleien sind nirgends zu hören. Man stelle sich nur vor, was für Kommentare es gäbe, wenn eine ähnliche Ausstellung etwa auf der Fifth Avenue vor der Carnegie Library veranstaltet würde.

Nun, wir müssen weiter, zu einem netten, ruhigen Café, und so gehen wir den Boulevard Montparnasse entlang, vorbei an den unerträglichen Schwachköpfen des Dôme und des Coupole, bis wir die Closerie des Lilas erreichen. Ich setze mich ans Fenster, mit Blick auf den Bal Bullier, und während ich mich meinem Manuskript widme, kann ich auf dem Rasen draußen einen Gewichtheber im Trikot sehen, der die Menge mit allerlei Kunststücken amüsiert. Nach einer Weile gehe ich nach unten auf den Lokus und marschiere versehentlich ins Damenklo. Die Damen lächeln und nehmen den Fauxpas gutmütig hin. Als ich mein Geschäft erledigt habe, stoße ich auf die Toilettenfrau, die an ihrem Geldtischchen sitzt und einen Brief an ihren Liebsten schreibt. Sie sieht blitzsauber aus, ihr Haar ist frisiert, und sie scheint glücklich in ihrem kleinen Reich, glücklicher, möchte ich meinen, als irgendeine törichte Tippse in der obersten Etage des Woolworth Buildings. Auf dem kleinen Teller liegt lediglich ein Fünfzig-Centime-Stück, also lege ich mein Trinkgeld dazu und erhalte ein freundliches Danke von Madame. Vielleicht hat Madame Kinder, die zu Hause auf sie warten; vielleicht hat sie nach Feierabend noch Geschäfte abzuwickeln. Man sollte freundlich von diesen Toilettenwärterinnen denken. Ihr Leben ist kaum das, was man als gesund bezeichnen würde.

Du denkst vermutlich, ich müsse da oben ein paar Gläser Liqueur trinken. Falsch, ich trinke zwei Tassen Kaffee nature, beende meine Arbeit und schlendere wieder die Straße entlang. Wieder komme ich an Dôme und Coupole vorbei, und biege dann in die Rue de la Gaîté, die jetzt wirklich sehr heiter ist und schier verstopft von Theaterbesuchern. Die Geschäfte stehen alle weit offen und locken mit Sonderangeboten – das tun sie auf dieser Straße immer. Vor den Kinos hängen haarsträubende Plakate, und ich sehe Bebe Daniels' Namen in großen Buchstaben, und William Haines spielt in *Jimmy le Mystérieux*, worunter man in Frankreich *Alias Jimmy Valentine* versteht. Auf den französischen Plakaten sehen unsere Kinostars ganz anders aus. Hier sind sie zu sehr schurkischen, sehr froschhaften Gestalten geworden, und man kann alle möglichen Preise zahlen, um sie sich anzusehen. Manchmal bekommt man einen Platz im «promenoir» für einen Franc, man kann aber auch zu Spitzenpreisen gleich hinterm Orchester sitzen. Die Rue de la Gaîté gefällt mir, weil sie bunt und lebendig ist. Im übrigen ist sie auch wieder eine der kuriosen Straßen dieser Welt. Von dort gelangt man schnell in ländliche Stallungen, oder in einen kleinen Park, ähnlich wie Bowling Green, wo auch heute noch Bowls gespielt wird. Zwischen den belebten Geschäften dieser Straße gibt es eine Polizeiwache, ein sehr prachtvoller, sehr rot-weiß-blauer Bau. Davor erblickt man einen stattlichen Gendarmen, seinen Umhang hat er lässig über die Schulter geworfen, mit einer Hand zwirbelt er seinen Schnauzbart, in der andern hält er eine Zigarette. Kluge Regierung, die ihren Polizisten erlaubt, auf Streife zu rauchen. Sie sehen zufrieden aus, diese Pariser Polizisten, und meistens kümmern sie sich um ihre eigenen Angelegenheiten. Bei Nacht streichen sie mit großen Pfeifen im Mund umher, und gelegentlich sehe ich sie auf einen Drink in eine Bar verschwinden oder in angeregtem Gespräch mit einem Bürger auf den Absätzen schaukeln.

Jetzt geht die Sonne unter, und bevor ich in das volkreiche Viertel jenseits der Avenue du Maine eintauche, werfe ich noch einen kurzen Blick durch das Friedhofstor auf den Cimetière du Montparnasse. Es gibt dort ein praktisches kleines Pissoir, eins von der sehr offenen Sorte, gleich neben dem Eingang – sehr umsichtig dort placiert. Ich gehe hinein und besudle die Friedhofsmauer mit einem weiteren Eimer Urin. Dann verliere ich mich in einem vollkommen unbekannten Viertel, das von der Avenue de l'Ouest aus in alle Richtungen wuchert. Ich finde, daß ich wieder auf eine reiche Ader gestoßen bin, eine Gegend, von deren Existenz ich bei meinem letzten Besuch in Paris ganz und gar nichts geahnt hatte. Der Himmel ist jetzt schiefergrau – ein fauler, träger Himmel, der eins zu sein scheint mit den Häusern und Gassen, in die ich nun hineinsteure. Hier haben alle Läden geöffnet. Die Pferdemetzger machen enorme Umsätze; die riesigen Kadaver hängen in gespenstischer Fülle am Straßenrand. Erst wenn man ein Pferd aufgeschnitten an einem Haken hängen sieht, wird einem klar, was für ein großes Tier das ist. Neben den anderen Tieren, Kaninchen und Schafen, Federvieh und Schweinen, wirkt es in seiner Größe geradezu vorsintflutlich. Und wieder drängen seltsame Eindrücke ins Auge. Die Straßen dieser elenden Viertel bieten stets neue Offenbarungen von den grotesken Seiten des menschlichen Daseins. Die schwachsinnigen Zwerge des Velázquez, die Elenden und Krüppel von Fantin-Latour, die Idioten Chagalls, die von Goya geschaffenen Ungeheuer – sie alle passieren hier noch einmal Revue, streifen einen in schmutzigen Lumpen, murmeln vor sich hin, singen oder fluchen, taumeln unter schweren Lasten oder bleiben stehen, um aus der Gosse eine Brotkruste aufzuheben. Zweifellos ist es grausam, all das prächtig zu nennen, aber ich muß gestehen, daß im Gegensatz zu diesem Anblick die glitzernde Pracht der großen Boulevards blaß und leblos wirkt. Dies hier ist die Menschheit im Naturzustand, der endlose Strom jener fruchtbaren Brut, auf deren Rücken die Flaneure in Gier und Lust herumklettern. Ich stehe vor einem gewöhnlichen Tanzlokal hier in der Gegend und sehe den Possenstücken auf der Tanzfläche zu. Aus dem Lokal leuchtet ein rotes Glühen. Über dem Ganzen liegen Rauchschwaden wie dichter Nebel. Aus dem hinteren Ende des Saals dringt eine seltsam lärmende Musik, und wenn ich meine Augen anstrenge, kann ich in einer kleinen, abgetrennten Loge undeutlich eine winzige Gruppe von Musikern erkennen. Ich höre ein Akkordeon, eine Geige, eine Trommel, vielleicht auch ein Klavier. Auf der Tanzfläche wirbeln schwindelerregend die Paare zur Melodie eines altmodischen Walzers. Die Männer behalten die Hüte auf und drücken ihre Frauen schamlos an sich. Um die Tanzfläche herum sind grobe Tische und Bänke aufgestellt, wie man sie aus deutschen Biergärten oder von Picknickplätzen kennt. Alle scheinen Bier zu trinken, alle haben rote, glückliche Gesichter. Dies ist keine Lasterhöhle. Ich sehe Mütter, die ihre Töchter an die Tische führen, und alte Graubärte, die rundbäuchige Matronen zum Tanz geleiten. Auf diese Weise verbringen in Paris viele einfache Leute ihre Sonntage. «Sehr konservativ», erklärt mir der Kellner im Café nebenan, «sehr orthodox.» Sehr, sehr...

Im Restaurant des Gourmets bekomme ich für 12 Francs ein vorzügliches Mahl, einschließlich Wein, Butter, Brot, Serviette und Trinkgeld. Unglaublich – mit einer Achtundvierzig-Cents-Mahlzeit zum Gourmet werden! Das Lokal ist klein und schmutzig, mit Sägemehl auf dem Boden und Fliegen sogar im Winter, aber die Zwiebelsuppe ist köstlich und kostet nur 60 Centimes die Schüssel. Während ich esse, unterhalten sich neben mir ein Amerikaner und ein Franzose. Ich höre immer wieder das Wort «Theosophie», und dann fragt der Amerikaner den Franzosen (auf englisch), ob er das nicht in wenigen Worten zusammenfassen könne. Von der Antwort des Franzosen bekomme ich nichts mit, nur schließe ich aus einigen sehr vielsagenden Gesten – und dem leeren Blick des Amerikaners –, daß er meint, mit wenigen Worten lasse sich nichts Gehaltvolles sagen. Der Amerikaner ist offenbar ein Künstler: sehr vornehmes, mildes Gesicht, gehüllt in einen fuchsroten Bart, so daß er aussieht wie eine von Holbeins Gestalten. Erstaunlich, was so ein Bart aus den Söhnen unseres Landes macht! Besonders, wenn sie mit einem sensiblen Organismus ausgestattet sind. Hier am Linken Ufer sieht man sie überall, sie lassen sich Bärte wachsen, tragen sehr verwegen ihre Baskenmützen und üben gurgelnd das französische rrr. Es ist sehr von Vorteil, hier nicht bloß als einfältige «où est, avez vous»-Type herumzulaufen. Man kann so verdammt viel aus einem Franzosen herausholen, wenn man sich nur richtig auszudrücken versteht. Täglich frage ich nach Butter, und täglich muß ich mit dem Brot oder einem Messer herumgestikulieren, um klarzumachen, was ich mit meinem «du beurre» meine. Weine und Benedictine sind einfach – ebenso «les haricots verts» oder «Place de l'Opéra».

Nach dem Essen nehme ich die Métro zur Rue Blanche und suche das Studio 28. Am Montmartre wimmelt es nur so von Huren. Kleine Bars, kaum größer als ein Sarg, sind überfüllt mit ihnen. In manchen Lokalen scheinen sie die einzigen Kunden zu sein, und hier spielt sich immer etwas ab, so wie in New York und um die Columbia Burlesque. Als ich von der Avenue de Clichy abbiege, um die Rue Lepic hinaufzusteigen, einen sehr steilen Paß, den nur Ziegen mit einigem Tempo bewältigen können, sehe ich eine dieser unglücklichen Frauen der Straße weinend an einer Mauer lehnen, ihr Mantel ist ganz mit Schlamm beschmiert. Sie blutet im Gesicht. Niemand beachtet sie. Doch halt! Während ich weitergehe und mich frage, was da passiert sein mag, sehe ich plötzlich einen garçon, der einen jungen Rüpel am Schal hinter sich her zieht und nach einem Gendarmen schreit. Die kommen nicht einfach an und schlagen den Kerl zusammen, wie man es bei New Yorker Polizisten erwarten würde. Sie fluchen noch nicht einmal oder schwingen boshaft ihre Schlagstöcke. Allem Anschein nach hatte der Grobian eine Auseinandersetzung mit der Frau, weil sie ihm eine Krankheit angehängt hat. Ich höre die anderen Frauen, die sich jetzt herangedrängt haben, höhnisch kichern und derbe Sticheleien murmeln. «So was!» scheinen sie einander zu sagen. «Hat das arme Kerlchen erwartet, Diamanten für sein Geld zu kriegen?» Wow! Diese aufgedonnerten Gespenster bringen einem das Zittern bei. Sie sitzen in den Cafés und winken dir durchs Fenster zu oder sie rempeln dich auf der Straße an und laden dich ein mitzukommen. Wie auch immer, Studio 28....

Dies ist *das* intellektuelle Kino von Paris. Es ist fast menschenleer, ganz so, wie intellektuelle Orte es sein sollten oder jedenfalls im allgemeinen sind. Und was für ein Programm! Mein Platz reicht nur für ein paar Worte über *Un Chien Andalou*. Zuvor will ich sagen, ich rechne nicht damit, in Amerika jemals einen solchen Film zu sehen – nicht einmal zur Jahrtausendfeier. Was ist *Un Chien Andalou*? Ich weiß es nicht. Ich weiß nicht, was das Ganze soll, allenfalls im Unterbewußtsein, falls ich dieses Wort so leichthin verwenden darf.

••••

In der Lobby des Kinos steht eine Maschine aus dem Jahre 1905. Eine Maschine zum «Geräusche machen». Offenbar in den Lichtspielhäusern zur Zeit der großen Mode der Slapstickfilme verwendet. Um sie auszuprobieren, drücken die Leute auf Knöpfe und ziehen an Schnüren. Was für ein Geräusch möchtest du gerne hören? Zerspringende Teller, verächtliches Schnaufen, Rotz hochziehen, Schritte auf Sandboden, zerschmettertes Glas...? Es gibt über 57 Möglichkeiten.

Ich trotte den Hügel hinunter und mache den ganzen Weg nach Hause zu Fuß. Auf der Seine tänzeln bunte Lichter, als ob die Stadt einen immerwährenden Karneval feiere. Ich habe einen Brief in der Tasche, den ich noch einwerfen will. Gehe in die geräumige Gare d'Orsay am Quai d'Orsay und suche nach einem Briefkasten. Der Bahnhof ist verlassen. Nein, doch nicht ganz. Auf einer Bank neben meinem Briefkasten sitzt eng umschlungen ein Liebespaar. In der Nähe steht ein Gendarm und sieht ihnen ruhig zu. Die Frau hat den Kopf weit zurückgelegt, ihre Lippen sind offen, sie wartet, daß er noch einmal von vorne anfängt.

Ungeheuer aufgewühlt von diesem Anblick, überlasse ich sie ihrem Vergnügen. Ich gehe am Quai entlang, bleibe am Pont du Carrousel kurz stehen und schaue über das Wasser in Richtung Notre Dame, die kaum sichtbar ist, gespenstisch und furchtbar still. Ich bin den Tränen nahe. Die Schönheit all dieser Dinge erstickt mich, und ich habe niemanden, dem ich auch nur einen

Bruchteil meiner Gefühle mitteilen könnte. Selbst jetzt, in der Erinnerung daran, sind meine Augen feucht. Ich kann noch nicht zu Bett gehen. Der Glanz dieser Stadt hat mich nachgerade in einen Rausch versetzt. Plötzlich erinnere ich mich an einen Ort, der unter allen meinen früheren Eindrücken von Paris als der schönste und intensivste nachklingt. Ich gehe diesen Ort suchen. Weiter am Quai entlang, vorbei an Pont-Neuf und wieder zurück irgendwo in die Gegend von St. Severin oder St. Julien-le-Pauvre. Ich will gar nicht mehr genau wissen, wo ich mich befinde. Der Himmel ist dunkel, beladen mit schweren Sturmwolken; die Luft ist eiskalt geworden, die Feuchtigkeit durchdringend. Aber selbst wenn es Kaninchen gehagelt hätte, wäre meine Begeisterung geblieben. Gelegentlich öffnen sich die engen Gassen auf irgendeinen reizenden Platz, eckig oder rund, und alles scheint sich zu drehen.

Endlich bin ich da, am l'Odéon, und finde mein kleines Café Voltaire; es hat schon zu. Während ich dastehe und an wunderschöne Erinnerungen denke, bricht der Mond aus den Wolken. Die Statue im Zentrum des Platzes wächst in bleichem Licht. Sie ist genauso schön wie in jener Sommernacht, als wir zu dritt dort draußen saßen, Bier tranken und über Spengler und Aristoteles sprachen. Ich gehe zum Theater rüber und versuche in dem trüben Licht die Anschläge für die kommenden Aufführungen zu lesen. Ich erkenne Namen wie Racine, «après Balzac», Victor Hugo etc. Ich versuche mir vorzustellen, wie das wohl sein mag, in diesem Theater einen der alten französischen Klassiker zu sehen. Wer hat dort gespielt? Werde ich den wahren Geist dieses Volkes jemals richtig verstehen können? Alle Läden werden jetzt dichtgemacht. Ich muß zurück auf mein Zimmer. Auf dem Boulevard St. Germain höre ich die Glocken läuten. Seltsam klingen die, manchmal fast orientalisch. Manche klingen aus mit langem, nachhallendem Schlag, manche läuten melodisch oder erschallen mit einem klirrenden Gebimmel; und einige machen kaum ein Loch in die Stille der Nacht – bloß ein schwacher, hoher Gongschlag, der gleich wieder erstickt wird.

Ich habe den großen Rundgang hinter mir. Jetzt bin ich wieder in meiner Mansarde in #36 Rue Bonaparte. In dem Zimmer herrscht Grabeskälte, doch während meiner Abwesenheit sind die portières angebracht worden. Sie sehen steif und gestärkt aus und haben ein kurioses buntes Muster wie rustikale Tischdecken. Ich hänge zwei meiner Aquarelle auf. Kommen mir noch immer gut vor. Den Rest kann ich eines Nachts in die Seine werfen. (Von wegen!)

Und das ist Paris nach dem dritten oder vierten Tag, ein düsterer Husten martert meine Brust, mein Blut fiebert und all meine arbeitsreichen Tage liegen vor mir.

Au revoir!

P. S. Emil: Ist es!

P. P. S. Schicke das in zwei getrennten Umschlägen, um Porto zu sparen.

[März 1930]

Apocryphe Hebdomaire, Parisien avec Sang et Feu!

• • • •

Na denn, versuchen wir mal wieder in Literatur zu schwelgen...

Boulevard Malesherbes. C'est minuit. Der Asphalt glänzt wie die schwarzen Helme der berittenen Polizei. Indigohimmel, reingefegt von diesen flockigen Wolken, die den ganzen Tag über der Stadt hängen. Man sieht jetzt so viel mehr von den Wolken, wenn man zwischen niedrigen Gebäuden einhergeht und plötzlich auf gewaltige Kreuzungen stößt. Es ist Winter, und die Bäume verdecken nicht den Himmel. Man kann zwischen den nackten Zweigen hindurchsehen und die Farben von Rostbraun und Purpur zu Violett, Blaugrau, dann Tiefblau und Indigo changieren sehen. Lange nach dem dämmerigen Abendleuchten stehen am Boulevard Malesherbes entlang mit schwarz gestikulierenden Ästen die hageren Bäume in endlosen Reihen, düster, gespenstisch, die Stämme intensiv wie Zigarrenasche. Wo ist die Seine? frage ich in Abständen. Tout droit, monsieur, tout droit. Weiter, weiter unter dem Gewölbe verkrümmter Äste her, in erhabener und vollkommen europäischer Stille. Die Fensterladen dicht, die Geschäfte verriegelt, roter Schein in irgendeinem Fenster, hinter dem eine Frau ihren Geliebten beglückt. Brüsk die Fassaden, frisch die Gebäude. Graniten schlummern sie in der feuchten Luft. Und wohin soll nun ich mich wenden? Wieder einmal stehe ich auf einem runden Platz. Ein riesiges Rad mit Speichen, die sich über sämtliche Meridiane des Kompasses erstrecken. Nehme ich die falsche Speiche und entferne mich von der Nabe, lande ich womöglich auf dem Père Lachaise oder noch rechtzeitig in Clignancourt, um den Beginn des Flohmarkts mitzubekommen. Aber im Zweifelsfall ist es immer sicher, sich tout droit zu halten (wie der Londoner sagt). «Làbas c'est la Seine.» Niemand versteht um Mitternacht mein «Seine». Für les oreilles françaises klingt das wie «Sévigné» oder «Vincennes». Ich ahme geräuschvoll fließendes Wasser nach und zeichne Brücken mit meinem Stock. Schwer fällt es mir, die bunten Lichter nachzumachen. «Compris, monsieur?» AH. Ich bin auf den Jardin des Tuileries gestoßen. Zwei griechische Tempel hocken dort oben auf der Rampe. Einer ist das Musée de l'Orangerie, wo noch ein paar Tage lang die Feiern zu Camille Pissarros 100. Geburtstag weitergehen werden. Camille Pissarro! Jetzt kommt mir ein anderes Paris ins Gedächtnis – eines, das ich beinahe so lebhaft gesehen habe wie dieses lebendige. Ein Paris der Literatur, ein Paris, das in *Der Menschen Hörigkeit* verewigt ist. Vor wenigen Jahrzehnten, als George Moore an seinen *Bekenntnissen* arbeitete, als «Les Fauves» die Rolle der unversöhnlichen Aufrechten einnahmen, war Somerset Maugham ein Student der Malerei. Er hatte etwas zu sagen von Camille Pissarro und auch von einem anderen furchtbaren Spanier, der die Welt mit seinen akrobatischen Sprüngen von einem Stil zum andern schockierte – «Stile», von denen Spengler so trefflich gesagt hat, daß sie überhaupt keine Stile sind, da jeder an jedem Tag seines Lebens sich für einen bestimmten Stil entscheidet. Nach alten Begriffen gibt es keinen Stil mehr. Mit dem Tod des Klassizismus ist die Kultur untergegangen. Denke ich all das wirklich, während ich am Ufer entlangspaziere? Offen gesagt, nein. Womit beschäftige ich meine Gedanken? Mit dem Zauber der Nacht, mit der unerbittlichen, verletzenden Schönheit dieses kleinen Stroms, dessen blitzendes Wasser eine neo-hellenistische Welt widerspiegelt. Hier neigen sich sachte die Bäume, wie um dem Wunder der Seine zu huldigen. Im Sommer, unterm Gewicht von Blättern und Blüten, werden sie sich noch weiter neigen, und wenn abends der Wind aufsteht und durch das glänzende Laubwerk fährt, werden sie vielleicht ein paar raschelnde Tränen vergießen und überm Strudeln des Wassers erbeben.

Pont du Carrousel – Pont Solférino – Pont des Arts. Vertäut am Bürgersteig dösen Droschken unter den Bogenlampen. In dem engen Kasten hinter der Windschutzscheibe sitzt monsieur le conducteur de voiture – avec Schnauzbart, un type très curieux, comme les caricatures de Peter Arno.

Notre Dame ragt wie ein Grabmal aus dem Wasser. Die Wasserspeier lehnen sich weit über die weißen Fassaden, schneiden grimmige Grimassen, hängen dort wie eine idée fixe im Geist eines Monomanen. An der Backbordseite schlafen, auf die flachen, kalten Stufen hingestreckt, die alten Frauen von Paris, Zeitungen als Matratzen unter ihren Lumpen.

Zwanzig Jahrhunderte Christentum mit seinen Reliquien des Blutvergießens, seiner Architektur und Hektaren von Leinwandmadonnen in sämtlichen Kunstmausoleen der Welt. Und noch immer wird es zugelassen, daß Frauen mit weißen Haaren in der Kälte schlafen, unter Wasserspeiern und überladenen Friesen, unter geschnitzten Jüngern, die in heuchlerischer Heiligkeit herumstehen oder mit abgehacktem Kopf in der Hand aus der Menge vortreten. Was hat das Ganze für einen Sinn? Hat es überhaupt einen Sinn? Was bedeutet einem erfrorenen Körper Architektur, oder der Mummenschanz der Messe, wo im splittrigen Licht der rosenfarbenen Fenster ein Satyr in Kapuze und Soutane das duftende Weihrauchfaß schwenkt?

• • • •

Ein Buchladen, im Schaufenster Zeichnungen von Raoul Dufy. Zeichnungen von Putzfrauen mit Rosenbüschen zwischen den Beinen. Eine Sammlung von Cocteaus Dessins. Drinnen eine Ausstellung mit den neuesten Sachen von Kandinsky. Eine Abhandlung über die Philosophie von Joan Miró. Dann fällt mein Blick auf etwas ungewöhnlich Interessantes: das Buch eines Franzosen, illustriert von ihm selbst. Es heißt *Ein Mann in Scheiben geschnitten* Jedes Kapitel beginnt «derselbe in den Augen seiner Familie», «derselbe in den Augen seiner Geliebten» etc. Ich lese ein paar Zeilen, und mein Herz macht einen Freudensprung. Das Buch ist ein Produkt des Surrealismus. Ich glaube aus vollem Herzen an diese Bewegung. Sie bedeutet eine Emanzipation von Klassizismus, Realismus, Naturalismus und sämtlichen anderen Ismen der Vergangenheit und Gegenwart. Warum sollte die Literatur hinter Malerei, Bildhauerkunst und Musik zurückbleiben? Warum sollten wir immerzu auf die Intelligenz des Lesers Rücksicht nehmen? Muß nicht der Leser sich bemühen, uns zu verstehen? Jetzt sind endlich einmal die Sinne an der Reihe. Nachdem man die Seele ergründet hat, muß man sich jetzt mit den Gefühlen, mit der Kunst, mit den ewig sich wandelnden formlosen Formen auseinandersetzen.

Ein Gebet: Daß ich es noch erleben darf, ein solches Werk über New York oder Paris zu schreiben. Daß ich unergründlich das Drama schildern darf, das sich in einem Menschen abspielt, der an der Kreuzung 42. Straße und Broadway steht. Daß ich nicht werde erklären müssen, warum er es sich plötzlich in den Kopf setzt, nach Hause zu gehen und sein Baby in sieben Teile zu zerhacken.

• • • •

Himmel, was für einen wunderbaren Stoß gab es mir, als ich in Morands New York auf Walt Whitmans *Crossing Brooklyn Ferry* stieß, ins Französische übersetzt – und es dennoch wiedererkannte, mich in seinem Rhythmus wiegte und in seine herrlichen Wohlklänge stürzte. Im Anschluß an diesen Auszug, der, wie ich spürte, Morand tief bewegt hat (zumal er seine Hörigkeit beim Anblick dieser phantastischen Szene selbst zugibt), fügt er mit der scharfen Wahrnehmung des echten Franzosen hinzu: «Dreiser, Dos Passos et bien d'autres ont, depuit lors, chanté le port de New York, *mais ils n'ont fait que paraphraser ce poème de Whitman.*»

Ein wenig mehr: von Bowling Green bemerkt er beiläufig – «der älteste Park von New York, der Nährboden, aus dem der Broadway geboren wird». Und später, wenn er das Lob der Wolkenkratzer singt – beschreibt er sie auf vielfältige Weise und widmet sich besonders dem eckigen Phallus des Equitable Buildings.

• • • •

Und wenn diese Schilderungen fremder Besucher sich manchmal wie bezaubernde Märchen lesen, wenn sie ein wenig grotesk, bizarr oder phantastisch erscheinen – ich vergebe ihnen, denn ich weiß, für mich ist Paris ebenfalls eine Schimäre (keine Schimmere!). Und die Stadt ist um so mehr eine echte mazedonische, oder heißt es thessalonische, Schimäre, weil sie mir absolut griechisch vorkommt – die Sprache, die Bräuche, die Pissoirs, die Etiketten auf den Flaschen, die gleitende Skala der Trinkgelder, die Höflichkeiten, die keine Höflichkeiten sind, die Heizungen, die keine Wärme, sondern Milch absondern, die procession des noctambules, die chanteurs ambulants, die keuchende Dampforgel, die mich jeden Morgen mit demselben Lied weckt.

Au revoir
HVM

[März 1930]

## Frühling auf den Trottoirs

Je commence: Der Lenz ist da! Er kam wie eine Schwalbe an Mittfasten. Und warf goldenen Flitter auf die Place du Tertre, wo halb Paris sich auf die Bänke fallen ließ, um Bier zu saufen. Ich rede von dem Nachmittag an Mittfasten, kurz bevor die Wüstlinge das römische Bad Ecke Boulevard St. Michel und St. Germain entweihten. Kinder in Feenkleidern schweben durch die

U-Bahn und Feen in engen Trikots schweben durch die Cafés. Im schäumenden Schatten von Sacré-Cœur stechen Künstler auf ihre Staffeleien ein, um die Metzger und Viehhändler zu unterhalten, die die Pissoire überfluten und die Rinnsteine verschmutzen. Ein Azteke mit wehender Mähne, die Füße in Pantoffeln, steht vor seiner Kaschemme und bellt die Passanten an. Er ist eine Mischung aus Giordano Bruno, Oscar Wilde und George Sand. Dazu ein Tropfen Buffalo Bill. Drinnen singt ein Deutscher die uralten Lieder Frankreichs, begleitet von einem schnaufenden Akkordeon, einer Zither und einer Flöte. Eine Ballade in C-moll. Eine himmlische Ballade im Frühling, in Paris, die kalten Mauern sind gescheckt von blendenden Strahlen, die Basilika von Sacré-Cœur schwebt direkt über meinem Kopf zwischen den Wolken. Taxis strömen auf den Platz. In den engen Durchgängen ist kein Platz für sie, also klettern sie auf die Bürgersteige, erklimmen die Wände, überrennen die Bänke, kratzen einen am Rücken – alle in guter Stimmung.

In einer kleinen Höhle, wo die Speisekarte mit Kreide an eine Tafel geschrieben ist, bestelle ich mir einen Imbiß. Die Wände sind voller Fresken, die Decke ist von Rauch gebräunt, und die kleine, verzinkte Theke, wo die Flaschen in kaltem Wasser stehen, ist nicht größer als ein Sarg. Ich habe alles, was ich will, dazu Kaffee und Benedictine, für 10 Francs. In einer Ecke hat sich eine Gruppe französischer Künstler versammelt – dabei sind auch ihre Frauen und Geliebten. Sie sind alle ein bißchen angesäuselt und gebärden sich sehr theatralisch. Sie haben offene, intelligente Gesichter, ungemein ausdrucksstark und markant. Sie diskutieren über Amerika. Dieses Wort «Amerika» ist zur Zeit in aller Munde. Gewöhnlich sind die Bemerkungen wenig schmeichelhaft und begleitet von Schulterzucken, einem nicht zu überhörenden Murren und vernichtend anzüglichem Grinsen. Hätte Lust, selbst ein paar einzuwerfen. Ich fühle heute sehr deutlich, wie schädlich der Einfluß unseres Landes ist. Ich sehe seine paralysierenden, lähmenden Wirkungen. Wir sind tot, und Europa liegt im Sterben. Irgendwo muß ein neues Volk erstehen, vital und mit originellen Ideen. Zweitausend Jahre lang haben wir auf

Wiederauferstehungen, Renaissancen etc. gewartet. Wir sollten diesen ganzen Plunder in unsere Museen werfen, und vergessen, daß es einmal einen Christus, einen Gautama, einen Mohammed gegeben hat – zum Teufel mit Michelangelo, da Vinci, Rembrandt. Nehmt alle diese Madonnen von den Wänden und schmeißt sie in die Mülltonne. Gebt uns einen Neuanfang, irgendwo, irgendwie. Wir brauchen das. Wir brauchen eine Wiederaufforstung von Ideen. Wir müssen auf den Boden der Tatsachen zurückkommen.

Etwas von all dem ging mir durch den Kopf, als ich staunend die Fruchtbarkeit, die ganze Größe und Reichweite der Ozeanischen und Afrikanischen Ausstellung im Théâtre Pigalle zu erfassen versuchte. Hier waren die Originale, die Archetypen dessen versammelt, was wir so leichthin als Primitive Kunst bezeichnen. Wie abschätzig schon dieser Name klingt. Primitiv! Elementar wäre besser. Direkt, autochthon – der vereinigte Ausdruck von Völkern auf verschiedenen Stufen der Zivilisation, die noch nicht von der weißen Kernfäule einer falschen weißen Kultur berührt worden sind. Noch nicht. Ach, ich denke ein paar hundert Jahrhunderte zurück. Einige sind vollständig verschwunden, wie die Inseln im Pazifik. Andere gehen den syphilitischen Weg allen weißen Fleisches. Afrika, das uns so dunkel vorkommt, so ursprünglich, so unverfälscht in seiner Rückständigkeit, seiner Lethargie – Afrika hat zu dieser enormen Sammlung eine wahrlich erschütternde Vielfalt und Fülle an Kunst beigetragen. Und dennoch, neben den kraftvollen, strengeren und furchterregenden Produkten Ozeaniens erscheint das so phantastisch beredte Afrika ein wenig blaß. Dieses Afrika läßt bereits Zeichen des Niedergangs erkennen. Seine Botschaft ist verwässert. Die ozeanischen Archipele, abgelegen, isoliert, von Gott weiß welcher Herkunft, hatten mehr Glück. In dem brutalen, rasenden Rhythmus ihres Geistes gibt es kaum eine Unterbrechung. Man betrachtet diese Bilder, diese Idole, Fetische, Totems – was auch immer das sein mag –, und das Herz bebt einem. Schön nach unseren Begriffen sind diese Sachen nicht. Eindringlich sind sie, eindrucksvoll; sie wecken jene universale Ehrfurcht, die in uns allen schlummert, seien wir kultiviert oder Barbaren, fromm oder Heiden. Ohne das Geringste von ihrer Geschichte, ihren Traditionen, ihren komplizierten und unerklärlichen Bräuchen zu wissen, sättigt einen der Anblick dieser Werke mit der Fülle ihres Lebens. Intuitiv begreift man die Beziehung, die einmal zwischen Mensch und Natur, zwischen der Seele und der Gottheit bestanden hat. Vor allem muß man sagen, daß dies hier eine einheitliche Welt ist, eine rätselhafte und grausame Welt, eine nach sonderbarem Muster aufgeteilte Welt, jedoch eine verständliche, sinnvolle, reiche und vitale Welt. Eine solche Welt existiert auf dieser Erde nirgends mehr. Die Primitiven sammeln Ostereier. Den nordischen Kraftmeiern sind zwei Köpfe gewachsen, der eine blickt nach vorn, der andere nach hinten, und wenn sie vorankommen, dann bloß wie Krabben.

• • • •

Aber der wahre Genuß erwartete mich im Club de L'Écran, Salle Adyar, Square Rapp, in der Nähe des Eiffelturms. Hier, in einem schönen Theosophischen Zentrum, ist ein kleiner Versammlungsraum mit einer Leinwand, wo sich die Intellektuellen treffen, um über die Situation des Kinos zu diskutieren. Gewissermaßen, um eine Leichenschau abzuhalten. (Gewöhnlich werden auch ein oder zwei Kurzfilme gezeigt.)

• • • •

Eine lebhafte, amüsante und intelligent durchgeführte Sache. Das Publikum hat sich beteiligt. Darunter auch einige Schauspieler, Literaten und Maler. Soweit ich mitkommen konnte, kämpften sie für das Überleben des authentischen französischen Films, den sie als Ausdruck französischen Genies, französischer Traditionen und überhaupt französischen Lebens betrachteten. Sie wollten den Import amerikanischer und deutscher Filme beschränken. Sie verlangten, daß Filme ausschließlich für Franzosen produziert werden sollten, ohne jede Rücksicht auf ausländische Märkte. Es wurde viel geredet von direkten Appellen an die Gefühle, vom Auslösen von Reflexen, mécanique, industrielle, comique, nordisch, angelsächsisch, künstlich, Surrealismus etc. Charlie Chaplin – zugegeben, ein komischer, ein universeller

Mime etc. Sie brachten Klassizismus und Realismus aufs Tapet, diskutierten über Rabelais und Boccaccio, sprachen vom fortschrittlichen Flügel und von Studio 28. Von Germaine Dulac, die auf Bestellung des Grafen de Beaumont Drehbücher schreibt. (Einen ihre Filme habe ich im «Auge von Paris» gesehen – Titel: *Thema mit Variationen*. Gar nicht mal so übel; man sieht eine tanzende Frau, und als Variationen zu diesem Tanz sind Einstellungen von arbeitenden Maschinen darübergeblendet, oft sehr direkt, sehr obszön, kaum noch symbolisch zu nennen. Zum Beispiel steht sie auf den Zehenspitzen und beugt sich nach hinten – verrückte Einstellung, hochkant –, und ihre Arme flattern ekstatisch, als ob sie irgend etwas Unaussprechliches gepackt hielten. Presto! Eine gewaltige, gut geölte Pleuelstange pumpt beharrlich vor und zurück, schiebt sich in eine Furche, kommt schwarz und ölig wieder hervor, um sich aufs neue nach vorn zu schieben.)

Aber – die Versammlung. Neben mir saß ein Maler mit seiner Geliebten. Er zeigte die ganze Zeit ein zynisches Lächeln und hörte ungeduldig einem Schauspieler in der ersten Reihe zu, der die Versammlung für sich allein gepachtet zu haben schien. Schließlich verlangte er nach einer Definition – einer Definition des Komischen. Allgemeines Gelächter. Der Vorsitzende versuchte lässig darüber hinwegzugehen. Ein paar Minuten später wiederholte er die Frage. Der Vorsitzende schien verblüfft. Er fuchtelte aufgeregt mit den Armen und bat schließlich den Störer aufs Podium. Nein, das wollte der Maler nicht. Die Leute begannen zu klatschen, Bemerkungen wurden laut. Er wurde wütend und sprang von seinem Sitz. Als er durch den Gang nach vorne schritt, sagte jemand etwas. Er fuhr herum wie ein Tiger, trat an den Mann heran und gab ihm eine kurze, schroffe, heftige Entgegnung. Die muß ganz ausgezeichnet gewesen sein, denn das Haus brach spontan in gewaltigen Beifall aus. Er stieg auf das Podium, nahm einen Schluck Wasser, fuhr sich über die Stirn und räusperte sich. Er war unsicher. Seine Stimme klang ein wenig trocken und drohte zu brechen. Er begann stockend. Die Leute beugten sich auf ihren Sitzen nach vorn. Er schien in

Schwung zu kommen. Er machte ein paar großartige Gesten, massierte energisch sein Gesicht, als wollte er sich die Kiefermuskeln lockern, und begann dann ernsthaft. Und, mein Gott, noch nie habe ich eine solche Rhetorik gehört. Meisterhaft, überwältigend. Eine Flut brach in ihm los und überschwemmte das ganze Publikum. Er schleuderte Fragen hervor, beantwortete sie selbst, pickte diese und jene Bemerkung seiner Vorredner heraus, zweifelte sie an und übte ausführlich Kritik, ging in der Geschichte des Theaters so weit wie nur möglich zurück, erörterte die klassische Phase der französischen Literatur, goß sein ganzes Gift über den angelsächsischen Schund, verhöhnte die Russen, bespuckte die Deutschen, sprach von der Dekadenz der Kunst, besonders in der Malerei, erwähnte Élie Faure und André Salmon, verwies auf die Ozeanische Ausstellung, riß den Andalusischen Hund in Stücke, spottete über Maurice Chevalier, nannte Chaplin einen Clown, pries Max Linder, redete von Cyrano de Bergerac und Sacha Guitry... Gott, muß ich alles aufzählen, was er in diesen zehn Minuten von sich gab? Keine einzige Pause, keine falsche Bewegung, nie um das richtige Wort verlegen... Die Zuhörer standen auf und jubelten, trampelten und brüllten – ein ungeheurer Lärm. Tränen liefen über sein Gesicht, als er zu seinem Platz zurückstapfte. Sein Bart war feucht, er errötete wie ein Schuljunge. Und seine Geliebte? Sie saß dort stolz wie ein Pfau, beziehungsweise eine Pfauhenne, legte ihm seinen Schal um den Hals, tätschelte seine Hände und strahlte huldvoll in die Runde.

So sehen die Franzosen heute das Kino.

• • • •

Es ist Samstagabend, nach dem Kino. Avenue Wagram, in der Nähe des Arc de Triomphe. Die Straßen sind mit Lichtern besprenkelt. Ein Theater neben dem andern hier. Enorme Menschenmengen, gut gekleidet, angeregt, vergnügt. Leute in Masken, die zu einem Kostümfest gehen. Alle Häuser sind offen. Der Film hat mich an der Gurgel gepackt. Ich trinke drei Bier hintereinander und beginne den Kreis des «Étoile» abzuklappern. Unmöglich. Diese verdammte Achse hat zu viele Speichen. Ich stürze mich auf die Champs-Élysées und rede laut mit mir selbst.

Auch die Champs-Élysées packt mich an der Gurgel. Nie hätte ich die für so schön gehalten. Sie ist so, wie die Leute sich die Fifth Avenue gern vorstellen. Es ist eine jener hochzivilisierten, absolut makellosen Straßen, auf denen, wie Morand so trefflich sagt, «alles brütet, aber nichts wächst». Sie gleicht Miami, und sie gleicht dem Michigan Boulevard. Man hat sie sterilisiert, kauterisiert und poliert wie ein Stück alten Silbers. Man hört keine Geräusche, außer einem kaum hörbaren Zischen unter den glänzenden Markisen, den Brutstätten der Reichen. Gibt es irgendwo einen Boulevard, der kultivierter, eleganter, glanzvoller wäre als dieser? Er bleibt durch und durch derselbe – wie Tiffanys Schaufenster. Um Mitternacht wimmelt es hier von Straßendirnen. Man weicht einer aus, bloß um mit der nächsten zusammenzustoßen. Sie machen sich zu zweit an dich heran, kneifen dich unter der Gürtellinie, spielen verheißungsvoll mit ihren Zungen und fragen dich, ob du Student bist. Was für ein Student??? Mehrmals ist mir diese Frage jetzt schon gestellt worden – von Kellnern, Gendarmen, Straßendirnen. Ich habe gelernt, wie ich darauf zu antworten habe. Ich lüfte meinen Hut, zeige auf meine wenigen Haare und sage: «Terminées, les études!» Das kommt großartig an...

• • • •

Ihr wißt doch, wo die alte Porte St. Denis ist? Nun, einen Steinwurf vom Boulevard entfernt, zwischen Rue St. Denis und Boulevard Sébastopol, findet ihr die Rue Blondel und auch die Rue Sainte Apolline. Ein typischer Rotlicht-Bezirk. Erinnert mich ein bißchen an gewisse unbestimmte Gegenden um Chatham Square.

• • • •

Ich entferne mich vom Markt und gehe den Boulevard Sébastopol entlang. Eine häßliche Straße, sehr häßlich. Davon ab gehen unzählige kleinere Straßen, düster, trist und muffig. Bei der Métrostation Réaumur-Sébastopol wird es langsam besser. Das heißt, es wird mulmig. Es wird übel. Huren tauchen auf aus Hauseingängen und Cafés. Nicht die Sorte, die einen auf den Champs-Élysées ansprechen. Kaputte Wracks in Regenmänteln und ohne Hüte. Eine von ihnen kam auf mich zu und kratzte sich lässig am Arsch. Sah aus wie eine bestimmte Figur, über die ich gerade schreibe. Ihr Gesicht war verquollen, als hätte sie eben geweint, ihre Augen schwammen wie große Zwiebeln in einem Teller Suppe… Ein Stück weiter sehe ich Vorhänge statt Türen, rote Laternen, die vor Kachelwänden schwanken, rot leuchtende Nummern; in den Straßen deprimierende Stille. Die ganze Szenerie ist sehr theatralisch – wie von der Ufa entworfen. Ich sehe Türen, die vor und zurück klappen, genauso wie in der kubistischen Landschaft in diesem alten Krause-Veidt-Klassiker. (Mein Gedächtnis wird immer schlimmer, besonders was Namen betrifft.) Ah, jetzt hab ich's – *Dr. Caligari*! Ja, das sind Caligari-Türen, Caligari-Mauern und -Fenster. Und die Leute, denen man begegnet, sind Schlafwandler. Ich habe nicht den Mut, mich da allein hineinzuwagen. Ich marschiere auf und ab und sehe die Taxis mit Amerikanern und Engländern vorfahren. Solche Orte findet man auch in Nagasaki, Singapur, Marseille, San Francisco… Hier wird eine universale Sprache gesprochen. Hier reichen sich Sodom und Gomorra die Hände. Ich schlendere zu Les Halles zurück und betrachte das unter elektrischen Lampen zu riesigen Bergen aufgetürmte Gemüse. Die Pferde wiehern einander zu, die großen Karren sind leer nach hinten gekippt. Grüne Packleinwände sind ausgebreitet und die Straßen hallen vom Geklapper der Holzschuhe, von den spitzen Schreien der Marktfrauen und dem Kreischen und Rumpeln der kleinen Spielzeuglokomotive, die Güterwagen zu den Schuppen zieht. Ich schaue mir die Fleischabteilung an. Wieder sehe ich diese gewaltigen Pferdekadaver, sehr rot und noch bluttriefend, so riesengroß, daß sie, obwohl an Haken hoch über meinem Kopf aufgehängt, noch über den Boden schleifen. Ganz steif und kalt schwingen sie in einem blendenden, unheimlichen Licht. Männer in weißen Schürzen und mit Schreibblöcken in den Händen gehen an den Reihen der Kadaver entlang – höchstwahrscheinlich, um die Rippen zu zählen. (?) Ein schauriger, eindrucksvoller Anblick. Man sollte das die «Leichenhalle der Pferde» nennen. Vom Markt zweigen krumme Straßen ab, schlecht beleuchtet, sehr heruntergekommen und übersät mit Abfall. Ein starker Gestank hängt in der Luft und zieht bis in die Métrostation hinein. Anfangs denkt man an abgestandenen Urin, dann an Fisch, und dann an Käse und Lauch. Er weckt zärtliche Erinnerungen an Delancey Street Bridge, unter dem Bogen auf der New Yorker Seite.

Nun, der Lenz ist gekommen und wieder gegangen. Heute ist der 11. November 1929, Avenue Président Wilson, quatre-vingt-douze. Ich denke an Masaccio und die Männer des Quattrocento. Meine Nieren pochen, denn das kommt alles auf einen Schlag. An der Ecke, im Vorhof von St. Germain-in-the-field, sitzt der Blinde; auf den Stufen unter ihm sitzt eine kleine alte Frau mit einem schwarzen Tuch auf dem Kopf. Sie sitzen dort ewig, und vollkommen reglos. Auf dem Trottoir gehen Füße vorüber, einige in modischen Slippers, einige in Holzschuhen, einige mit abgetretenen Absätzen. Sie blicken nie höher als bis zur Hüfte. Der Blinde blickt überhaupt nicht. Immer wieder möchte ich dieses Bild zeichnen, habe aber nicht den Mut dazu. Irgendwie kommt es mir blasphemisch vor, die Haltung dieser zwei Elenden zu studieren, bloß um ein Stück Papier damit zu schmücken.

Finis.

1. April 1930
Restaurant Louis Varnier
12 Rue du Pont
Suresnes, Frankreich

[An Ned Schnellock]
Ned, heute ist wirklich der 1. April. Wetter eher wie am 1. Juni. Höllenhitze. Ich schließe das Fenster, damit es im Zimmer kühl bleibt. (Nachts macht man es auf, um es warm zu haben.) Heute ist ein Tag zum Faulenzen. Ich muß unbedingt raus auf die Landstraße und den Boden unter meinen Füßen fühlen. Ich be-

schließe, mit einem Schiff die Seine hochzufahren. (Hoch? Da gibt es kein hoch oder runter; die Seine windet sich wie ein großer Darm durch Paris, durch die Vororte und durch Frankreich.) Unten an der Gare d'Orléans liegt ein fröhlich geschmücktes Boot, das aussieht, als ob es Fahrgäste mitnehmen würde. Ich gehe an Bord und frage. Der Mann sagt, er spreche Englisch. Gut! «Wohin fährt dieses Boot?» – «Maurice Dekobra», antwortet er. Das ist wohl kaum ein Ortsname – aber ich verstehe schon. Auf diesem kleinen Flußboot findet heute ein Fest für Dekobra statt. Fleißige Frauen hängen Blumengirlanden auf – vorne werden Tische gedeckt. Die Gläser funkeln. Auf dem Hauptdeck steht sogar ein Klavier. Himmel! hätte ich nur den Mut – ich würde mich einfach einladen.

Aber an der Stelle, wo die Heilsarmee ein schwimmendes Hotel betreibt (Armée du Salut – Asile Flottant), liegen noch mehr Boote. (Das schwimmende Hotel erinnert mich jedoch lebhaft an das schöne Schiff *Floridan* in Jacksonville!) Aber ich kann nicht herausfinden, wann das nächste Schiff abfährt. Es hat den Anschein, als sei der Betrieb für einige Stunden «interrompée» (vermutlich, damit der Kapitän mal einen Happen zu sich nehmen kann). Ich stehe unten am Kai – unterhalb des Louvre. Männer angeln, zeichnen, malen. Diese Brücken über die Seine – wie viele tausende Male die schon porträtiert worden sind! Ich denke an die wunderbaren Turners, die ich in den Londoner Galerien gesehen habe. Bilder von den Quais hier in Paris. In einem Paris von vor hundert Jahren. Einem vollkommen anderen Paris.

Also nehme ich den Trolleybus nach St. Cloud. Ich bin in dem Trolley. Es ist drückend heiß. Ich wünsche, ich hätte ein Fahrrad. Wenn ich mir die Camels abgewöhnen könnte, könnte ich mir vielleicht ein gebrauchtes «bicyclette» anschaffen. Nach St. Cloud braucht man etwa eine ¾ Stunde. Mit der U-Bahn sollte man es in zehn Minuten schaffen. Man nähert sich dem Hügelring um Paris. Ich weiß nicht warum, aber diese niedrigen Hügel faszinieren mich. Sie erinnern mich an alte Stiche, die eine antike Stadt in einer Talsenke zeigen – überall Säulen und Altäre, Frauen in griechischen Gewändern etc. Du weißt, was ich meine? – eine klassische Landschaft! Und ich denke auch zurück an 1917, als die Deutschen sich hinter diesen Hügeln versteckten und Paris mit der Dicken Berta bombardierten. Ganz in der Nähe meiner Bleibe (St. Germain-des-Prés) schlugen die Granaten ein und töteten glattweg 200 Menschen!

Nun, St. Cloud – da bin ich! Alles ganz prima. Wie kann ich das beschreiben? Wenn Du noch nie eine kleine französische Stadt an einem Fluß gesehen hast, ist es nahezu unmöglich, Dir eine Vorstellung davon zu geben. Es ist hier ein bißchen so wie in Sheepshead Bay, nur nicht ganz so bunt. Die Seine ist weniger belebt, weniger bevölkert. An den Ufern haben sich Arbeiter zum Essen niedergelassen. Flaschen und Salami und große Batzen Brot ausgebreitet. Sie ruhen sich aus. Wir wissen gar nicht, was dieses Wort bedeutet. Wie die sich ausruhen! Das kann einen neidisch machen. Kanalboote, Hausboote, Schlepper liegen vertäut am Ufer. Eins davon trägt den Namen *Surprise* – aber ich bezweifle, daß das Überraschung heißt. Man kann nie wissen, was hinter diesen vertrauten Wörtern alles zum Vorschein kommen kann.

Jetzt bin ich unterwegs. Zu Fuß in die nächste Ortschaft – Suresnes. Kein weiter Weg. Ich habe meine Manuskripte mitgenommen. Ich denke, ich werde an einem schönen, schattigen Fleckchen etwas arbeiten. Ich beginne an Amerika zu denken – die Heimat –, all die Straßen und Gassen, auf denen ich gewandert bin und auf Mitfahrgelegenheiten gewartet habe. Ich denke an Dich und Joe, an unsere Reise nach Florida – und dann an Nizza und Monte Carlo – an Tage, als ich vollkommen pleite war und nicht wußte, was der nächste Tag mir bringen würde. Jetzt bin ich für die nächsten zehn oder zwölf Tage abgesichert. Ein herrliches Gefühl – so weit im voraus denken zu können. Ich frage mich, ob ich mir ein Fahrrad kaufen sollte. Landkarten, Füllfederhalter, Uhr etc. besitze ich bereits. Jetzt brauche ich nur noch ein Fahrrad. Leute in Pullovern und Khakihosen lungern am Flußufer. Erinnert mich an den Rhein und den Neid, mit dem ich die Radfahrer dort beobachtete, wie sie mit unserem Schiff auf gleicher Höhe fuhren. Ja, es gibt nichts Besseres auf dieser

Welt als Reisen – hierhin und dorthin gehen, nur mit Rucksack und Skizzenblock – und vielleicht mit einem Stück Bologneserwurst und einer Flasche Rotwein. Weißt Du noch, wie ich Dir eines Abends aus Hilaire Belloc (*The Path to Rome*) vorgelesen habe? Kann man sagen, daß es irgend etwas Wunderbareres gibt als diese Erfahrung? Ned, Du solltest dieses Buch lesen. Du solltest ihn begleiten, wenn er die Alpen überquert, in den Wäldern schläft, die Weine von Anjou, Burgund und dieser oder jener Gegend trinkt. Diese Welt ist nicht bloß ein Dreckloch wie New York – oder diese Leichenhalle Brooklyn. Gott, die Welt ist herrlich, besonders wenn die Sonne scheint und man die universale Sprache sprechen kann.

Ich nähere mich Suresnes. Sechs Seiten habe ich Dir schon geschrieben. Und dazu noch drei andere Briefe! Einen an Cocteau, einen an Morand, und einen an den Verfasser von *La Madone des Sleepings*. Wäre Anatole France noch am Leben, sollte ich auch ihm schreiben. Schließlich haben wir alle etwas gemeinsam. Was das ist, weiß ich nicht genau. Aber ich denke, die würden mich verstehen, wenn ich fünf Minuten ungestört mit ihnen allein sein könnte. Ich muß ein schrecklich unzugänglicher Kauz sein. Da bin ich nun seit drei Wochen in Paris und habe noch immer keine Freunde. Wohlgemerkt, ich bin nicht unglücklich – aber einsam. Kein Mensch hat zu Ehren meiner Ankunft irgendwelche Boote geschmückt. Abgesehen davon, daß ich sensibel bin, halte ich mich für einen typischen Niederländer. Mir fällt auf, daß ich kein normaler, orthodoxer Amerikaner bin. Die Kellner halten mich ständig für einen Deutschen oder Schweden. Es fehlt mir an jener unbekümmerten, dreisten Ausstrahlung des Durchschnittsamerikaners. Selbst die Amerikaner ignorieren mich. Sie sitzen neben mir und reden Englisch mit jener Unbefangenheit, die man sich nur erlaubt, wenn man sicher ist, daß der Nebenmann einen nicht versteht.

Nun, dies ist weder der Tag noch der Ort für Selbstmitleid. Ich trinke an meiner zweiten Flasche Wein, und die Kellnerin (die gut aussehen würde, wenn sie noch alle ihre Zähne hätte) betrachtet mich mit funkelnden Augen. Sie weiß, daß ich Amerikaner bin. Sie weiß, daß sie ein großzügiges Trinkgeld bekommen wird. Ich versuche mit ihr über das «Grand Guignol» zu reden, das ich vorigen Abend besucht habe. Ich frage sie, was dies und das zu bedeuten hat. Sie lacht nur und kratzt sich am Arsch. Das muß einfach zu komisch sein – meine «parlez-vousiererei». Wenn ich «dessert» sagen will, sage ich meistens «Lagerhaus», was im Französischen ganz ähnlich klingt. Und wenn ich «betrunken» sagen will, sage ich «ficken» (Zigzee statt zigzag!). Stell Dir vor, Du erzählst einer Kellnerin, letzte Nacht wärst Du gut gefickt worden. Dabei bin ich genaugenommen noch gar nicht gut gefickt worden. Langsam kommen mir Zweifel, ob ich überhaupt noch ein Mann bin.

....

Nun, das nur so hingekritzelt, während ich an obengenannter Stelle mein déjeuner einnehme. Ich wünschte, ich wäre reich, berühmt etc. und könnte sagen – «Ned, hier – da hast Du ein paar Tausender. Nimm das nächste Schiff! Ich brauche Dich!» Sollte ich jemals Erfolg haben, werde ich mir auf jeden Fall hier drüben ein Haus kaufen, das jedermann offenstehen soll – ich kann meine Mißerfolge nicht begreifen. Irgendwo muß es doch ein Publikum geben, das auf meine Texte wartet. Wo? Ich lese, was Morand über New York zu sagen hat, und ehrlich (verzeih diesen Dünkel!), aber das habe ich alles schon vor langer Zeit gesagt, und besser! Warum will niemand haben, was ich schreibe? Himmel, wenn ich mir vorstelle, daß ich 38 bin und arm und unbekannt, packt mich die Wut. Ich weigere mich, ewig so weiterzuleben. Es muß einen Ausweg geben. Na, jetzt gibt's Benediktiner und «café nature». Viele Grüße, Ned, und schreib mir, wenn Du Lust hast.

HVM

P.S. Und was ist mit Deinem Bruder – Emil? Macht er noch immer sein Mittagsschläfchen? Sag ihm, er soll Tag und Nacht arbeiten, er soll sich totschinden, aber er muß unbedingt herkommen. Herkommen, bevor er alt wird. Es ist noch immer herrlich. Es wird ihn noch immer umwerfen. Nicht in New York klebenbleiben und Reklamezeichnungen machen. Aussteigen! Denen eine Nase drehen! In den Galerien hier stellen Leute aus, die Emil nicht das Wasser reichen können. Hier kann jeder mitmischen. Pack $ 5000 ein und nimm Urlaub. Tu es, und bereue es hinterher, wenn's sein muß. Nicht diskutieren. Nicht nachdenken. Nicht hockenbleiben. Aufbrechen! Allons nous! Tout droit! Vous avez raison! Verdammt, nicht mal das Französische kann ausdrücken, was ich meine!

[April 1930]

## Die Römer und die Itaker

Um 15:30 Mittagessen in der Patisserie Alsacienne. Essen zu gut; beschließe daher, eine Reihe vermischter Punkte im Notizbuch abzuarbeiten. «Die Weinhändler in Bercy besuchen, Hundefriedhof St. Ouen, l'Arène de Lutèce etc. etc.» Auf dem Stadtplan an der Ecke St. Germain und Rue Bonaparte sehe ich ein paar Straßen nach, deren Lage mir nicht vertraut ist. Wollte sehen, ob es irgendwelche Straßen gibt, die nach Balzac oder Rabelais benannt sind – diese Namen tauchen nicht ständig auf wie die andern. Was ist mit diesen beiden Giganten nicht in Ordnung? Aufgebrochen, um die Rue Jacques Callot hier in meinem Viertel zu suchen, überlege ich es mir plötzlich anders und mache mich auf die Suche nach dieser Kunstgalerie, in der die Surrealisten ihre Werke ausstellen. Kann sie nicht finden.

Bekomme auch die Rue Jacques Callot nicht zu sehen, obwohl die gleich vor meiner Nase liegen muß. Im Notizbuch steht: «Die Privatgalerie von Yves Tanguy besuchen, 16 Rue Jacques Callot. Er und Marcel Duhamel sind zwei sehr wichtige Männer im heutigen Paris.» Keine Ahnung, wo ich dieses Stück Kleingeld aufgelesen habe. Wer ist Yves Tanguy, und warum sehe ich seinen Namen nicht häufiger?

Nun, ich werde mir das Römische Amphitheater bei Tageslicht ansehen. Bei meinem letzten Besuch dort war es Mitternacht und das Tor geschlossen. Leicht irritiert stelle ich fest, daß kein Eintrittsgeld erhoben wird, und noch irritierter bin ich, als ich unten in dem kleinen Stadion Kinder beim Ballspielen sehe. Ich hatte etwas ganz anderes erwartet. Trotzdem hat das Ganze etwas Erregendes für mich. Es ist ein Stück Geschichte, kurios und reizvoll und gut erhalten, und über der obersten Sitzreihe sind Grashügel mit Sträuchern und Bäumen und zahlreichen Bänken. Unterhalb der Sitzreihen, auf gleicher Höhe mit dem Stadionboden, sind die Käfige, in denen die wilden Tiere gehalten wurden – und vielleicht auch ein paar wilde Christen. Gleich beim Amphitheater hat man eine U-Bahn-Station (Monge) eröffnet, an der Ecke Rue Navarre und Rue Monge, einer ziemlich traurigen, heruntergekommenen Gegend nicht weit von der Place Maubert, wo die Clochards sich versammeln, und auch nicht weit vom Cluny Museum und dem Jardin des Plantes. Fragt man die Künstler im Dôme nach der Arena von Lutèce, zucken sie bloß mit den Schultern. Keiner von denen hat mehr als eine blasse Vorstellung davon. Eine große Schande. Um Mitternacht ist die Arena ein idyllisches Fleckchen; aus dem Nebel zwischen den Bäumen scheinen sich die Geister der Erschlagenen zu erheben, und nur das Rascheln des Laubs unterbricht die ehrfurchtgebietende Stille.

Der Jardin des Plantes ist so nah, daß ich mein Vorhaben, nach Bercy zu gehen und mit den Weinhändlern zu essen, aufgebe. Damit bin ich nun zum siebtenmal nach Bercy aufgebrochen und dann doch woanders gelandet. Zu vieles liegt auf dem Weg dorthin. Zu viele Ausstellungen, zu viele berühmte Stellen und unbelebte Gassen.

Der Jardin des Plantes wird bald geschlossen. Und es regnet ein ganz klein wenig, nicht genug, um die Leute zu verjagen. Sofort bin ich hingerissen. Dies ist ein kultivierter Zoo, der einen einlädt, die Geburt der Schwäne mitzuerleben, die Insekten in ihrem ursprünglichen Lebensraum zu beobachten. Schöne Pelikane und Gänse aus dem Museum von Chapultepec in Mexiko. Pfauen, die vor Wollust – oder Hunger – schreien und ihre riesigen, reich verzierten Fächer spreizen; mythische Statuen, die grünes Wasser erbrechen; braune Eisbären, die ihre zottigen Flanken an den steinernen Wänden ihrer tiefliegenden Gehege reiben; und überall Kinder, die auf jene zivilisierte Weise spielen, wie sie anscheinend nur französischen Kindern eigen ist. Es ist zu spät, als daß ich mir noch sämtliche Insekten oder auch nur die Affen ansehen könnte, aber die letzteren höre ich schnattern und vor lüsterner Wonne kreischen, und es fällt mir nicht schwer, mir vorzustellen, worum es bei ihren obszönen Possenstücken geht. Parkwächter in halbmilitärischer Kleidung schlendern lässig herum und paffen an ihren kurzen Stummeln. Sie haben nicht die bösartigen Gesichter der Cops im Prospect oder Central Park – der Typen, die auf Händen und Knien zwischen den Sträuchern herumkriechen, um einen erst zusammenzuschlagen und dann einzulochen. Sie haben ehrbare, intelligente, heitere Gesichter – genießen einen lebenslänglichen Ruhestand in einem der schönsten Parks der Welt. Das Alter hat keinen Schrecken für sie. Sie sind ebenso sicher aufgehoben wie die Tiere.

• • • •

Jetzt bin ich an der Gare d'Orléans und studiere die Karte der Métrostation. Würde gern das berühmte Gefängnis hier sehen – La Santé, nicht weit von hier am Boulevard Arago – in der Nähe von Tihanyis Werkstatt. Ein Boulevard d'Hôpital – überall hier sind Hospitäler, Häuser für alte Frauen, Irrenanstalten, verfallene Landgüter, Bauernhöfe, Restaurants, die von Provinzbewohnern für Provinzbewohner betrieben werden. Ich sollte die Abkürzung über den Boulevard St. Marcel nehmen, aber ein einziger Blick in diese Straße nimmt mir den Mut. Sie gleicht zu sehr den Straßen in Harlem oder Yorkville. Ja, hier und dort gibt es in Paris trostlose Straßen, breite, farblose, öde Straßen, die aus Brooklyn oder Hoboken hierher versetzt sein könnten. Gott sei Dank nicht viele. Sofort denke ich an Rue Soufflot und Boulevard Raspail. Wie ich diese Straßen hasse! Und St. Marcel ist auch so eine – nur noch schlimmer, leerer, trostloser. Anstatt also auf den Boulevard Arago und das Gefängnis zuzuhalten, gehe ich weiter den Boulevard d'Hôpital entlang in Richtung Place d'Italie. Nach einer Weile lassen die Krankenhausgerüche sehr schnell nach; die Atmosphäre wird beschwingter, kraftvoller, lebendiger. Die Italiener machen sich bemerkbar, besonders nachdem man das Campo Formio-Viertel erreicht hat. Mädchen erscheinen mit glutvollen Augen in leuchtend angemalten Gesichtern: ihre Augen sind hier wärmer als in Greenwich Village – frech und durchdringend starren sie dich an. Die wissen, was sie wollen. Schön, meine Stimmung belebt sich wieder. Wo immer ein paar Italiener auf der Straße sind, spielt sich etwas ab. Die sorgen immer für Aufregung.

• • • •

Und jetzt befinden wir uns an dem Rondell, dem carrefour, dem Stern. Klein Italien! Unter einem düsteren, in Fetzen gerissenen Himmel, zu milchigem Schaum geschlagen und mit arseniksaurem Bleioxyd besprenkelt. Hier tobt das Leben – wie verrückt, auf die typisch italienisierte Weise. Auf dem kleinen Platz gleich am Boulevard de la Gare, wo die Wagen vorfahren, ist jede Bank besetzt. Sie stehen sich auf den Füßen, sie schwitzen und drängen, verfluchen und lieben sich, und sind entweder erschöpft von harter Arbeit oder glücklich, weil der Tag geschafft ist. Die meisten strahlen und sind ganz aufgeregt. Ein kleines Stück weiter, ebenfalls noch auf dem Rondell, schlagen ein paar häßliche, vollkommen nackte schwarze Bäume ihre Krallen in die Luft. Hier ist ausreichend Platz, doch niemand scheint hier sitzen zu wollen. Die Stelle wirkt aber auch wirklich finster – geradezu wahnsinnig, falls wir die Natur je als geisteskrank bezeichnen dürfen. Dieses Rad ist riesengroß, ähnlich wie Bastille oder Étoile. Jede Menge Speichen gehen strahlenförmig in alle Richtungen. Du blickst eine Straße hinunter und glaubst, das Ende der Welt stehe bevor; bei der nächsten hast du das Gefühl, du stehst in Brooklyn am Eastern Parkway in der Nähe der Atlantic Avenue; und wieder die nächste sieht aus wie Bensonhurst oder Ulmer Park. Du willst sie alle auf einmal abschreiten – aber jede einzelne erfordert einen ganzen Tag. Das ist einer der Gründe, warum ich hier selten einen Ort zweimal aufsuche. Immer wieder komme ich von meinem Weg ab. Jede Straße verheißt das Ende des Regenbogens. Und während ich hier stehe und mich frage, ob ich mich irgendwo hinsetzen oder in die U-Bahn verschwinden soll, muß ich plötzlich an Jimmy Pasta denken. Ich muß ihm einen Brief schreiben und ihm erzählen, was ich von seinen vitalen Landsleuten halte – besonders von diesen dunkeläugigen Mädchen unten am Boulevard d'Hôpital, deren glühende Kohlen, «en cabochon» gefaßt in ihren weiß lackierten Gesichtern, dich unentwegt anstarren. Jimmy wird mir einen neuen Job bei der Demokratischen Partei draußen in Queens versprechen. Und bald wird es wieder Zeit für den Jahresbericht der Parkverwaltung – mit vielen Fotos. Wie weit weg mir das jetzt alles vorkommt. Was habe ich mit Jahresberichten und dem Stadtbezirk Queens zu schaffen? Ich denke an morgen: diese Galerie mit der Surrealisten-Ausstellung finden, in Bercy mit den Weinhändlern essen, Yves Tanguy kennenlernen, diesen sehr wichtigen jungen Mann (ich wette, er wird sich als Frau entpuppen!). Ja, und ich will La Santé besichtigen – falls man das zuläßt. Ich hoffe, dort nicht ebenso abgewiesen zu werden wie am «Abattoir Hippophagique». Und ich muß herausfinden, ob es irgendwelche Straßen, Avenues, Boulevards, Rondells, Plätze, Places, Carrefours, Parks, Statuen oder Denkmäler gibt, die François Rabelais und Honoré de Balzac gewidmet sind!

Mitteilung an die Stadtverwaltung: «Es ist eine Schande, daß in einer so schönen Straße wie der, die nach dem geschätzten Maler Édouard Manet benannt ist, ein mostrichfarbenes Haus steht. Bitte reißen Sie es unverzüglich ab!»

P. S. Emil: Beiliegend noch eins, um das Gespräch in Gang zu halten. Eins habe ich vor ein paar Tagen an Elkus geschickt, der soll es Dir zeigen. Zeig Du ihm bitte dies – und halte George Buzby auf dem laufenden. Schönes Wetter heute! (Habe einen Artikel mit guten Radierungen für Dich über Dein geliebtes «Marais-Viertel». Hoffentlich kann ich das bald abschicken.

P. P. S. Hör mal, Emil – diese Kunstobjekte auf dem Flohmarkt in Clignancourt – die sind O. K. und sehr ordentlich. Soll ich mich da mal reinstürzen? Und für wieviel? – nur afrikanische und ozeanische Sachen – Fetische, Masken, Statuetten etc.

Hôtel Central<br>1 bis, Rue du Maine<br>Paris (XIV), Frankreich

[April 1930]

Nußbraun und Taubendreck

• • • •

Sonntagmorgen. Habe eben gefrühstückt und mir Orangen und Bananen eingesteckt. Gott weiß, wann endlich dieses Kabel eintrifft. Ich bin jetzt auf 50 Francs runter, das sind 2 Dollar nach amerikanischem Zaster. Vier Tage lang bin ich jetzt täglich zum American Express gelatscht. Dienstag kommt ein Kabel, das mir noch für denselben Tag die telegrafische Überweisung des Geldes ankündigt. Samstag sechs Uhr noch immer keine Spur davon. Wie lange muß ich noch aushalten? Denke langsam daran, meine Wintersachen zu verkaufen, meinen schweren Montagnac, meine alten Handkoffer... den Überseekoffer, falls notwendig. Kann diese Verzögerung nicht begreifen... Immerhin – jetzt ist Sonntagmorgen. Heute werde ich nicht verhungern, und morgen auch nicht.

Die Rue de Buci wimmelt von Menschen. Die Bars sind weit offen und an den Bordsteinen stehen in langen Reihen die Fahrräder. Alle Fleisch- und Gemüsestände haben Hochbetrieb, Arme, beladen mit Gemüse, das in Zeitungspapier eingewickelt ist. Ah, diese katholischen Sonntage! Wie ich die genieße! Wie öde, wie blaß und scheinheilig sind unsere gottverdammten protestantischen Sonntage! Hier springt man aus der Kirche in den Lebensmittelladen und gönnt sich dann ein bißchen Ruhe im Café oder ein stilles Nickerchen im Park.

Ich will zurück auf mein Zimmer und arbeiten, aber jetzt stehe ich hier, am Zusammenfluß all dieser verrückten Nebenstraßen hinterm Boulevard St. Germain. An einer Ecke das Hôtel Confortable, gegenüber das Hôtel de Louisiane, finstere alte Gasthöfe, in denen einst die bösen Buben der Rue de Buci verkehrten – Carco, Max Jacob, MacOrlan, Picasso etc. ... Die Boucherie verschenkt zum Fleisch Steingutgeschirr. Ja, verschenkt! Schreib's in dein Notizbuch. Etwas für nichts! In Frankreich! Ich sage Dir, am Sonntagmorgen herrscht Fieber auf den Straßen. Wie sonst nirgendwo, außer vielleicht auf der East Side. Die stille kleine Rue de l'Échaudé St. Germain, wo sich allabendlich nach zehn die Straßenmädchen treffen und einem nachgehen, bis man sie abschüttelt, brodelt jetzt vor Geschäftigkeit. Die Straßen sind krumm und schief, hinter jeder Biegung ein neuer Bienenkorb von Geschäftigkeit. Hier hätte Heine von neuem ausrufen können: Oh, der große Schwarm der Israeliten. Ich komme zum Square du Furstemberg. Habe ich davon schon einmal erzählt? Hier würde ich mir gern eine Wohnung nehmen. Ein verlassenes Fleckchen, öde, gespenstisch bei Nacht, in der Mitte vier schwarze Bäume, die noch nicht ausgeschlagen haben. Diese vier nackten Bäume haben die Poesie von T. S. Eliot. Es sind intellektuelle Bäume, die sich von Pflastersteinen nähren und in vergeistigtem Rhythmus schwanken, die Zeilen voller Punkte und Gedankenstriche, Sternchen und Ausrufezeichen. Würde Marie Laurencin je ihre Lesbierinnen ins Freie führen, wäre dies der Ort für ihre Zusammenkünfte. Es ist sehr sehr lesbisch hier, sehr steril, zwitterhaft, voller verbotener Sehnsüchte.

• • • •

Zurück zum gestrigen Tag. Sitze in einem billigen Restaurant bei der Métro du Combat, spare 3 Francs, um 5 für ein Taxi zu verschwenden. Ja, genauso ist es. Ich bin zum Bersten voll mit Ideen, daß ich fürchte, sie werden mir alle wegrieseln, bevor ich an die Maschine zurückkomme. Man könnte meinen, ich sei ein Korrespondent, der zum Büro zurückrast, ich hätte etwas zu berichten, das noch vor der Spätausgabe im New Yorker Büro ankommen muß. Die Tischdecke ist aus Papier, und ich beginne meine Notizen in der linken oberen Ecke. Ich bestelle blindlings irgend etwas, und bekomme folglich schon wieder Kabeljau. Aber die Ideen strömen aus mir heraus, unerschöpflich wie eine Radiumquelle. Die Kellnerin sieht mich gütig an und lächelt. Sie hat wildes, zirkassisches Haar, rote Ellbogen, Bleirohre als Beine. Auch dies notiere ich auf der Tischdecke. Versteht sie sowieso nicht. Und während ich schreibe, werden plötzlich die Lampen angeschaltet und das grelle Licht der nackten Glühbirnen fällt auf die Wasserkaraffe und wirft wunderbare geometrische Muster über meinen Handrücken und das fleckige Papier. Die Wölbung der Flasche wirkt wie ein Prisma und zersplittert das Licht in bunte Juwelen, die im Halbschatten der Karaffe tänzeln. Mir kommt eine dieser verrückten Strindberg-Variationen.

• • • •

An der Station Jean Jaurès steige ich nach oben, und nicht nach unten, um in die Métro zu kommen. Dämmerstunde, indigoblau, gläsernes Wasser, die Bäume schimmern und zerfließen. Schon die Station selbst fasziniert mich. Die Gleise senken sich in den Kanal, die lange, zinnoberrot lackierte Raupe saust abwärts wie eine Achterbahn. Das ist nicht Paris, ist nicht Coney Island – sondern eine dämmerige Mischung aus allen Städten Europas und Mittelamerikas. Unter mir dehnen sich Rangierbahnhöfe, die Schienen wirken schwarz, verstrickt, als seien sie nicht von Technikern geplant, sondern nach einem wirren Muster angelegt wie jene unheimlichen Risse im polaren Eis, die von der Kamera in schwarzen Schattierungen registriert werden. Ich bin versehentlich in die erste Klasse eingestiegen. Nein, nicht unbedingt versehentlich. Mein ästhetischer Instinkt hatte mich unbewußt veranlaßt, einer schönen Frau nachzusteigen. Es ist die erste schöne Frau, die ich hier überhaupt gesehen habe. Sie wird von einem französischen Offizier begleitet, und in seiner maskulinen Art ist er fast ebenso schön wie sie. Die Farben seiner Uniform sind so bunt und doch harmonisch: steife, maulwurfgraue Schirmkappe mit dicker Borte, mit Sporen geschmückte Lackstiefel. Sie hat den Blick eines Piloten, ihre Brust ist voll und unbewegt wie die einer Drossel. Ist das eine Französin oder eine dieser Amazonen von jenseits des Äquators, die mit Juwelen unter den Flügeln zur Rue de la Paix geflogen kommen? Und während ich im Kopf Notizen mache, versuche ich mir zurechtzulegen, wie ich ohne zu stottern sagen werde: «Kann ich die Differenz nicht bei Ihnen nachzahlen?» Bezieht sich natürlich auf den Schaffner, wenn er wegen des Fahrgelds an mich herantritt. Ich denke auch, die militärische Kopfbedeckung ähnelt sehr dieser «Käseschachtel auf einem Floß, der *Monitor*».

Bis zum Erreichen des Hotels habe ich an eine Menge andere Dinge gedacht, die mir im Bett oder im Restaurant durch den Kopf gehen – «Zum Bal Java gehen, Faubourg St. Martin», *Les Criminels* ansehen, wer ist Loulou Hegoburu, Mr. Zero treffen, Titel für Bücher: *Mon Venus, Das Land Ur, Welt ohne Frauen, Amen!* Kann ich etwas davon später «verwenden»? Wie komme ich an eine Sekretärin und eine Batterie Stenographinnen? Ich habe das Gefühl, hier könnte ich jeden Monat ein Buch schreiben. Wenn ich eine Stenographin dazu bringen könnte, mit mir ins Bett zu gehen, könnte ich 24 Stunden am Tag produktiv sein. Aber wenn ich einen von Dufresnes feuchten Akten sehe, denke ich, es war ein großer Fehler, daß ich mich für die Literatur entschieden habe. Hauptsächlich kannte ich seine Pastellzeichnungen; was für ein Schock, als ich dann seine Ölbilder sah! Vor allem ein vorzügliches Gemälde, eine Art déjeuner intime, Mahlzeit im 13. Jahrhundert sans vin (wie die Ligue contre Alcoolisme uns gern glauben machen würde). In den Vordergrund setzt er, zurückgelehnt auf eine Bank, eine Nackte, kompakt und kraftvoll, rosa wie ein Fingernagel. Ihr Fleisch quillt in glitzernden Wogen, sie besitzt alle sekundären Merkmale und einige primäre. Ihr Körper singt, ist feucht wie eine Landschaft Vlamincks, der Leib ist gleichmäßig aufgeteilt und schmackhaft wie ein gutes Stilleben, nur ist hier nichts still, nichts tot. Der Tisch biegt sich unter Eßbarem, er ist so schwer beladen, daß er fast aus dem Rahmen rutscht, und obwohl wir uns in einem Zimmer befinden, einem sehr bescheidenen Zimmer, sind auch auf diesem Bild wieder alle diese üppigen Dschungeltöne vorhanden, die wir im Modern Museum gesehen haben – ich denke besonders an das eine, auf dem Zebras und Gazellen an Palmwedeln knabbern.

Jetzt muß ich aber wirklich aufhören, auch wenn ich noch eine Bemerkung machen muß zu «dunkelhäutigen Laskaren und dem Geruch der Heiligkeit». Als Morand die Delancey Street Bridge überquert, riecht er den Fischmarkt unten. Er spricht vom Geruch des Schmelztiegels, ein berüchtigter Gemeinplatz. Er sieht auf das Wirrwarr der Gebäude hinunter und erblickt darin die Farben von getrocknetem Blut, nußbraun und granatrot. Granatrot? Er hat Granatrot gesehen? Himmel, wo hat er denn gestanden? Nicht mal in einem Judenbart läßt sich ein Farbton wie Granatrot finden. Nein, manchmal ist Paul Morand ein bißchen nachlässig. Ich habe nichts dagegen, wenn er vom eckigen Phallus des Equitable Buildings spricht oder einige Wolkenkratzer weiblich und andere männlich nennt; aber Granatrot für das Getto – unmöglich.

• • • •

Alle mal herhören – bis auf weiteres ist meine Anschrift American Express, sowohl für Briefe als auch für Geldüberweisungen – vorzugsweise letztere. Ich brauche ein kräftiges Paar gebrauchte Schuhe und etwas Rasierseife. Laßt nicht zu, daß ich in einer «leichtlebigen Welt» versinke.

HVM

[April 1930]

Dégringolade, Tintamarre, Salmongondid, Chinoiserie

Fünf Tage und Nächte lang war eine große Dunkelheit über dem ganzen Land, und ich aß nicht und schlief nicht, sondern lag bloß im Bett und dachte mir Telegramme aus, die etwas bewirken sollten. Es fällt sehr schwer, wenn du dreitausend Meilen weit weg bist und nichts als ein riesiger Ozean und ein riesiges Schweigen dich von der Heimat trennt – es fällt schwer, wiederhole ich, an irgendwelche anderen Wörter zu denken als «verzweifelt», «hungrig», «Gefangener» etc. Doch jetzt wurde das Schweigen gebrochen. Ich kann wieder atmen und meine Verdauung läuft wieder regelmäßiger. Auch war es ein Glück, daß ich in der Zwischenzeit einen leichten Anfall von Ruhr hatte und nichts als Orangen herunterbringen konnte. Was wäre aus mir geworden, hätte ich «cervelles» haben wollen, oder «entrecôte grillée», oder «bifsteak rôti pré vert, pommes nouvelles» etc.?

Ostern kam wie ein gefrorener Hase – aber es war hübsch warm im Bett. Heute ist es wieder schön, und in der Dämmerung gleichen die Champs-Élysées einem mit dunkeläugigen Huris bevölkerten Serail en plein air. Die Bäume sind in vollem Blätterschmuck und von einem so reinen Grün, daß es scheint, als seien sie noch naß und glänzend vom Tau. Die ganze Strecke vom Palais du Louvre bis zum Étoile gleicht einem Stück von Debussy – für Pianoforte. Seit fünf Tage habe ich die Schreibmaschine nicht angerührt, kein Buch angesehen, keine Idee im Kopf gehabt – außer der einen, morgens zum American Express zu gehen und nach einem Kabel zu fragen. Heute morgen war ich um neun Uhr dort, als gerade die Türen geöffnet wurden, und noch einmal um ein Uhr. Nichts Neues. (Und Nichts Neues hat den Hund getötet!) Um halb fünf sause ich aus dem Hotel, entschlossen, in letzter Minute nochmals einen Versuch zu machen. Kaum bin ich auf der Straße, begegnet mir Alfred Pach, der mich aber nicht erkennt, und da ich ihm nichts Wichtiges zu sagen habe, versuche ich gar nicht erst, seinem Gedächtnis auf die Sprünge zu helfen. Später, als ich die solidarischen 500 Francs in meiner Brieftasche habe und auf einer Bank im Jardin de Paris die Beine ausstrecke, kommt mir Alfred Pach wieder in den Sinn. Er war ein wenig gebeugt, nachdenklich, mit einer Art von heiterem, aber zurückhaltendem Lächeln. Während ich mich umsehe und in diesen sanft glasierten Himmel blicke, der so blaßgrün und malvenfarben überhaucht ist und heute nicht voll schwerer Regenwolken hängt, sondern lächelt wie altes Porzellan oder gehämmertes Messing – frage ich mich, was im Kopf dieses Übersetzers der vier dicken Bände der *Geschichte der Kunst* vorgehen mag, wenn er diesen herrlichen Kosmos mit seinem gesenkten Blick in sich aufnimmt?

Ein Plakat am Palais de Glace kündigt eine Ausstellung von

«Humoristes» an. Muß ich sehen! Komme mit einem alten Briefträger ins Gespräch; er ist eine Art Crainquebille, ein alter «combattant» und ein sehr guter ami von les Américains. Was für ein freundlicher Bursche! Er packt mich am Arm und erklärt mir im Weitergehen dies und das – Dinge, die ich bestens kenne, aus Höflichkeit aber trotzdem bestaune. (Hätte Lust, ihm zu sagen: «Himmel, Bruder, du weißt ja nicht die Hälfte davon! Begleite mich doch mal eines Tages und laß dir Paris von mir zeigen.») Aber dieser alte Großvater ist so gutmütig, so liebenswürdig und überschwenglich, daß ich kaum glauben kann, es mit einem Franzosen zu tun zu haben. Alle paar Augenblicke läßt er meinen Arm los und stellt sich vor mich hin wie früher der alte Carey bei der Western Union: «Attention! Viele Diebe in Paris... Attention! Champs-Elysées sehr charmant, sehr schön... Attention les prostitutes, les chanteurs!» Bei letzteren handelt es sich um die Stricher, die sich bei den Pissoirs herumtreiben. Er drängt mich, ich solle sehr gut auf mein Geld aufpassen, immer einen Gendarm nach dem Weg fragen – jamais un civilian! «Jeden Tag um sechs komme ich hier vorbei... jeden Tag! Avec plaisir, monsieur!»

Ich setze mich vor dem Palais de Glace unter eine Roßkastanie. Attention! Neben mir läßt sich eine junge Dame mit Affenpelzstola nieder, sehr grazil, distinguée, nicht zuviel Rouge, ein bißchen steifbeinig, air triste. Sie wartet, bis ich sie zweimal angesehen habe, um mich dann ansprechen zu können. Attention! Ich denke an den alten Bill, schlage meinen Paul Morand auf und beginne von den Grandhotels zu lesen, in deren Foyers man von Suppe bis zu Nüssen alles kaufen kann, wo es wunderbare, ständig geöffnete Telegrafenschalter gibt, an denen die Amerikaner zu allen Tages- und Nachtzeiten Telegramme aufgeben – weil nämlich die Amerikaner *niemals schreiben, sondern nur telegrafieren*. Wenn dies zutrifft, bin ich ein Super-Amerikaner, denn ich telegrafiere nicht nur, sondern schreibe auch noch.

Sollte ich es wagen, von meinem Buch aufzusehen, wird die da neben mir mich mit Sicherheit ansprechen. Sie wartet etwa fünfzehn Minuten, dann steht sie mit leisem Rascheln und reizendem Schmollmund auf und schlendert auf ihren hohen Holzabsätzen davon. (In Paris tragen nur die alten Frauen Gummiabsätze, und dann sind es gewöhnlich Filzlatschen, die vollständig mit Gummi überzogen sind, eine Art Pantoffel für drinnen und draußen, bien chaussée.) Keine ehrbare Prostituierte käme auf die Idee, ihre schmerzenden Füße zu entlasten, indem sie etwa O'Sullivans Gummiabsätze tragen würde. Deswegen ist es nachts, wenn die Straßen unbelebt sind, auch so seltsam, jemand gehen zu hören. Man kann das Geräusch mehrere Blocks weit verfolgen, ehe es schließlich verstummt. Paris ist ja so tot nach elf Uhr abends. Dieses Gerede von einer beschwingten, offenen Stadt ist alles Quatsch! New York ist die hellwache Stadt, die rund um die Uhr belebte Stadt, die Stadt des Lärms. Aber wenn ich mich hier auf den Heimweg mache, ganz gleich aus welcher Richtung, glaube ich zwischen den Mauern eines Mausoleums zu gehen; kein Geräusch, außer dem gelegentlichen Hupen eines Taxis, keine Musik außer dem Singen der Straßenrinnen, dem Gurgeln der Kloaken.

«Die Stadt war ein Chaos; Leichen, zerstückelt von Metzgern und entkleidet von Plünderern, lagen überall in den Straßen; aus den Vororten schlichen Wölfe herbei, um sie zu fressen; der Schwarze Tod und andere Seuchen machten sich breit, um ihnen Gesellschaft zu leisten, und die Engländer marschierten heran; unterdessen tobte um die Gräber sämtlicher Friedhöfe la danse macabre...»

Paris, Umgebung von St. Paul, zur Zeit Karls des Wahnsinnigen, jenes armen Kerls, der, verlassen von seiner Frau, seiner schamlosen Frau, Isabeau de Bavière, in seinem Hôtel St. Paul praktisch wie ein Gefangener lebte, als einzige Gesellschaft die aus niedriger Herkunft stammende Odette de Champsdivers, mit der er Karten spielte... In den letzten zehn Tagen oder so habe ich einige Streifzüge durch die Gegend um St. Paul gemacht, hinter der Place des Vosges, im Herzen des Marais-Viertels. Ich habe auf dem Square du Temple gesessen, der in den Zeiten der Tempelritter der Garten des Großpriors gewesen war. Ich habe darüber nachgedacht, was die Abdecker unter ihrem Anführer Jean Caboche getrieben haben, und lange und wehmütig habe ich an das traurige Schicksal Karls des Wahnsinnigen gedacht, wie er in schmutzigen Lumpen, zerfressen von Geschwüren und Ungeziefer, mit hündischer Gier an seinem Essen nagend, durch die Flure seines Hôtel geisterte. An der Rue des Lions habe ich die Steine der alten Menagerie befühlt, wo er seine Schoßtiere fütterte – seine einzige Zerstreuung außer diesen Kartenspielen mit Odette de Champsdivers.

....

Ich war kaum losgegangen – nur einen Steinwurf vom Boulevard de Sébastopol entfernt –, als jemand hinter mir her pfiff. Ich drehte mich um, und da stand eine dreiste Hure in ihre Haustür gelehnt wie eine faule Schlampe, Zigarette zwischen den Lippen, jämmerlich rot angemalt, die Haare gekräuselt, alt, faltig, narbig, kaputt, böser, gieriger Blick. Sie ruckte ein paarmal mit dem Kopf, eine Einladung, mir ihr Zimmer anzusehen, aber mein Blick blieb an einer merkwürdigen Gestalt haften, die sich mit etlichen Bündeln abschleppte. Ein alter Mann mit ungeheurem Kropf, oder Kröpfen, die seinen ganzen Hals umfaßten; sie standen unter dem Haaransatz hervor wie gewaltige Polypen, baumelten unter seinem Kinn, lila getönt, von Adern durchzogen, wie Kürbisflaschen – durchsichtige Kürbisflaschen. Hier sind die Menschen degeneriert und krank. Alte Frauen mit weißem Haar und roten Lippen, krätzig und geistesgestört, schleichen in Pantoffeln umher, die Kleider in Fetzen, verdreckt mit dem Müll und Unrat der Gosse. .... Bettwanzen, Kakerlaken und Flöhe kriechen an ihnen herum, sie haben Syphilis, Krebs und Wassersucht, sie sind lahm und blind, sie hinken und haben Gehirnerweichung. Es sind noch die gleichen, die Quasimodo von den Türmen von Notre Dame beobachtet hat. Sie sind keinen Deut weiter entwickelt als jene armen Teufel des Mittelalters, die in den Wäldern dieses ausgedehnten Sumpfs lebten und auf Hunde und Katzen Jagd machten oder Gras kauten. Sie sind nicht einmal so intelligent wie jene wilden Stämme der Parisii, die an den Ufern der Seine lebten und die Attacken der Legionen des Julius abwehrten und ihn auf die Île de la Cité zurückdrängten, wo er dann Schutzwälle und Befestigungen errichten mußte.

O ja, ich habe in den letzten fünf Tagen nicht viel gelesen, aber das Wenige, das ich aufgenommen habe, ist mir nützlich gewesen. Diesmal betrachte ich ein vollkommen anderes Paris. Wenn ich durch die wunderbarste Straße der Welt gehe (St. Denis!) – und auch die älteste von Paris –, ist mir bewußt, daß ich den Weg der römischen Legionen abschreite, den Weg der Tempelritter, den Weg, den der furchtbare Saint Denis mit dem Kopf in der Hand gegangen ist. Und wenn ich unter den Bögen des Louvre auf den offenen Platz am Théâtre de la Comédie-Français heraustrete, dann weiß ich jetzt, daß hier Jeanne d'Arc gefallen ist, von einem englischen Pfeil niedergestreckt bei ihrem tapferen Versuch, die Stadt Paris zu retten. Und ich weiß, daß einst am Quai des Celestins François Rabelais gewandelt ist, daß er irgendwo hier gestorben ist – niemand kennt mehr die genaue Stelle. Und ich lege ein Gelöbnis ab: eines Tages werde ich nach seinem Geburtsort Chinon hinausfahren, etwas von dem guten Wein dieses Landes trinken und eine Pilgerreise zu diesem wakkeren, gesunden, normalen großen Geist Frankreichs antreten. Von den Schutzheiligen und prodromes der Renaissance weiß ich wenig. (Soweit bin ich noch nicht gekommen!) Fürs erste habe ich mehr als genug zu tun mit Saint Denis und Saint Martin, mit Madame Pimpernel, la belle boulangère und Maître Jehan Crapotte, l'Orfèvre. Nicht zu vergessen Karl den Wahnsinnigen und seine aus niedriger Herkunft stammende Gefährtin Odette de Champsdivers, oder Gus Bofa und Moholy-Nagy, oder Rodin, den bösen Genius des *Ewigen Juden*, der sein ruchloses Tun ausübte bis zu dem Tag, «da er von der Oktoronin Cecily entflammt und überlistet ward!».

• • • •

Das ist alles ein ziemliches Durcheinander, weil ich mich nicht mehr erinnern kann, was ich in meinen früheren Briefen geschrieben und was ich in das Manuskript des Buchs gesteckt habe. Ich warte noch immer auf eine Lösung des Verteilungsproblems. Ich kann mindestens einmal die Woche einen langen Brief hinklotzen und dann später ausschlachten. Das wäre mir lieber, als das Material in meinem Notizbuch auf Eis zu legen. Nach einer gewissen Zeit stirbt alles ab – selbst die lebhaftesten Eindrücke. Jeder Tag, den ich draußen herumlaufe, bringt mir mindestens zehn bis fünfzehn Seiten ein. Was soll ich damit anfangen? Das alles in Buchform zu bringen, geht wesentlich langsamer, obwohl auch schnell, alles in allem betrachtet. In einem Brief kann ich schreiben wie der Wind, ohne mich allzusehr um Grammatik etc. kümmern zu müssen. Ich kann «Himmel» sagen, wann's mir gefällt, und die Adjektive meterweise aneinanderreihen.

Hier nun einiges von dem, worüber ich in Zweifel bin: habe ich davon schon was angesprochen?

Der Löwe des Louvre
Der andalouvrische Hund
Liebespaare in der U-Bahn, Parc Monceau, unterm Eiffelturm
Sechstagerennen – Mlle. Lou-Lou... Allo, Allo!
Die Legende von den Pissoirs
Schinken- und Eisenmarkt, Boulevard Richard Lenoir
Flohmarkt, Clignancourt – echte Kunstobjekte für einen Apfel und ein Ei, unter anderem aus Ozeanien, Afrika, Melanesien, Siam etc.!!
Kandinsky, Lurçat, Miró, Czobel, Dufresne
Surrealismus – 2. Manifest (Aragon, Breton, Soupault et alia)
Abattoir Hippophagique, Ville Malakoff, Place Violet
Place Vauban – Letzter Mann Europas, schlafend unterm Capitol Willy – «Le Troisième Sexe»
Schachfiguren Karls des Großen – der Stutzer in der Bibliothèque Rue Blomet und anderes Rues
Grand Guignol – Cent Lignes Emues und «Le Griffe» – Umwerfend!
Die Mumien im Trocadéro – wo Zadkine, Maillol, alle miteinander, groß und klein, ihre erste Inspiration bekamen – und ihre letzte...
Germaine Dulac – erste Schöpferin künstlerischer Filme – persönliches Interview
Der moslemische Friedhof am Père Lachaise
Toiletten am Rechten Ufer und Toiletten am Linken
Gespräch mit Hickok über Spanien, das Baskenland etc.

*Der Idiot* auf französisch – mit einer französischen Madame für Nastasia Filippowna
Die Madone des Sandwichs – Rue Mademoiselle
Die Lesbierinnen im Jockey Club und die Schwulen von der Rue de Lappe
Der flache Kosmos in der Galerie Zac – mexikanische Ausstellung
Dufresnes wunderbare fleischrosa Akte – großes Bild, déjeuner

Samstag, den zehnten [Mai] 1930

Persönlich – für Dich, alter Stinker:

Spring sofort aufs Schiff. Von zusätzlichen Kosten weiß ich nichts. Und Du mußt nicht einmal die $ 125 für die Überfahrt hinlegen. Nimm einen Frachter, und iß mit der Mannschaft – nicht übel, hab ich mir sagen lassen, und unter $ 100. Nimm aber auf keinen Fall ein amerikanisches Linienschiff. Ich werde Dir beibringen, wie man hier von weniger als $ 25 die Woche leben kann. Und zwar bequem. Keine Sorge wegen der Lebenskosten – es ist noch immer schmutzig und billig. Mahlzeit heute mittag: 8 Fr. 25 Centimes – einschließlich Vin blanc, Café, Banane, Tournedos bouquetière, Brot, Serviette, Trinkgeld... $ 0,33! Für den gleichen Preis, den ich zahle (495 Francs pro Monat), kannst Du ein Zimmer hier im Hotel haben (besser als meins). Ich habe ein großes Zimmer mit zwei Fenstern. Hauptsache, man kriegt keine Frostbeulen. Theater? Hatte im Grand Guignol einen Sitz in der ersten Reihe für einen Dollar, oder einen Dollar zehn. Kinos – Plätze von 2 Francs bis zu 80 Francs. Huren? Von 30 Francs aufwärts... Taxis? Von hier zur Opéra tagsüber etwa 5 Francs. Wäsche waschen etwa einen Dollar die Woche. Das ist ziemlich viel. Sonst noch was? Métro? 70 Centimes eine Fahrt. Bier von 50 Centimes bis 1,75, oder 3,75 (Löwenbrau München). Überzeugt Dich das? Für 40 Dollar die Woche könntest Du eine fabelhafte Zeit haben. Du könntest Dich jeden Abend vollaufen lassen, Dir die beste französische Literatur kaufen, Dich mit objets d'art eindecken, aus Ozeanien, Ägypten, Afrika, alles was Dein kleines Herz begehrt. Um Himmels willen, gib kein Geld mehr für Schachfiguren aus. Ich habe hier noch nichts gesehen (hauptsächlich, weil ich nicht sonderlich darüber nachgedacht habe), aber wozu noch zusätzliche Schachfiguren kaufen, wenn Du hier drüben die ganze Welt kaufen kannst?

Ich führe ein Hundeleben (weil das Geld sehr unregelmäßig eintrudelt), aber selbst mir gelingt es, mich prima zu amüsieren. Guy Hickok vom *Eagle* sagt, niemand verdiene es, eine so gute Zeit zu haben wie ich. Er sollte es wissen. Wir hatten kürzlich einen herrlichen Tag zusammen. Er hat mir Stellen gezeigt und ich ihm. Nimm den Stadtplan vor. Irgendwo unterhalb Buttes Chaumont such nach einer kleinen, gewundenen Straße, Rue Asselin. Treppen führen hinauf, hinunter, darum herum. Geht schnell abwärts. Eine miese Spelunke an der andern, wo die Algerier und Araber sich beköstigen lassen. Such gleich nebenan nach der Rue de Meaux, dann rechts davon eine Art Hof, «Cité Nortier». Mußte das Hickok zeigen – und sogar er war verblüfft. Das ist die Ufa-Szenerie, von der ich Dir kürzlich geschrieben habe. Hickok ist ein toller Bursche – kennt jeden (einschließlich Allan Quatermain und Bob McAlmon). Ich glaube, mösengeil ist er auch. Jedenfalls ist es gut, ihn zu kennen.

Ja, heute morgen habe ich Deinen Brief bekommen, und war ziemlich erstaunt. Hätte nicht gedacht, Du könntest Dich zusammenreißen und drei Schreibmaschinenseiten vollschreiben. Kann gar nicht glauben, daß Du das geschrieben hast. War großartig. Hat mich ungeheuer aufgeheitert. (Bin nämlich sehr niedergeschlagen.) Ich denke an so vieles, was ich loswerden will. Zum Beispiel habe ich Dir seit meiner Ankunft hier die surrealistischen Manifeste schicken wollen; und *Un Homme Coupé en Tranches*; und die Flugschrift von Aragon: *La Peinture au Défi*; und *Photogénie*; und *Frou-Frou*; und den Artikel über das

St. Merr-Viertel; und *La Semaine*; und Kinozeitschriften, Speisekarten, Anzeigen, letzte Seiten von *Sourire*, etc. etc. etc.

Die Geldknappheit frustriert mich. Paralyse der Peripherie. Ohne Scherz. Immerhin macht es einigen Spaß, französisch zu lesen. Kannst Du's glauben, ich habe mir André Gides *L'Immoraliste* vorgeknöpft und gelesen – praktisch mühelos, möchte ich sagen. Einfach erzählt, schön erzählt. Hier und da eine Lücke macht nicht viel aus. Es reißt mich mit, ich kann 35 oder 50 Seiten in einem Schwung lesen. Das nennt man Fortschritt, nicht wahr? Und, oh – wenn ich vorm Schaufenster stehe und mir prachtvoll illustrierte Ausgaben von Pierre Loti und Pierre Louÿs ansehe – zum erstenmal den Anfang von *Aphrodite* auf französisch gelesen. Es ist zum Haareausraufen. Wunderbar. Ich sage mir – noch ein Jahr, und ich werde in dieser wundervollen Sprache schreiben. Ich liebe sie. Ich liebe es, wie sich die Adjektive türmen, ich liebe ihre Modalsätze, den Rhythmus, den Wohlklang, die Eleganz, die Subtilität... Ja, Emil, die französischen Maschinen haben Akzentzeichen (müssen sie haben!), sie sind allgemein gebräuchlich. Wo das herstammt, weiß ich nicht. Aber Du kannst die Notwendigkeit dafür ohne weiteres einsehen.

Die Sprache! Komme gerade aus dem Restaurant. Mußte lächeln. Die Kellnerin, die das runterrasselt wie Telefonnummern, versuchte mir klarzumachen, sie habe etwas, wonach ich neulich mal gefragt hätte. Hab's nicht ganz verstanden – trop vite. Sie ging wieder, und plötzlich dämmerte es mir. Alles fügte sich richtig zusammen. Und ein breites Grinsen trat auf mein Gesicht. Ich dachte an Dich und mußte noch stärker grinsen. Und dabei starrte ich die ganze Zeit eine schöne Blondine an, die immer nach mir schielt, wenn ich reinkomme. Sie wurde ganz verwirrt. Vielleicht hielt sie meinen Blick für ein bißchen spöttisch. Jedenfalls nahm ich später meinen Mut zusammen und ging zu ihr rüber. In meinem Pidgin-Französisch erklärte ich ihr, sie dürfe nicht denken, ich mache mich über sie lustig. Ich sei sehr glücklich, sagte ich. Sie lachte und drückte mir impulsiv die Hand. Erzählte mir, auch sie sei sehr froh, daß ich so fröhlich sei. Wir alle waren froh. «Möchten Sie einen Benediktiner?» Klar; wir setzten uns zusammen und tranken ein paar Benediktiner. Sie möchte, daß ich sie eines Tages im Jardin du Luxembourg spazierenführe. Warum nicht? Ich werde sie nach Asnières, St. Cloud, Batignolles mitnehmen... überallhin. Ist Dir dieser Typ schon mal aufgefallen – hellhäutig, milchiger, sahniger Teint, wasserstoffblonde Haare und dunkelbraune Augen, dazu womöglich dicke Augenbrauen? Ich bete diesen Typ an. Ich denke, das ist echt französisch. Die zarte Haut, fast bläulich wie entrahmte Milch, läßt mich schier brutal werden – möchte sie zärtlich zerquetschen.

Ich sagte anfangs «persönlich». Vergiß das nicht. Mach nicht den Fehler, das irgendwann einmal in Junes Gegenwart hervorzuziehen. Ich will Dir ein paar interessante Episoden erzählen.

Frauen! In den Briefdurchschlägen habe ich nicht viel von Frauen berichtet. Natürlich! Aber wie herrlich amüsiere ich mich mit den Huren... überall: hinter der Gare de Lyon, in der Gegend um die Bastille, Closerie des Lilas, Champs-Élysées... Mit einer habe ich einen kleinen Pakt geschlossen; Germaine (sie selbst nennt sich Mme. Daugeard). Typ Fabrikmädchen. Habe sie eines Tages auf dem Boulevard Beaumarchais kennengelernt. Ein Sonntagnachmittag – himmlischer Sonntag, kurz nach einem Ausflug nach Clignancourt. Ich habe sie gleich gemocht. Blieb stehen und wartete, daß sie mich aufgabelte. Wir setzten uns in ein Café und berieten uns. Erklärte ihr ganz offen meine Lage. Könnte mir das nicht leisten. Würde sie ins Kino mitnehmen, wenn sie wolle – oder auf eine Spritztour in die Rue de Lappe.

Sie erzählte, sie arbeite als Modell – nannte mir irgendeinen, vermutlich erfundenen, Namen eines dänischen Künstlers, für den sie posierte. Jedenfalls, um die Spannung nicht weiter auszudehnen, lud sie mich in ihr Hotel ein und sagte, 20 Francs wären in Ordnung. (Da ich Schriftsteller sei!) Wir hatten eine phantastisch gute Zeit (das Zimmer kostete nur 5 Francs, Rue Amelot, und das Präservativ 2 Francs). Wir gingen zusammen essen, redeten ungeheuer viel Französisch (habe massenhaft dazugelernt an diesem Nachmittag), und versprachen einander, uns wiederzusehen. Ich bekomme kleine Rohrpostbriefe von ihr, in drolligem, primitivem Französisch. Sie ist meine «grande amie». Na ja, ich werde langsam pleite, wie Du bereits weißt. Habe 15 Francs in meiner Tasche. Gehe wieder ins Café l'Éléphant und warte auf sie. (Sie hat mich gebeten, ich solle meine Knickerbockers tragen, die wären so amerikanisch; darauf muß sie wohl stolz gewesen sein.) «Germaine», sage ich, «ich bin pleite, aber ich liebe dich sehr. Willst du mit mir spazierengehen?» Germaine nimmt mich wieder mit ins Hotel. Kein Geld. Sie sagt: «Ich habe den größten Respekt vor dir, ich vertraue dir blind. Wenn du Geld hast, werden wir in ein anderes Hotel gehen und uns die ganze Nacht in den Armen liegen...» Fairer kann man wohl nicht mehr sein, wie? Ich mag dieses kleine Fabrikmädchen. Sie ist unverfälscht. Das scheint mal eine Hure mit Herz zu sein.

Gestern abend im Dôme mit einem Mr. Fred Kann über die Aussichten gesprochen, hier eine Akademie für amerikanische Studenten aufzumachen. Er ist mit der Idee zu mir gekommen, will meine Unterstützung, sagt, wir könnten ein bescheidenes Auskommen damit erzielen, ohne allzuviel Energie da hineinzustecken. Von mir aus gern, jetzt warte ich ab, wie es weitergeht. Für Montag haben wir uns verabredet, die großen französischen Akademien abzuklappern, Grande Chaumière, Beaux Arts etc. Unterdessen kommt eine Schweizerin ins Dôme und setzt sich zwischen uns. Er kennt sie, weil sie jeden Tag in sein Atelier kommt, um ein Bad zu nehmen. Betty ist ein bißchen angesäuselt. Alle paar Minuten steht sie auf und sagt: «Ich muß mal Pipi, macht noch mal 50 Centimes.» Dann sitzt sie eine Weile auf meinem Schoß, und ich grabsche ordentlich an ihr herum. Kann sagt zu mir: «Wenn du sie haben willst, dann los, nimm sie dir... Ich empfinde sexuell nichts für sie.» (Gott, warum nicht?) Aber Betty ist eins von diesen verfressenen Miststücken. Macht mich ganz unruhig, ihr beim Essen zuzusehen. Am Ende bezahlt sie ihre Rechnung selbst, und dann tut es mir leid, daß ich von der anderen Sache nichts gesagt habe. Na ja...

Ein anderer Abend... Champs-Élysées... leicht angesäuselt... die Welt kreist, ich denke an Ned, und was für einen tollen Brief ich ihm über diese Straße schreiben möchte. Prima in Form. Werde abgeschleppt, nachdem ich sechs hintereinander ausgewichen bin. Langer Fußmarsch zu einem Hotel. 20 Francs das Zimmer. Präservativ 5 Francs, Trinkgeld fürs Zimmermädchen 2 Francs. Preis der Dame: 150 Francs. Wow! Aber sie war Spitzenklasse. Das Wildeste, was Du je gesehen hast, schlug fortwährend auf mich ein, spielte mit der Zunge, grunzte, stöhnte... Zuerst laß ich sie auf mich draufsteigen. Das beherrscht sie wie eine Wissenschaft. Aber als es dann losgeht und ich ihren Husten höre, und ihr leicht grünes Gesicht sehe, geht meine ganze Leidenschaft flöten, und ich stehe auf und zieh mich an. Sie sieht mich traurig an. «Gefalle ich dir nicht?» fragt sie. «Bist du müde?» Nein, antworte ich, nur traurig... Fahre mit dem Taxi nach Hause, denke an die Plakate in den Pissoirs. Krieg ich jetzt Syph etc.??? (Wenn Du das Manuskript über Paris siehst, das Kapitel über das Amerikanische Krankenhaus, wirst Du das alles verstehen.) Zum Glück ist mir nichts passiert. Alles nur Einbildung. Am Ende sah der Arzt mich an wie einen Geisteskranken. Scheißkerl. Ich hatte eine schöne Panik – für 177 Francs, das Taxi nicht gerechnet.

Du schreibst mir über Joseph Stella. Seltsam, erst gestern habe ich auf der Rue du Faubourg St. Honoré nach der Galerie gesucht, wo er zur Zeit eine Ausstellung hat. Ja, ich erinnere mich gut an seine Arbeiten. Habe große Achtung vor ihm. Wußte gar nicht, daß er auch so gut schreiben kann. Das war eine ausgezeichnete Stelle... habe mich richtig über mich selbst geschämt, als ich das las. Man hält mich hier für einen Literaten, aber ich habe noch nie etwas über die Brooklyn Bridge geschrieben, das diesen Zeilen gleichkäme. Und was mein Buch betrifft, das Du gelesen hast, kann ich (aus dem, was Du nicht darüber sagst) nur vermuten, daß es ziemlich mies sein muß. Ein paar gelungene

Stellen vielleicht, wo ich Mondlicht und Blumen beschreibe, aber der Rest ist wohl danebengegangen. Zur Zeit befindet sich dieses Manuskript in Berlin, beim größten Verlag Deutschlands. Keine Ahnung, was daraus werden wird. Sehr wahrscheinlich nichts. Der zweite Roman ist wesentlich besser, fester gestrickt, schwungvoller, einheitlicher. Ich bin fast fertig damit. Dem Ende so nahe, daß ich bebe. Es fällt mir schwer, das letzte Wort darunterzusetzen... Finis. Aber wenn ich das hinter mir habe, werde ich wohl auch die realistische Literatur hinter mir haben. Für mich ist das nicht die höchste Ebene. Das alles scheint mir zu egoistisch, zu eitel, zu anmaßend. Wer bin ich denn, daß ich aus meinem Leben Literatur machen könnte? «Habe ich ein Recht, einen Platz, einen Wert, eine Mission unter den Menschen...?»

Was Tihanyi betrifft – keine Ahnung, wo der steckt. Glaube nicht, daß er hier in Paris ist, sonst hätte ich ihn schon mal getroffen. Zadkine habe ich nur zwei- oder dreimal gesehen. Siehe den beigelegten Zettel. Heute nachmittag werde ich seiner Einladung folgen und ihn in seinem Atelier besuchen. Die Wahrheit zu sagen, war ich ein bißchen enttäuscht. Mag sein, daß ich allzu empfindlich gewesen bin, das passiert mir ja manchmal. Jedenfalls hatte ich das Gefühl, er toleriere mich bloß. Weißt Du, bei diesen Burschen denke ich mir immer, ich bin genauso gut wie die. Und ich will, daß die das merken. Also halte ich mich bedeckt und warte, daß sie den ersten Schritt tun. Ist das sehr borniert? Verschließe ich allmählich meine Seele? Alors! Freitag nächste Woche sehe ich Germaine Dulac. Das ist mal eine Frau, eine große Lesbierin, die mich wirklich sehen will. Ich weiß, wir werden uns gut miteinander unterhalten. Was ich vom amerikanischen Film nicht weiß, werde ich erfinden. Wenn diese Frau mir $ 15 die Woche zahlen würde, würde ich für sie arbeiten. Ich wäre stolz, bei der Produktion von Filmen, wie sie sie macht, mitwirken zu dürfen. Emil, solche zauberhaften Filme hast Du noch nicht gesehen. Durch und durch französisch, absolut künstlerisch, unsentimental und über den Realismus hinaus. Wenn ich an ihre Broschüren herankomme, werde ich Dir ein paar schicken. Dann kannst Du selbst urteilen. (Unterdessen habe ich erfahren, daß dieser Film *Un Chien Andalou* großen Eindruck auf Cocteau gemacht hat und daß er ausführlich darüber geschrieben hat. Wäre interessant, das mal zu lesen, wie?)

Weder Cocteau noch Dekobra, Buñuel (der Schöpfer von *Andalou*) oder St. Cyr haben auf meine überschwenglichen Briefe geantwortet. Die werden mich wohl für übergeschnappt halten. Hier schreibt man keine zwei oder drei Seiten lange Briefe an Leute, die man nicht kennt. Vielleicht war ich auch ein bißchen zu kindisch. Aber es waren gute Briefe, Emil – besonders der an Buñuel. Eines Tages zeig ich Dir den mal. War genauso verrückt wie sein Film, und noch verrückter.

• • • •

Sehe mir die Notizen an, die ich nach der Lektüre Deines Briefs beim Mittagessen gemacht habe. Diese Notizen! Sie stapeln sich wie schmutzige Wäsche. Ich hoffe, das Zeug über Paris ist gut. Hätte Lust, ein richtig wüstes Buch daraus zu machen... etwas Populäres, Verkäufliches, Schmackhaftes... Was meinst Du, ist es das – was Du gelesen hast? Ich weiß, Du hast meine Begeisterung mitbekommen? Aber findest Du, es ist zu persönlich, zu wenig interessant für andere?

• • • •

Dann waren da noch ein paar Briefe, die ich an Elkus geschickt habe; er sollte sie Dir zeigen oder Abschriften für Dich anfertigen lassen. Hat er das getan? Und hast Du Dich um Buzby gekümmert? Vermutlich nicht. Irgendwie habe ich das Gefühl, ich bin eine verdammte Nervensäge. Was ich brauche, sind Sekretärinnen. Nun, wenn wir (mit Hilfe von John D. Jr.) diese Akademie aufmachen, kommen wir, wenn schon nicht an Sekretärinnen, vielleicht an ein paar Akte. Eine gute Nackte ist immer drei Sekretärinnen wert.

• • • •

Nun, die letzte Notiz handelt von «Verzweiflung». Ich wage nicht weiter vorauszublicken als bis zum Ende des Tages. Würde ich bis in die nächste Woche blicken, würde ich verrückt werden oder in die Seine springen. Ich will unbedingt hierbleiben... Und das werde ich wohl auch. Ich denke, ich kann zuversichtlich sagen: «Komm her, Emil, du wirst mich hier finden.» Sollte ich mich als Lügner erweisen, dann jedenfalls nicht als vorsätzlicher. Ich werde alles tun, um mich hier über Wasser zu halten. Glaub mir, wenn ich daran denke, was mir passieren kann (zum Beispiel, wenn der patron mich rauswirft!), kann ich Dir versichern, Dir wird es hier viel besser ergehen als mir. Du wirst immerhin genug Geld haben (und vielleicht tätest Du am Ende besser daran, mich nicht zu besuchen). Sieh mal, Alter, ich habe nicht die leiseste Ahnung, wo ich stehe, jetzt noch weniger denn je. Habe von June, wie wohl bereits erwähnt, außer ein paar Telegrammen noch keine Zeile erhalten. Du sagst, Du hast mit ihr telefoniert. Schön. Ich wußte gar nicht, daß Du sie finden konntest. Läuft der Laden noch? June meint es so gut. Wahrscheinlich macht sie eine schlimme Zeit durch. Sie bräuchte mir nur zu sagen: «Du mußt von 12 Dollar die Woche leben, mehr kann ich dir nicht schicken», dann wäre ich schon zufrieden... Da wüßte ich, was ich zu tun hätte. Aber alle Nachrichten sind voller Hoffnung, Regenbögen, Tapferkeit – Teufel, Du weißt schon. Und dann bleibt das Geld aus... riesige Lücken, Schulden türmen sich auf, dreimal täglich gehe ich zum American Express und frage nach diesem Kabel, das schon letzte Woche hätte kommen sollen. Das alles nimmt mich sehr mit. An manchen Tagen kann ich kaum schreiben. Ich denke nur noch an das Kabel – wo bleibt es? (Himmel, das hört sich schon fast nach van Gogh an.) Und glaub nur nicht, ich übertreibe, wenn ich Dir erzähle: Kürzlich sind mir schrecklicherweise die Schuhe aufgeplatzt... die Socken sahen raus. Bin zum Schuhmacher gegangen und bat ihn, Flicken auf die Löcher zu setzen. Als ich sie zurückbekam, waren sie ordentlich zugenäht... von der Reparatur war kaum etwas zu erkennen. Kannst Du's glauben, ich hätte fast geweint. So verdammt glücklich war ich über diese Kleinigkeit. Immer wieder sagte ich zu ihm und seiner Frau: «Très bien! Très bien!» Also verlangten sie 6 Francs für ihre Arbeit, für die sie normalerweise wohl nur 3 Francs genommen hätten! Wenn ich sonntags nach Clignancourt gehe, betrachte ich voller Sehnsucht die gebrauchten Schuhe, die da angeboten werden. Die sind so fest und sehen so bequem aus. Ich werde alles so lange tragen, wie mein Arsch nicht hinten raussieht. Und wenn es zum Schlimmsten kommt und ich das Hotel ohne Gepäck verlassen muß, werde ich wohl irgendein Atelier finden, wo ich auf dem Boden schlafen kann. Dazu bin ich ohne weiteres bereit. Ich sage Dir ganz offen, es würde mich nicht im geringsten abschrecken, für ein paar Francs am Tag Plakate anzukleben. Ich will einfach nicht verhungern. Alles andere zählt nicht.

Du siehst also, was Paris aus mir gemacht hat. Du siehst, es würde Dich nicht enttäuschen. Vielleicht schreibe ich eines Tages, daß es hier schrecklich ist, daß ich es nicht mehr aushalten kann, daß ich es beschissen finde... Schenk dem keine Beachtung. Denn das sagt nur mein Bauch. Angst, Mutlosigkeit, Einsamkeit... Niemand hat das Recht, sich hier unglücklich zu fühlen, solange er noch ein paar Dollar in der Tasche hat.

....

Zum Schluß: Habe ein paar lustige Briefe von Frank Harris aus Nizza bekommen. Ich ermahne ihn ständig wegen seines Alters. Er schreibt, er sei 75 Jahre alt, und sein Gedächtnis sei auch nicht mehr das beste. Aber wenn ich ihn in Nizza besuchen käme, würde seine Frau mir ein schönes Essen kochen... sie sei stolz auf ihre Kochkünste, etc. Dann fügt er hinzu, er schreibe gerade an einer Biographie über Shaw und hoffe, ein bißchen Geld zu bekommen, damit er all seine Schulden begleichen kann, bevor er stirbt... Himmel!!! Was für ein Leben!

Amen!

P.S. Laufe ohne Ausweis herum – sollte ich irgendwann einmal um Mitternacht in der Gegend der Rue de Lappe, der Bastille oder sonst einer dieser «camelot»-Straßen geschnappt werden, bedeutet das Gefängnis für mich. Ist das nicht eine heiße Sache? Himmel, Himmel, wo sollen wir unser Haupt hinlegen?

....

[Frühjahr 1930]

## Bei den Weinhändlern

Es ist Mittag, der Himmel dunkel wie die Rückseite eines Spiegels, die Seine bleiern, rotzgrün, kein Widerschein der gespenstischen Farbe, die von den Mauern jenseits der Ufereinfassungen ausstrahlt. Der Fluß ist stark belebt und voller Schiffe. Er ist jetzt ein Fluß des Handels, unterhalb der Gare de Lyon, beim Pont Austerlitz, auf dem Weg nach Bercy. Doch herrscht hier nur gelinde Hektik im Vergleich zu jenem anderen Fluß, der meilenweit gesäumt ist mit Docks und Stahlträgern, mit riesigen grauen Schleppern und Lastkähnen, die unter blutroten Segeln dahinfahren. Läßt irgendein Fluß sich mit der Themse als Symbol der Macht vergleichen – als ein besonders typisches Symbol unseres modernen Industriezeitalters? An dem Morgen, als wir die Albert Docks ansteuerten, war die Themse eine Symphonie aus Dunst und Nebel, durchdrungen von der Musik gewaltiger Kräne, die in Tonnen von Achsschmiere herumschwenkten; nur Monet hätte dem gerecht werden können, kein Turner, Whistler oder Pennell, denen allen das volle Maß an Vitalität und Sinnenlust fehlte, die alle hauptsächlich Architekten und dann erst Künstler waren. Die Seine ist nicht einmal ein schwaches Echo der mächtigen Themse. Die Seine ist ein schmutziger Bach in malerischer Umgebung. Die Seine erinnert mich immer an eine alte Vettel, die in der Gosse hockt, um ein bißchen Urin abzulassen. Aber die alte Vettel hockt womöglich im Schatten einer verfallenden Kathedrale, deren Portal mit Königen und Heiligen geschmückt ist, mit Ungeheuern in den Klauen von Haß und Gier, die Decke reif wie eine Nuß, bitter wie Most.

Nie habe ich die Seine so gesehen wie heute. Der Boden war für eine Revolution bereitet. Wenn jetzt die Maschinengewehre mit ihrem Getacker anfingen, würde der Himmel einstürzen, und wir bekämen eine Sintflut aus Blei und Spülwasser. Die Uferpromenade ist verlassen, Autos rasen dahin unter den unerschütterlichen Bäumen, deren ungeschützte Stämme in kränklichem Aschgrau schimmern. Hinter der hohen Umzäunung der

Lagerhäuser von Bercy sind wilde Farbtupfer – rohes Blau und Ocker, mörderisches Rosa, spanisch Gelb, ekelhafte Senftöne und Stahlblau. Die Gebäude stehen wirr durcheinander und sind verziert mit gewaltigen, grellen Zeichen sämtlicher Schnapsmarken der Welt. In den Höfen lagern riesige Fässer, die, würden sie je in Bewegung gesetzt, bis nach Konstantinopel und um Kap Horn herumrollen würden. Der Anblick der in diesem ausgedehnten Gebiet von der Welt abgeschiedenen Gegenstände ist erregend. Jedes der zivilisierten Menschheit bekannte Getränk ist hier gelagert und wartet nur darauf, getrunken zu werden.

In einem kleinen Doppelpavillon, der genau so aussieht, wie man sich einen solchen Treffpunkt vorstellt, finde ich einige der Weinhändler um den Eßtisch versammelt. Auf der einen Seite ist ein Bistro und ein Speisezimmer für die Arbeiter, auf der andern eine Art altenglischer Taverne mit wuchtigen Dekkenbalken, schönem Silberbesteck, dicken, brokatverzierten Tischdecken, schweren Servietten und Petroleumlampen mit Pergamentschirmen, die jetzt alle angezündet sind und ein gleichmäßiges, warmes gelbes Licht verbreiten. Es ist erst zwei Uhr, und der Regen bleibt noch immer aus. Männer und Frauen sind hier in dieser urigen kleinen Taverne versammelt, und sie alle warten, was geschehen wird, wenn der Himmel seine Schleusen öffnet. Kurz vorher war der Graf Zeppelin über der Stadt gekreist. Ich ging da gerade auf den Obelisken zu, und genau über mir folgte der Zeppelin dem gleichen Kurs. Alles blieb stehen und starrte nach oben, die Balkone waren voller Menschen, die Verkehrspolizisten vergaßen ihre Arbeit – es ist noch immer ein Ereignis, wenn der Zeppelin kommt. Aber nichts von jener begeisterten freudigen Erregung, jenem lautstarken Hurrageschrei, in das die New Yorker ausbrechen. Eher erweckte das in mir das Gefühl, daß die Pariser diesem Schauspiel in der Luft mit Befürchtungen und bösen Ahnungen zusahen. Vielleicht dachten sie an den nächsten Krieg und die Massen von Sprengstoff, die in einem solchen Luftschiff verstaut werden könnten. Und sie haben verdammt recht, so zu denken.

Denn Deutschland wird diese Luftflotte todsicher zu einer Armada der Rache und Zerstörung umbauen. Der Krieg ist nicht vorbei – er hat gerade erst angefangen. In wenigen Jahren werden die Angsthasen über Europa herfallen, und Deutschland könnte zur Führungsmacht einer neuen und kraftvolleren Hegemonie werden. England ist am Ende. Frankreich wird eine neutrale Zone werden wie die Schweiz, ein riesiges Museum der romantischen Kunst und ein Gasthaus für die reichen Touristen aus Asien und Amerika.

Es ist ein angenehmes Intermezzo, hier in Bercy zu speisen. Vielleicht liegt es an den Frauen, daß ich mich so fühle. Es sind prachtvolle ländliche Typen, eingekleidet in der Rue de la Paix. Mit ihren Bubiköpfen und ausrasierten Nacken, ihren kräftigen Armen, die aus den Ärmeln ihrer hautengen Kleider platzen, wirken sie wie die Vorhut jenes kommenden dritten Geschlechts. Abgesehen von den primären und sekundären Geschlechtsmerkmalen sehen sie ganz wie Männer aus. Sie haben nichts anderes im Kopf als Fummel, Ficken und Fressen. Sie kennen keine Zukunft und wollen von der Vergangenheit nichts wissen. Ihre Augen sind hart und glänzend, ihre Gesichter nett, freundlich, sehr offen, sehr freimütig. «Für einen neuen Mantel, Monsieur, gehöre ich heute nacht Ihnen!»

Auf jedem Tisch steht ein Champagnerkübel, und auf den Tischen in der Mitte, wo Obst und Käse ausgebreitet sind, stehen Flaschen von gewaltiger Größe, größer als Korbflaschen und genauso dick, auf den Etiketten Jahreszahlen wie 1880, 1894 etc. Rum, Cognac, Liqueur – und weiß Gott was sonst noch alles. Ich als einziger trinke Wein, und was sie mir gebracht haben, ist nicht der von mir bestellte Weißwein, sondern «Piccolo». Seine Farbe stellt mich jedoch zufrieden – ein ins Granatrote spielendes Altrosa; dazu ein edler, lieblicher Geschmack und ein ausgezeichnetes Bouquet. Bloß der übliche Tischwein, nichts Besonderes. Kostet mich eineinviertel Franc. Die ganze Mahlzeit kommt auf 13 Fr. 25 Centimes. Und dafür bekomme ich einen wunderbaren Salat, den die Frau des Wirts eigens für mich zubereitet hat. Und sie ist eine Mademoiselle LOU-LOU! Eine Frau des Quattrocento, voller Saft und Kraft, ihre Füße waten in Blut, ihre Brüste sind hart wie Fäuste. Irgendwoher hat sie sich ein scheußliches nilgrünes Gewand besorgt, das wie ein Verband um ihr kräftiges Fleisch gewickelt ist. Ihre Zähne sind perfekt, und sie weiß sie zu gebrauchen. Wenn sie mit mir redet, legt sie mir eine Hand auf die Schulter und erdrückt mich fast mit ihrem Gewicht. Aber seltsamerweise vermehren sich diese Leute nicht. Was für eine Rasse könnten diese echten Franzosen sein, wenn sie einmal darauf kämen, etwas für das Wachstum der Bevölkerung zu tun. Es drängt mich da ständig zu Vergleichen. Was für eine große Schande es ist, denke ich immer wieder, daß diese erschöpften, entkräfteten, schmarotzerhaften, blutsaugenden Engländer die Welt beherrschen. Oh, ich bewundere die Engländer durchaus, besonders für ihre zivilisierten Tugenden, ihr würdevolles, gelassenes, überlegenes Auftreten und all das – aber wenn Indien von ihnen abfällt, wenn ihnen nur noch ihre Insel geblieben ist und sie ihre Flotte zu Vergnügungsbooten umbauen müssen – was dann? Mann für Mann sind die Franzosen ihnen überlegen, als Typ, als Rasse, als Nation. Mehr Intelligenz, mehr Tapferkeit, mehr Vitalität, mehr Aggressivität. So allmählich ändere ich alle meine vorgefaßten Meinungen über die Franzosen. Ich bewundere sie. Was sie nicht hochkommen läßt, ist einzig und allein ihr Mangel an solidem politischem Instinkt – mit anderen Worten, an barbarischen Methoden. Weder England noch Frankreich sind von dem Veitstanz Amerikas erfaßt. Die englische Gleichgültigkeit hat jedoch eher mit Lethargie zu tun. Was die Engländer so stolz als «Inseldasein» bezeichnen, ist in meinen Augen bloß eine Maske, hinter der sie ihre Schwäche verstecken. Von den Franzosen denke ich anders. Bei ihnen spüre ich einen Geist der Entschlossenheit – eine wohlbedachte, auf ein gesundes Urteil gegründete Feindseligkeit gegen die amerikanische Hysterie. Und worauf läuft unser ganzes Vorwärtsstreben hinaus? Tief in mir habe ich den Verdacht, daß es etwas Weibliches an sich hat. Ich glaube einfach nicht mehr an die Legende von der tatkräftigen Jugend, die Amerika angeblich verkörpern soll. Amerika wirkt auf mich immer mehr wie eine Bordellmutter, die sich zum Tisch mit den Sonderangeboten durchboxt. Und wenn ich wieder einmal in die Bucht einlaufe und die alte Schlampe sehe, wie sie in ihrem Nachthemd die Fackel der Freiheit hochhält, werde ich sie einfach mit Verachtung strafen.

• • • •

18. Juni

Lieber Emil:

• • • •

June hat mir telegrafiert, sie könne jederzeit hierherkommen – «ohne Geld». Sag ihr, sie soll das nicht tun. Ich habe sie bereits gewarnt. Anscheinend kann ich hier keine Arbeit finden – so sehr ich's auch versucht habe. Aber ich rechne fest damit, in wenigen Monaten mit den Büchern Geld zu verdienen – bin ziemlich sicher, daß ich einen kleinen «Vorschuß» verlangen kann. Darauf gründe ich alle meine Hoffnungen, noch länger hierbleiben zu können.

Wenn June jetzt alle Brücken hinter sich abbricht, sitzen wir beide in der Tinte. Ich kann nicht schreiben oder sonst irgendwas tun, wenn ich pleite bin.

Ich muß nur noch eine kleine Weile durchhalten. Das Zeug strömt aus mir raus wie Durchfall. Sag das June – sie wird es verstehen. Ich weiß nicht, wo sie jetzt wohnt – sie hat mir geschrieben, ich soll meine Briefe c/o The Pepper Pot schicken – was ich getan habe, ohne bis jetzt Antwort zu erhalten.

Wenn Du Dich irgendwo (am besten an einem öffentlichen Ort!) mit ihr zusammensetzen kannst, drück ihr bitte einen Füller in die Hand und laß sie gleich unter Deiner Nase ein paar Worte schreiben. Dann begleite sie zum Briefkasten und beobachte, wie der Brief reinfällt. Überlasse nichts dem Zufall. Attention! Attention!

Du weißt nicht, wie schwer es mir fällt, das schreiben zu müssen. Ich erhalte Briefe aus der ganzen Welt – aber der einzige Brief, auf den ich mich freue, kommt niemals hier an.

....

Finis!

P. S. Mein Hotelzimmer (Alba, 60 Rue de Vanves) ist bezahlt bis zum 14. Juli. Aber wenn Du diesen Brief bekommst, werde ich schon zu hungern anfangen. Komm rüber!

# 3

# Krebs und Delirium
# 1930–31

Nicht lange nach seiner Ankunft in Paris begann Miller das Leben zu führen, wie es im *Wendekreis des Krebses* beschrieben ist: oft ohne etwas zu essen und mit der ständigen Sorge, wo er die nächste Nacht verbringen sollte. Während seiner ersten zwei Jahre in Paris fristete er ein nahezu täglich gefährdetes Dasein, nahm zu allen möglichen Tricks und Kniffen Zuflucht, betätigte sich als Gelegenheitsarbeiter – zum Beispiel als Diener des Hindu, den er im *Wendekreis des Krebses* Mr. Nonentity nennt, oder als Korrekturleser (von Börsenzahlen!) für die Pariser Ausgabe der *Chicago Tribune* –, aber die meiste Zeit war er darauf angewiesen, daß Freunde ihn aufnahmen und durchfütterten. Auch die Freunde erscheinen im *Wendekreis des Krebses.*

Im Laufe seines ersten Pariser Winters wurde er von seinem Freund Richard Galen Osborn gerettet, der ihn in seine komfortable Wohnung einlud und für Essen, Trinken und Unterhaltung sorgte. Osborn arbeitete tagsüber in einer Bank und führte nachts das Leben eines Bohemien. Zur Unterhaltung trug auch eine russische Prinzessin bei, deren in einem der Briefe aufgezeichneter Dialog fast wörtlich im *Wendekreis des Krebses* wieder auftaucht.

Andere Freunde waren Maler und Schriftsteller, von denen einige sehr anschaulich in den Briefen beschrieben werden. In den Cafés am Montparnasse fand Miller zahlreiche Freunde, die gern in seiner Gesellschaft waren und sich um ihn kümmerten. Für diese Freunde erstellte er sich einen turnusmäßigen Speiseplan, so daß er an jedem Tag der Woche bei einem anderen essen gehen konnte.

Von allen diesen Freunden war Alfred Perlès derjenige, der Miller während seiner Pariser Jahre am nächsten blieb. Perlès, der sich jahrelang geschickt durchs Leben geschlagen hatte, erwies sich als Geistesverwandter, der Millers bedrohliche Lage und Aussichten gut nachvollziehen konnte. Er teilte mit Miller sein Zimmer im Hôtel Central, verhalf ihm zu einer kleinen Verdienstquelle als Verfasser von Features für die *Tribune*, die er als Mitarbeiter unter seinem Namen ablieferte, und besorgte ihm schließlich einen Job als Korrekturleser. Miller betätigte sich ferner als Ghostwriter für einen Journalisten mit dem unwahrscheinlichen Namen Wambly Bald, der eine wöchentliche Kolumne unter dem Titel *La Vie de Bohème* verfaßte. Tatsächlich wurde Miller selbst einmal in dieser Kolumne als eine der pikaresken Gestalten des Montparnasse porträtiert. Wenig später revanchierte er sich für dieses Kompliment, indem er Wambly Bald als die abstoßendste Gestalt im *Wendekreis des Krebses* schilderte.

Aber während er das in diesem entscheidenden Werk beschriebene Leben führte, quälte Miller sich noch immer mit dem Roman, den er aus New York mitgebracht hatte. Als er damit fertig war, hegte er jedoch ernste Zweifel; er fand das Buch zu sorgfältig, zu kontrolliert, und beschloß in seinem nächsten Buch zu «explodieren». In seinem Brief vom 24. August 1931 macht er eine folgenschwere Ankündigung: «Morgen fange ich mit dem Buch über Paris an: erste Person, unzensiert, formlos – Scheiß auf alles!»

Neben seinen Beiträgen in der *Chicago Tribune* veröffentlichte Miller in dieser Zeit zwei weitere Stücke; beide erschienen in der kleinen Pariser Literaturzeitschrift *The Little Review*, und beide zeigen bereits die Richtung an, die er jetzt einschlug. Das erste war ein relativ kurzer Kommentar zu Luis Buñuel, dessen surrealistische Filmkunst Miller seit seiner Ankunft bewundert hatte und die er später als einen wichtigen Einfluß auf sein eigenes Schreiben bezeichnete. Das zweite war eine Erzählung über eine Pariser Hure, *Mademoiselle Claude*, die bereits alle Merkmale der späteren Wendekreise trug und ohne weiteres als der wahre Beginn seiner literarischen Karriere begrüßt werden durfte.

Als Samuel Putnam, der Herausgeber der *Little Review*, eine Reise nach Amerika antreten mußte, beging er den Fehler, Miller und Perlès die Herausgabe einer Nummer seiner Zeitschrift anzuvertrauen. Mit diebischer Freude warfen die beiden Freunde etliche Beiträge hinaus, die sie für langweilig hielten, und ersetzten sie durch eigene; zusätzlich verfaßten sie als Beilage eine derbe Parodie auf sämtliche literarischen Manifeste: «Der neue Instinktivismus». Leider kam Putnam rechtzeitig zurück, um das Erscheinen der Beilage zu verhindern, und Miller konnte sich nur noch an Schnellock wenden, in der Hoffnung, dieser könne einen Verleger dafür finden. «Der neue Instinktivismus» ist für die Nachwelt verloren, aber wie alles andere aus diesem Zeitraum hat auch dies auf die eine oder andere Weise seinen Weg in den *Wendekreis des Krebses* gefunden.

---

9.8.30
Chez N. P. Nanavati
54, Rue Lafayette
Paris, Frankreich

Lieber Pop – oder Was Hast Du!
Ich habe allen Leuten unter der Sonne geschrieben (June, Elkus, etc.), um herauszufinden, ob und wann Du nun wirklich nach Paris kommst, denn wenn Du nicht bald kommst, werde ich als Skelett auf dem Père Lachaise oder Cimetière Montparnasse liegen – oder wo auch immer man hier unbedeutende verhungernde oder verhungerte Schriftsteller begräbt!

Alors! es ist Montag mittag, und ich bin chez Mr. Frank Mechau, einem vielversprechenden und weitherzigen amerikanischen Maler, der sich zusammen mit seiner Frau Paula um mein körperliches Wohlergehen kümmert – Essen, Trinken etc. Ich habe soeben gegessen und getrunken. Guten roten Burgunder – marque «Macon». Tout ça va bien!

Ich habe lange über Dein Kommen nachgedacht – über ein sauberes Bett zum Schlafen, über eine gute Mahlzeit für 12 Francs ab und zu – über Ausflüge nach Chartres und Beauvais, zum Verlies von Vincennes, etc. Ich kenne alle diese Sachen, aber es fehlt mir am Fahrgeld. Zur Zeit «wohne» ich chez Monsieur Nanavati, einem dunkelhäutigen Hindu ohne Verstand oder sonstwas. Das Leben ist sehr hart für mich – sehr. Ich lebe mit Bettwanzen und Kakerlaken. Ich fege die schmutzigen Teppiche, mache den Abwasch, esse muffiges Brot ohne Butter. Schreckliches Leben. Ehrlich! Schlimmer als Florida. Nur eine einzige Flanellhose und ein Tweedmantel, um meine Blöße zu bedecken. Viel bohèmehafter als so kann ich kaum noch werden.

Frank ist ein großartiger Maler. Du solltest die Wände sehen. Paris ist voll von großen Malern, toten und lebenden. Das ist das Dumme an Paris. Ansonsten ist alles prima. Ich hoffe, Dir geht es auch prima. Ich weiß es. In diesem Leben muß man Mut und Hoffnung haben. Man muß an das Morgen glauben, auch wenn das Morgen niemals kommt.

Ja, ich frage Dich – wann kommst Du? Ich bin bereit, als Dein Führer, Dolmetscher oder was Du willst zu arbeiten. Ich weiß, wo man billig eine Nummer schieben kann, und wo man jede Menge davon bekommt. Alles ist wunderbar, außer den Entbehrungen. Wie geht es Ned und Muriel? Denken die nie daran, einem mal zu schreiben? Es ist schlimm, jeden Tag zum American Express zu gehen und dann keine Neuigkeiten vorzufinden. Manchmal bin ich sehr traurig. Heute bin ich sehr glücklich. Heute ist mir alles egal. Sollen sie machen, was sie wollen. Gleich werde ich Frank zu Mr. Zadkines Atelier mitnehmen – um die Skulptur anzusehen. Vielleicht hat er etwas Cinzano oder Pernod zum Trinken da. Das wird sehr guttun. Denn hin und wieder sollte der Mensch ein bißchen Alkohol trinken. Der Mensch ist kein Tier. Er steht nur ein bißchen unter den Engeln. Spiel das auf dem Hackbrett. Bei Moshowitz.

Ja, Emil, ich denke heute sehr intensiv an Dich. Hoffentlich bekommst Du keine kalten Füße. Ich werde Dir zeigen, wie man von $ 25,00 die Woche sehr gut leben kann – einschließlich einen kleinen Imbiß für mich dann und wann – aus Freundschaft. Ich werde Dich zum Bal Nègre mitnehmen und einen Korkenzieher aus Dir machen. Oder ich führe Dich in die Rue de Lappe und laß Dich mit der Unterwelt picheln. Oder an einem Sonntag werden wir nach Charenton gehen und Pommes frites mit den Wochenendausflüglern essen und in einem Bal Musette mit einer grisette tanzen. Ich kenne Paris jetzt wie mein Wörterbuch. Ich weiß alles, nur nicht, wie ich meinen Lebensunterhalt verdienen soll – tant pis! Mit anderen Worten, ich bin noch derselbe erbärmliche Versager wie immer. Kein Geld – keine Hoffnung. Ich werde Dir auf französisch ein russisches Lied vorsingen, das Eugene mir beigebracht hat: «Je me souviens toujours, toujours!!» Es ist wunderbar. Bringt einem aber kein Geld in die Tasche. Wenn Du also diesen Brief bekommst, schickst Du mir vielleicht ein Telegramm – c/o Amexco (American Express). Im Hôtel Alba wohne ich nicht mehr – weil man mich kürzlich rausgeworfen hat. Ich wohne jetzt bei Nanavati, 4. Etage – Hinterhaus – 54 Rue Lafayette, in der Nähe der Mérostation Cadet. Besuch mich, wenn Du nach Paris kommst. Immer aufrichtig der Deine, für ein Glas Bier oder ein Schinkensandwich.

Vielleicht werde ich eines Tages ein angesehenes Mitglied der Gesellschaft. Ich hoffe das, Dir zuliebe. Ich finde, es gibt nichts Schöneres im Leben, als ein guter Bürger zu sein, ein anständiges Mitglied der Gesellschaft.

Lies das laut – es klingt sehr edel!

Wenn Du kommst, werden wir Paris vielleicht richtig kennenlernen. Ich kenne alles – von außen. Ich kenne ein paar Lokale, wo wir mit einer nackten Frau (weiß oder schwarz) tanzen können, die Dir beim Tanzen Deinen «kleinen Bruder» hält – und wo das Glas Bier 2 Fr. kostet. Steht mit Kreide an die Wand geschrieben – wirklich wahr! Oder wie wär's mit einem netten kultivierten Bordell zu 20 Fr. – für die Madame, und 10 Fr. für das Mädchen. Such Dir was aus! Das ist nach amerikanischer Währung $ 1,20. Vouvray oder Anjou kostet hier etwa 35 oder 40 Cents die Flasche. Zauberhaft – trocken und mit köstlichem Nachgeschmack. Der Boulevard Malesherbes um Mitternacht sehr schwarz. Sacré-Cœur immer weiß. Das Dôme durchgehend geöffnet.

Man braucht im Leben einen Freund. Deswegen bin ich so dankbar für all die dicken Briefe, die ich nicht bekomme. Sag Ned, sein letzter Brief war großartig. Nein, ich habe kein Heimweh, ich würde nur mal gern ein lächelndes Gesicht sehen – ein freundliches Gesicht.

Wenn Du mich bei Nanavati nicht findest, mach mich brieflich beim American Express ausfindig. Ich gehe täglich dorthin, um nach Briefen zu fragen – oder nach Geldanweisungen. Oder versuch's irgendwann nach 8 Uhr abends auf der Terrasse des Dôme, wo ich ein Bier oder einen «café nature» zu trinken pflege. Oder versuch's im American Students' Club am Boulevard Raspail, Nr. 107.

Nur komm endlich!!!

In Unruhe Dein
HVM.

P. S. Il me semble que les oiseaux sont ivres.

23. 10. 30
Hôtel Central
1 bis, rue du Maine
14ème Arrondissement

Lieber Emil:
Irgendwo gestern nacht auf der Rückseite einer Speisekarte einen Brief an Dich angefangen, kann ihn aber nicht mehr finden. Hier also ein neuer – mit einer Beilage von Elkus, über die Du Dich totlachen wirst.

Die Sache ist die – kommst Du wirklich im November? Himmel, ich muß das unbedingt wissen. Jetzt, nachdem June wieder weg ist, fühle ich mich einsamer als je zuvor. Drei Wochen war sie hier, Samstagmorgen mußte sie abreisen. Grund: Geldmangel!! Schlimm, schlimm, und das ist noch längst nicht alles. Ein Unglück türmt sich aufs andere. Ich lebe hier ja praktisch wie ein Gefangener. Kann weder vorwärts noch rückwärts gehen. Glaub mir, es war hart, sie in den Zug zu setzen. Kam mir vor wie der Weltuntergang.

Jedenfalls bleibe ich hier, und es besteht Hoffnung, daß June irgendwann gegen Ende des Winters zurückkehren wird. Sie will versuchen, in N. Y. ans Theater zu kommen. Es ist mir gelungen, eine Zusage zu erhalten, daß sie in dem ersten englischen Tonfilm unter der Regie von Mme. Germaine Dulac mitwirken kann. Aber daraus wird frühestens im Januar etwas.

Heute morgen um 10 im Cinéma Panthéon einen tollen Film gesehen – auf besondere Einladung von Vicomte und Vicomtesse de Noailles (die große Lesbierin) – ein Film von Monsieur Luis Buñuel, dem Schöpfer von *Un Chien Andalou*. Dieser hieß *L'Âge d'Or*. Demnächst schreibe ich Dir mehr darüber auf der Maschine. Ganz außerordentlich.

Himmel, Emil, es regnet wie verrückt, und ich hätte Lust, mir ein Paar Gummistiefel zu kaufen. (Vergiß Deine nicht, wenn Du kommst. Du wirst sie brauchen.) Am Mittag war es noch so mild und schön. Ich war in der Rue des Carmes und habe mir einige uralte «Sackgassen» angesehen. Das alte Quartier Latin ist noch immer wunderbar, aber manche der besonders kostbaren alten Sehenswürdigkeiten werden jetzt abgerissen.

• • • •

In den letzten drei Tagen habe ich nach einem guten, billigen Hotel gesucht. Habe bis jetzt über 100 abgeklappert! Glaub mir, ich werde Dir einiges über Zimmer erzählen können, wenn Du kommst. Meine augenblickliche schlechte Laune ist nur «en passant». Habe während der letzten drei Wochen in etwa fünf verschiedenen Hotels gewohnt. Aber das soll Dich nicht beunruhigen. Vielleicht können wir noch im Bois – oder im Vélodrome – Schlittschuhlaufen gehen. Der *Andalusische Hund* läuft im Studio 28 immer noch. Und die Surindépendents haben gerade ihre Ausstellung eröffnet!

Ich habe June ein Buch des Humoristen Rudolf Bringer für

Dich mitgegeben. Sieh zu, daß Du es bekommst! Aber frag nicht beim Pot nach June. Sie will nicht, daß die jetzt schon wissen, daß sie zurück ist. Tut mir leid, aber mehr konnte ich Dir einfach nicht schicken. June ist ohne einen Cent hier angekommen und genauso wieder abgereist. Als wir voneinander Abschied nahmen, hatte ich noch 50 Fr. Warum sollte ich noch romantische Literatur lesen? Warum? Schreib mir bitte bald, ja? Grüße an Ned und Muriel. Wo wohnt ihr jetzt?

HVM.

Montag, 26. oder 27. 10. 30
c/o American Express
11 rue Scribe
Paris, Frankreich

Emil:
In der Rotonde, ein neues Revier, bessere Huren, scheußliche Bilder von La Horde. Die Nase voll vom Dôme, Coupole, Select. Nur leicht beduselt von den fünf vins ordinaires, die ich bei des Gourmets getrunken habe. Und auch von dem Kompliment, das Madame la Propriétaire mir ins Gesicht geschleudert hat: «Monsieur», lächelte sie, «il me semble que vous êtes tout-à-fait Parisien maintenant.»

....

Attention ce soir! Nur 60 Francs außer dem Geld für die Miete. Attention! Heute, zum erstenmal seit Ewigkeiten, fühle ich in mir wieder die alte Verwegenheit. Vielleicht liegt es daran, daß ich wieder angefangen habe zu arbeiten. Sehr enthusiastisch heute abend. In zwei Tagen bin ich vielleicht wieder deprimiert – muß mir ein neues Hotel suchen, etc. etc. Das ist ein Leben, als ob man ein blaues Auge hätte. Man nimmt alle Farben des Regenbogens an. Aber Scheiße! *Merde!!!* Zur Zeit fühle ich mich gut. Ein sehr intelligenter junger Mann hat das Manuskript meines epischen Werkes durchgesehen – dieses Romans, den ich von einem Hotel zum andern, zweimal über den Ozean, durch Bordelle und Karnevals geschleppt habe, der mir nachts im Kino und unter der Seinebrücke als Kopfkissen gedient hat. Stop! Schluß mit diesen Sentimentalitäten! Das ist eine der Schwächen meiner Literatur... mein blödes Gequatsche.

Jedenfalls sagte er, es sei ganz außerordentlich! Etwas Neues in der amerikanischen Literatur – absolut originell – epischer Schwung – kraftvoll – pulsierend.

Nun, wenn es nur leserlich ist, will ich schon zufrieden sein. Aber bloß, um ihm zu zeigen, was für ein dämlicher Lügner er ist, habe ich in aller Ruhe damit begonnen, es zu beschneiden, zu verstümmeln, auf skelettartige Strenge zurechtzustutzen. Himmel, das bereitet mir eine masochistische Freude. Ich streiche ganze Seiten aus – ohne eine einzige Träne zu vergießen. Weg mit dem Gewäsch, weg mit dem Gesülze und Gefasel, weg mit den Apostrophen, den mythologischen Mythen, den schlauen Anspielungen, weg mit der ungeheuren bombastischen Gelehrsamkeit (die ich gar nicht besitze!). Weg – weg – verdammter Fliegendreck. Hier bin ich, und ich fange erst an, das zu erkennen – eine ganz schlichte, unverfälschte Seele, nicht gelehrt, nicht weise, an mir ist nichts Umwerfendes, wie man mich auch betrachten mag – besonders «comme artiste». Bevor ich mir eine Kugel in den Kopf jage, muß ich bloß ein paar simple Bekenntnisse in schlichter milleresker Sprache zu Papier bringen. Kein Mumpitz von Sonnenuntergängen über der Adria! Keine entomologischen Untersuchungen, kein Mondlicht, keine Blumen. Schließlich weiß ich ja nicht allzuviel. Ich habe ein paar bedeutendere Erfahrungen gemacht. Ich bin kein Shakespeare, kein Hugo, kein Balzac. Sondern stehe nur ein wenig über einer Laus. So was nennt man nicht gerade Selbstüberschätzung, wie?

Alors! Il faut boire quelque chose!

Un Cointreau!!! Triple Sec!

• • • •

Nachts liege ich in einem feuchten Bett und träume davon, den Zug nach Monaco zu nehmen. Monaco würde ich gern einmal wiedersehen – das kleine Café beim Bahnhof, am Fuß der kahlen

Hügel, den Hafen unterhalb der Gärten des Prinzen, die zwei französischen Jungen, die uns zum Stierkampf mitgenommen haben. Ich möchte auch gern nach Spanien, um die Blumen zu riechen, die sich mit unendlichem Wohlgeruch aus den Fenstern ergießen. Ich möchte Neapel und Capri riechen, und Anacapri. Ich möchte eine melancholische Stunde lang in das gelbe Wasser des Arno schauen – ich möchte die abgelegene Republik Andorra besuchen. Himmel, ich möchte Millionen Dinge tun.

Aber jeden Morgen, bei Regen oder Sonnenschein, stehe ich auf und besorge mir Croissants und Kaffee. Und jeden Morgen übt Paris die gleiche Faszination auf mich aus. Der Tag geht dahin. Die Miete wird fällig. Die schmutzige Wäsche muß weggebracht werden – um den Knoblauchgeruch loszuwerden, muß man sich ein bißchen Wasser unter die Achselhöhle spritzen. Und ab und zu einmal muß man ins Theater gehen, oder ins Kino, oder in einen Bal Musette, oder einfach auf eine Sauftour. Einfach nur trinken. Was schlucken, einen kippen, sich die Hucke vollsaufen.

Weißt Du, wenn ich mir Deine herrliche Schrift ansehe, erkenne ich, wie wunderbar ausgeglichen Du bist. Himmel, was für eine Handschrift! Tadellos! Der perfekte Schriftzeichner! Ehrlich, Deine Schrift gefällt mir. Sie ist sauber, offen, geradlinig. Sie kennte ihre Richtung. Meine gleicht der einer alten Hure. Die darauf wartet, daß jemand ihr zublinzelt. Das bin ich – ein Wartender!!!

• • • •

Damit, Ladies und Gentlemen, geht die Vorstellung dieses Abends zu Ende. Ich denke, Paris ist eine herrliche Stadt. Ich finde die Franzosen so nett. So höflich. Ich denke, ich werde einen Pernod trinken. Attention! 4 Francs abziehen. Ach, zum Teufel, ich werde morgen das Mittagessen auslassen. Ich werde einen Spaziergang machen, auf der Straße der Mauvais Garçons, oder Le Roi du Sicile, oder Les Quatres Vents. Verdammt, ich könnte sogar auf dem Blvd. Jules Ferry bummeln oder die Fähre an der Rue du Bac suchen gehen. Nein, ich hab's mir anders überlegt. Ich werde den Entdeckern des Chinin die Hände schütteln, auf dem Blvd. St. Michel, en face Posilippo. Vielleicht treffe ich Zadkine oder Lipschitz. Die Surindépendents feiern ihren Herbst. Das Café l'Avenue hat gerade aufgemacht. In meinem Hotel ist die Heizung angestellt. Eben hat ein Franzose gelächelt.

HVM.

P. S. Hier ist ein Maler namens John Nichols angekommen. Vielleicht kennst Du ihn? Aus Woodstock oder Provincetown. Dunkle Brille, roter Bart, komische Hemden, grelle Schlipse, sehr drollig – wir sind gute Freunde.

P. P. S. Hast Du Ned und Muriel meine Grüße ausgerichtet? Warum höre ich nie von denen? Warum schickst Du Muriel nicht schon mal voraus? Oder schick mir wenigstens ein Hemd oder eine Hose.

P. P. P. S. Wenn Du mal sehen willst, wie beschissen Paul Morand sein kann, dann lies seine *Champions du Monde*. Mir ist Chirico lieber. Habe übrigens neulich im Dôme mit Chiricos Frau geflirtet!!

18. Nov. 1930
c/o American Express
Paris, Frankreich

Lieber Emil:
Du hast einmal gesagt, ich solle mich, bevor ich «abkratze», lieber mit einem Telegramm an Dich wenden. Nun, dieser Brief ist eine dringende Bitte um jedwede Unterstützung, die Du aufbringen kannst. Ich halte es nicht mehr aus – ich lebe schlimmer als ein Hund. Will jetzt aber nicht in die Details gehen. Was ich zur Zeit in meinen Jeans habe, reicht noch für zehn Tage – wenn ich mich sehr einschränke. Jeden Sonntag fährt ein billiges Schiff – Amerika-Frankreich-Linie – nach New York. Ich will das Schiff am 7. Dez. nehmen. Brauche 100 Dollar. Habe heute an Elkus

und meine Familie geschrieben, ob die das Geld auftreiben können. Ich denke, meine Leute werden die Hälfte beisteuern können. Habe Elkus vorgeschlagen, sich wegen des Restbetrags mit O'Regan, Conason, Lyons, June und Dir in Verbindung zu setzen. Wenn ihr alle zusammenlegt, könnte es doch gehen.

• • • •

Glaub mir, ich will nicht zurück, aber ich muß einfach. Ich bin vollkommen erledigt von dem täglichen Kampf ums Essen, von der Zimmersucherei etc. Das Buch wird wohl fertig sein, wenn ich hier abfahre. Und wenn Du eines Tages liest, wie gewisse berühmte Schriftsteller ihre Bücher geschrieben haben, wirst Du sehen, daß es mir nicht anders geht – daß mein Kampf damit um nichts weniger pikaresk gewesen ist als bei ihnen.

Und, Emil, das Buch ist gut. Das sage nicht nur ich, sondern jeder, dem ich es gezeigt habe. Es könnte ohne weiteres eine Sensation werden. Es könnte meinen Durchbruch bedeuten. Und dann werde ich es vielleicht sein, der ein bißchen helfen kann – zur Abwechslung.

Das Buch über Paris kann ich genauso gut in N. Y. schreiben – das Material ist vollständig vorhanden – ein paar Monate relativer Sicherheit, und ich kann es zu Ende schreiben.

Alors, tu was Du kannst. Bringe Dir zwei prächtige Bände über Paris mit, aus dem Jahre 1909 – in Französisch: das Rechte und das Linke Ufer.

HVM

P. S. Werde heute abend im Cinéma Vanves einen von Émile Zolas Filmen sehen – *Au Bonheur des Dames*.

[14. Dez. 1930]

Sonntag, 14.
2 Rue Auguste Bartholdi
en face Square Dupleix
Quinzième Arrondissement

Fühle mich sehr französisch heute, und warum nicht? Le bon et joyeux Noel viendra bientôt, dans une dizaine ou comme ça. Ça y est! Et merde, alors! Prière de laisser cet endroit aussi propre, etc. etc. Trinke heute morgen Champagner zu meinem Speck und Spiegelei chez nous. Très bien, Papa, glaub mir. Très bien! Formidable! Ooo la la, la la... Also denk ich im wahren Geist des Weihnachtsfestes, was könnte besser sein als diesen Artikel, den ich vor ein paar Abenden über *L'Âge d'Or* angefangen habe, fertig zu machen oder, wie die literarischen Eierköpfe sagen, zu erledigen. Hier also eine Abschrift des Rohentwurfs, Alter, und wisse, wenn ich das Ding umgeschrieben habe, wird es in einer der besten Zeitschriften gedruckt werden, die Paris seit vielen Monden gesehen hat – Samuel Putnams Steckenpferdchen, aus der Ferne konspirativ mitgelenkt von Ezra Pound, dem Mann mit dem provenzalischen Komplex und den Phillidulla-Gedichten. Ja, auch Cocteau schreibt dafür, und Bodenheim, der kleine Scheißkerl. Ich streiche fieberhaft sämtliche Schwänze, Eier, Fotzen, Eileitern und all das Zeug, womit das Original förmlich übersät ist. Sam sieht das nicht gerne, und Ezra auch nicht. Immer auf Anmut achten, immer auf Anmut achten. Bei Symeon Stylites, aber es läuft jetzt gut bei mir – oh, ich rede nicht von diesem lausigen Artikel, denke das nur nicht. Nein, ich habe jetzt meine alte Form zurückerlangt. Die Säfte fließen wieder, ich wache auf mit Samen in meiner Hand, mir kommen Ideen auf dem Klo, in der Métro, in Telefonzellen etc. Gutes Zeichen. Frohe Kunde. Ich werde wieder schreiben. Ja, eine neue Welt tut sich mir auf. (Champagner-Geschwätz!) Ohne Quatsch, Emil, ich schreibe Dir wie ein alter Freund, wie ein Bruder, vor dem ich mich nicht geschämt habe, gelegentlich zu weinen, etc. etc. etc. Spiddividdibeebumbum... Merde, aber ich habe in den letzten paar Wochen eine Menge Arbeit hinter mich gebracht. Hätte Dir gern Abschriften von den diversen Artikeln geschickt, die ich geschrieben habe – die hätten Dir gefallen. Aber ich schicke das alles an George Buzby, in der Hoffnung, daß er sie veröffentlichen kann. Und einige direkt an literarische Agenten, deren Namen mir bekannt geworden sind. Hör auf zu prahlen... Ist gut, mach ich. Wie geht es Ned? Der gute alte Ned. Warum schreibt er mir nie? Und Muriel? Hat sie je den Brief bekommen, den ich ihr eines heißen Nachmittags vorm Père Lachaise geschrieben habe? Ich gehöre wohl zu den Typen, die nicht mit Antwortbriefen rechnen sollten, denn ich frage ja nie, wie geht es Tante Mary oder wie ist das Wetter in New York? Trotzdem, ich will es wissen. Ich brenne vor Neugier. Himmel, schreibt, Leute, schreibt... Behandelt mich nicht wie einen verdammten Armleuchter, der schon irgendwie auch so durchkommen wird. Eines Tages vielleicht... hör auf zu prahlen. Schluß damit!

Merde alors! Immer ein guter Anfang für einen neuen Absatz. Merde! Osborn (mein Zimmergenosse) weigert sich noch immer zu glauben, daß das Scheiße bedeutet, et pourquoi? – weil es sich nicht wie Scheiße anhört. Ist das nicht gut? Heute habe ich Eier gekauft – des œufs coque. Hatte ein langes Gespräch über coque. Klingt für mich wie cock, bedeutet aber was anderes, wie ich erfahren habe. Osborn zeigt mir gerade eine Seite aus *Bravo* – werde Dir bald eine Ausgabe schicken. Gute Bilder von großen Künstlern in ihren Höhlen. Zadkine mit einer Ledermütze. Foujita mit seinem Ponykopf. Kiki mit ihrer Aurora borealis. Und dann ein schöner Akt – umwerfend – nichts wie Arsch, und ich weiß, was ich sage, Papa. «Ist das Mlle. Claude?» fragte er. «Mlle. Claude?» Himmel, könnte sein. Und wer ist Mlle. Claude? Ah, die hübscheste, knackigste, klügste kleine Kokotte vom Montparnasse. Osborn und ich teilen sie uns gelegentlich. So was von Geschmack, Taktgefühl und Lebensart. Und intelligent? Aber wie! Kann reden wie ein Meister der Politik. Liest alles. Sogar Huysmans. Wie auch immer, Mlle. Claude hat rote Äpfelchen von Hinterbacken, feste Titten, perlweiße Zähne, eine schöne Zunge (die sehr spitz sein kann) und jede Menge Schwung und Vitalität. Aber sie ist so gottverdammt kultiviert, daß man sie gar nicht ausnutzen will. «Du gehst jetzt nach Hause und ziehst dich an, Claude.» Claude sieht dich schläfrig an. «Tu ne m'aimes pas?» Sicher doch, tun wir. Aber manchmal wird man müde. Und dann warten ja auch noch andere Kunden auf sie, im Coupole und in der Rotonde. Gebe ich noch mal 10 Francs fürs Taxi. Dazu ein Paar Seidenstrümpfe. Himmel, aber diese kleinen Sachen schmeicheln Claude ungeheuer. Sogar noch mehr als die großen. Was? Entschuldige. Jedenfalls hat sie es gern, wenn ich ihr Briefe ins Coupole schreibe. Da hängen sie am Schwarzen Brett – ich sehe sie manchmal, bevor sie Gelegenheit hat, die Post abzuholen. Sie steht nämlich erst spät auf. Und dann würde ich sie manchmal am liebsten wieder an mich nehmen. Mein Französisch ist noch nicht so heiß. Aber Claude hat nichts gegen einen gelegentlichen grammatikalischen Fehler. Solange man in Francs bezahlt und an das pourboire fürs Taxi denkt. Im übrigen braucht man bei Mlle. Claude keine zusätzlichen Vorkehrungen zu treffen. «Sehen Sie sich Mr. Osborn an, er ist nicht krank.» Na schön, zum Teufel mit dem Kondom. Ich spar's mir auf, morgen könnte ich Hunger haben. Es ist schön, sich ab und zu mal ohne diese störenden, glitschigen Gummis hineinzuarbeiten. Himmel, was sage ich da? Du könntest die Vorstellung gewinnen, ich würde Mlle. Claude vögeln. Nein, Himmel, denk so was nur nicht. Mlle. Claude ist ein prima Mädchen... die beste kleine Pritsche vom Montparnasse. Ein Brief chez la Coupole wird sie immer erreichen. Schreib ihr ein paar Zeilen. Sag ihr, Du wärst ein guter Freund von mir.

• • • •

Osborn hat einen guten Geschmack. Vergleichbar mit meinem. Ein Yankee aus Connecticut, irgendein Ausrutscher seiner Vorfahren. Bon vivant. Trinkt gern Wein, schiebt gern eine Nummer. Großer Spieler. Bewundert Anatole France und die französische Kultur. Jeden Abend kommt er von der Bank nach Hause und sagt in seinem scheußlichen Französisch: «Heute nacht, Henry, müssen wir fait un rigolo» – was schlichtweg nicht zu übersetzen ist, nicht einmal von Mlle. Claude, aber es bedeutet, wir müssen ausgehen und uns amüsieren.

Habe neulich abends Zadkine im Dôme gesehen. Rief mich

zurück, als ich gerade gehen wollte. «Henry, warum drückst du dich vor mir?» sagt er. «Du weißt, wo ich wohne. Warum gehen wir nicht mal abends zusammen aus und amüsieren uns?» Ja, Herr Zadkine hat dies gesagt. Du kennst mich, bin ein weicher Bursche... fast geschmolzen. Die Wahrheit ist, daß ich in Gegenwart großer Männer verlegen bin. Ich gehe ihnen aus dem Weg. Mich hält niemand für einen großen Mann – womit ich keineswegs sagen will, ich wäre einer. Hüa... Halt... Also fügt Zadkine hinzu: «Henry, wie machst du das nur, hier so viele Freunde zu finden? Weißt du eigentlich, wie einsam ich bin? Ich rede bloß mit Leuten, die ich kenne. Ich bin wirklich sehr einsam. Warum nimmst du mich nicht mal auf deine Folklore-Expeditionen mit?» Folklore-Expeditionen! Da soll doch! Das war ein gutes Fünfzig-Cent-Wort für Zadkine. Sollte mich wohl beeindrucken. Jedenfalls brauche ich keine Einführung, wenn ich auf Leute zugehen und mit ihnen reden möchte. Manche meiner besten Unterhaltungen führe ich mit den Frauen, die in den Toiletten sitzen und die kleinen Münzen von der Untertasse einstreichen. Sehr menschlich, glaub mir. Marcel Proust wußte genau, was er tat, als er diese kleine Szene im Abort beschrieb. Wo war das noch? Würde da gern mal hingehen. Muß wohl irgendwo beim Rond-Point der Champs-Élysées gewesen sein. Stimmt's? Oder in der Nähe des Trocadéro?

• • • •

Nun denn, denk Weihnachten an mich und gieß Dir einen auf die Nase. Ich weiß, dazu brauche ich Dich nicht zu drängen. Bist Du inzwischen ein armer Mann? Wie ist es Dir ergangen – wo jetzt sämtliche Banken dichtmachen und die Geschäfte nachlassen? Gibt's keine Ketchup-Flaschen mehr zu malen? Was ist mit Arrow-Kragen? Frankreich ist noch in gutem Zustand. Natürlich wird es hier Ärger geben, wenn Amerika bankrott macht. Aber – vom Kommunismus droht doch wohl keine Gefahr? Erzähl mir, was Du von Buñuel hältst. Glaubst Du an das Goldene Zeitalter? Oder sollte ich noch ein bißchen dicker auftragen? (Beachte die Namen der Künstler, die Entwürfe dazu beigetragen haben.) Also, Frohe Weihnachten – und auch an Mr. Scrooge

Frohe Weihnachten. Die alte 85 und der Weihnachtsmann in bunter Kreide an der Tafel.

HVM

P.S. Nächste Woche kommen zwei von den Hindus ausgestoßene Huren aus Kaschmir zum Abendessen. Ringen mit Typen wie Augustus John etc. Der ist ein dicker Pferdearsch.

P.P.S. Ein Haufen Leute kommt reingestürmt – Frohe Weihnachten vom ganzen Montparnasse – und von Mlle. Loulou!!!

2 Rue Auguste Bartholdi
Quinzième Arrondissement
16. Febr. 1931

Ja, ja, ja. Hol's der Kuckuck! Drei Schiffsladungen Post sind heute angekommen, und in dem ganzen Riesenhaufen war nichts als Dein Brief. Aber! Du weißt ja nicht, was Dein Brief für mich getan hat. Voici! In fliegender Hast zurück nach Hause. Den ganzen Boulevard Haussmann runter zur Métrostration Havre-Caumartin gerannt, und am Trocadéro beinahe das Umsteigen vergessen. So habe ich von den freundlichen Worten geträumt, die Du in Deiner sorgfältigen, kalligraphischen Schrift niedergeschrieben hast. Was heißt hier kalligraphisch? Ich meine Caligari. Pardon... Samstag bekam ich einen Brief von George, den ich umgehend beantwortete; gegen Ende schrieb ich da: «Was ist eigentlich mit Emil los, ist er tot, auf den Hund gekommen, oder eingeschnappt?» Hast Du nicht zu Weihnachten einen dicken Klumpen Post von mir bekommen, etliche Zeitschriften und ein paar Plakate vom Cinéma Vanves, von denen ich annahm, daß Du sie Dir neben meine Aquarelle an die Wand hängen wirst? Und hast Du das Zeug über Buñuel bekommen? Oder habe ich nur geträumt, Dir das alles geschickt zu haben? Konnte Dein Schweigen überhaupt nicht begreifen. Ned und Muriel – deren Haltung kann ich verstehen. Das sind eingefleischte Zauderer.

Aber Du! Himmel, Mann, Du hast ja keine Ahnung, was ein Brief bedeutet. Da werde ich hysterisch. ....

Du schreibst über Form, Stil, etc. Tja nun, diese Dinge haben mich ungeheuer beschäftigt. Bei unseren Diskussionen hier reden wir von nichts anderem. Diskussionen mit dem Künstler John Nichols, mit Frank Mechau, mit Tex Carnahan und mit meinem Zimmergenossen Richard Galen Osborn, meinem Freund und Wohltäter, Förderer der Künste, etc. etc. Und um Dir zu zeigen, daß Du mir nicht aus den Gedanken gekommen bist, sag ich Dir dies: erst gestern nacht bin ich beim Nachdenken über die Frage eingeschlafen, wie ich Dir die beiden schönen Bände über Paris schicken könnte, von denen ich Dir schon so oft erzählt habe. Die Bücher sind gespickt mit Tuschzeichnungen, und die Stadt wird erschöpfend beschrieben – die Stadt im Jahre 1910 oder so etwa. Für George habe ich auch ein kurioses Buch – der Autor hat es mir geschenkt; darin sind unter anderem die Lieder der Scheißepumper abgedruckt – Lieder, wie sie noch heute in den Cafés um Belleville und Place du Combat gesungen werden. Irene schläft im Zimmer nebenan, ich muß also versuchen, leise zu tippen. Du kennst Irene nicht? George hat ein paar Seiten über sie in meinen Tagebuchnotizen. Laß sie Dir möglichst bald von ihm geben – etwa 40 Seiten. Dort auch mehr über John Nichols. Auf alle Fälle ist das Leben, das wir in diesem Atelier führen, alles andere als langweilig. Irene hat den Tripper, Osborn hat Bronchitis und ich habe Hämorrhoiden. Habe eben in der russischen epicérie auf der anderen Straßenseite sechs leere Champagnerflaschen umgetauscht. Kein einziger Tropfen ist durch meine Kehle gelaufen. Halte jetzt strenge Diät – kein Fleisch, kein Wein, keine Eier, kein fettes Wild, keine Frauen. Obst und Paraffinöl, Arnikatropfen und Adrenalinsalbe – seulement! Während ich dies hier schreibe, sitze ich aufgepolstert wie ein Pascha. Finde einfach keinen bequemen Sitz. Aber ich spüre schon, daß ich demnächst über die Stränge schlagen werde. Gestern abend habe ich einen Blick in eine Flasche Weißwein geworfen und ein Kalbsschnitzel mit Pommes frites verspeist. Ist mir nicht schlecht bekommen. Leben und leben lassen, Mensch!

Nichols müßte bald herkommen, um den letzten Schliff an mein Porträt zu legen. Ich finde, es ist ein Renoir, mit leicht karikaturistischem Einschlag à la Grosz – falls Dir das eine Vorstellung vermittelt. Die Unterlippe ist stark vorgewölbt, und der Schädel bläht sich vielsagend, ganz ähnlich wie bei den Invaliden. Und dann mein Bart. Ja, ich habe jetzt einen ausgewachsenen Vollbart, größtenteils dunkelrot, aber mit grauen und weißen Einsprengseln. Der Concierge gefällt das überhaupt nicht, und meine Wäschefrau sagt jedesmal: «C'est pas beau, monsieur. Vous êtes vieilli» – oder so was Ähnliches. Aber es ist mein Bart, und ich bin sehr stolz darauf. Er ist nicht gestutzt, mußt Du wissen, und in ein paar Wochen werde ich ein zweiter Dostojewski sein. Ich kann diese Montparnasse-Bärte nicht ausstehen – die sehen so verdammt künstlich aus.

Ob ich hier bleiben werde, fragst Du? Emil, ich weiß überhaupt nichts. Ich nehme jeden Tag, wie er kommt. Ich habe keine Pläne. Fest steht, daß ich nicht zurück will. Es geht nur darum, ob ich es schaffe, hierzubleiben. Meinem Freund Osborn schulde ich 100 Dollar. Auch bei anderen Leuten habe ich Schulden. So lange ich ein Dach überm Kopf habe, werde ich hierbleiben. Am 4. März müssen wir hier raus – dann kommt der Maler, dem diese Bude gehört, aus dem Midi zurück. Habe nicht die leiseste Ahnung, was ich dann anfangen werde. Gehe täglich zum American Express und erkundige mich nach Geldsendungen. June schickt ab und zu ein Telegramm – «Halt durch, Geld folgt». Ein paar Wochen vergehen, und dann wieder ein Telegramm: «Halte durch, schicke Geld in wenigen Tagen». Und so geht es weiter, Woche um Woche, Monat um Monat. Ich lebe ständig am Rand der Katastrophe. Wenn ich zum Beispiel einmal von der Polizei aufgegriffen würde, könnte ich auf der Stelle an die Grenze transportiert werden. Ich habe seit meiner Ankunft hier keinen Ausweis.

Das wichtigste für mich ist natürlich wie immer das Essen. Osborn füttert mich jetzt schon seit Wochen durch. Auch Nichols gelegentlich, und Fred, der Journalist, mit dem ich ein paar Artikel geschrieben habe. Alle raten mir, durchzuhalten. Man hält mich für einen verheißungsvollen Mann. Im übrigen hält man mich für einen Romantiker. Die Leute schütteln verwundert ihre Köpfe. Wie können diesem Kerl nur solche Sachen passieren? Immer mittendrin in aufregenden Dingen, Abenteuern, Geständnissen, etc. Während mir sich die Frage stellt: Was tue ich für die Literatur? Da wurstle ich hier noch immer an meinem Buch herum. Bin ganz am Schluß und kann einfach nicht das Wort Finis daruntersetzen. Macht mich fix und fertig... widert mich an... ich hasse es... halte es für den übelsten Mist aller Zeiten. Du sprichst von meinem Enthusiasmus. Irgendwie kommt nur ein sehr kläglicher Teil meiner Gefühle und Gedanken zum Ausdruck, und das treibt mich schier zum Wahnsinn. Manchmal glaube ich, das liegt an der Form, für die ich mich entschieden habe. Dieses Buch zum Beispiel ist so sorgfältig und gewissenhaft durchkomponiert, die Notizen dazu sind so zahlreich und erschöpfend, daß ich mich nur noch verkrampft fühle, eingemauert und erstickt. Wenn ich damit fertig bin, will ich explodieren. In dem Buch über Paris werde ich explodieren. Zum Teufel mit Form, Stil, Ausdruck und all diesem pseudo-bedeutungsvollen Zeug, von dem die Kritiker sich reinlegen lassen. Diesmal will ich mich selbst zum Ausdruck bringen – und zustoßen wie mit einem Messer.

• • • •

In letzter Zeit beschäftige ich mich sehr mit Lawrence. Verstehe ihn besser als je. Ja, ich kenne seine Grenzen. Grenzen! Was ist das? Wir haben alle unsere Grenzen, was, alter Knabe? Meiner Ansicht nach ist das Schlimmste an Lawrence sein Gebrauch der orthodoxen Form. Besonders bedauerlich war das bei *Lady Chatterley*. Da hatte er eine so wunderbare Idee. Und versaute das Ganze, indem er nach dem alten Schema schrieb. Das ganze Zeug über die Kohlenschlepper, über das intellektuelle Leben in den Salons, über Demokratie und Kommunismus etc. Firlefanz! Hätte er sich im ganzen Text nur auf großzügige Fickereien beschränkt, was für ein Buch wäre das geworden. Aber wenn er da den Forst beschreibt, und den Förster, wenn er das ganze Herz der Natur aufmacht wie eine mit Blut gefüllte

Ader... Gott, da hat man den wahren Lawrence, den Mystiker, den Sohn der Natur, den Anbeter des Phallus, die dunkle Blume und den Heiligen Geist.

• • • •

Marlene Dietrich! Sie hängt bei mir an der Wand, über meiner Koje. Ob ich *Der blaue Engel* gesehen habe? Mann, dreimal hab ich den gesehen – zweimal in Deutsch und einmal in Französisch mit den Liedern in Englisch. Aber die deutsche Fassung ist mir lieber. Diese Stimme! «Ich bin von Kopf bis Fusz auf Liebe eingestellt... und sonst gar nichts!» Ich habe die Jungs hier mit meinem Gerede vom *Blauen Engel* ganz verrückt gemacht. Nicht Jannings – obwohl er phantastische Augenblicke hat – die Szene mit dem Kikeriki, ganz wie Lear... aber Marlene. Ach, Himmel! Was für eine herrliche Sünderin. Was für eine Sinnlichkeit. Was für eine Stimme! Emil, die Schenkel haben mich geradezu erschlagen. Ich habe sie aus allen Blickwinkeln des Kinos studiert. Nachts träume ich davon. Es fällt mir schwer, jetzt noch mehr zu dem Film zu sagen... Ich habe mich daran verausgabt. Über Heinrich Mann weiß ich nichts. Ich erkenne die Dürftigkeit der Handlung, die Hollywood-Aufmachung, die penible Dramaturgie Jannings' und das alles. Aber, wie Du sagst, was für Darsteller! Eine vaginale Katharsis, Alter. Als Geschichte kaum überzeugend. Als Drama meisterhaft. Als Erotikum ovum und testes. Würde mich hier gern ausführlicher äußern und Dir beschreiben, bei welchen Gelegenheiten ich den Film gesehen habe. Wie wir vor und nach dem zweiten Besuch in einem kleinen Bistro an der Rue Guy-Lussac getrunken haben. Wie der Neger und ich nach dem dritten Besuch in eine Peepshow auf der Rue St. Lazare gegangen sind und uns den Akt zwischen Mensch und Tier angesehen haben. Wie ich nach dem ersten Besuch Mlle. Claude im Coupole getroffen habe und dann, nachdem ich sie zum Hôtel Vavin gebracht hatte, die ganze Nacht aufgeblieben bin und (auf französisch) über das Leben geredet habe, so daß Mlle. Claude beim Abschied den Tränen nahe war, mich umarmte und küßte und sagte, ich sei sehr menschlich und sehr klug etc. etc.

Um auf Lawrence zurückzukommen – und die großen Maler.

Habe gestern abend im Restaurant ein wenig in seinen gesammelten Schriften gelesen. Wie er im Alter von vierzig zur Malerei gekommen ist. Aquarelle. Thomas Girtin, der die alten Meister kopierte und «Bilder machen» wollte. Hat mich ungeheuer begeistert. Habe mich selber wiedererkannt. Clinton Street. Joe O'Regan... Aquarelle... Stilleben... Bilder produzieren... Ich verstehe Lawrence vollkommen, vollkommen. Er hat genau das getan, was ich eigentlich auch tun möchte. Wenn ich seit meiner Ankunft hier keinen Pinsel angerührt habe, dann nur deshalb, weil ich das Gefühl hatte, ich hätte mit dem Buch schon reichlich genug zu tun – und mit dem Problem des Überlebens. Ich träume davon, mir neue Farbtuben, neue Pinsel zu kaufen und noch einmal ganz von vorne anzufangen. Aber ich bin fest entschlossen, erst dann damit anzufangen, wenn ich den gegenwärtigen Job erledigt habe. Job nenne ich das. Das drückt meine inneren Gefühle aus. Manchmal, wenn ich daran denke, ein Aquarell zu malen, werde ich so furchtbar gierig und wütend, daß ich das Buch glatt verbrennen könnte. Ich will malen – und wenn auch nur Aquarelle. Ich weiß, daß ich wieder malen werde. Und es ist mir völlig egal, ob die Leute das als Malerei anerkennen oder nicht. Es macht mir großen Spaß, und mehr verlange ich nicht davon. Ich wünschte, das Schreiben könnte mir den gleichen Dienst leisten. Ich verliere beinahe den Glauben an mich selbst, an meine Fähigkeiten. Du hast einen Haufen schöner Dinge gesagt. Aber sind sie auch wahr? Weiß ich denn wirklich etwas vom Schreiben? Ich habe das Gefühl, daß ich zu einem Kritiker, und nicht zu einem Schöpfer, werde. Bei den anderen sehe ich sämtliche Fehler, ohne davon selbst profitieren zu können. Morgens fühle ich mich immer wie ein Stausee voll Energie, und abends, wenn ich mir meine beschriebenen Seiten ansehe, komme ich mir vor wie ein verstopfter Schaumschläger. Hier in Paris habe ich tiefer und ernster über das Schreiben nachgedacht als je zuvor in meinem Leben. Gewisse Dinge beginnen sich in meinem Kopf zu klären. Ich denke, ich weiß jetzt, welche Richtung ich einschlagen will. Leider ist es eine Richtung, die den Leser noch stärker abschrecken wird. Es ist fast so, als sei ich entschlossen, die Leute daran zu hindern, mich gernzuhaben. Zum Beispiel – Du weißt, wie sehr ich Thomas Mann verehrt habe. Kürzlich habe ich, um Osborn zu blenden, aus der Bücherei den *Tod in Venedig* mitgebracht. Und bevor ich ihm das Buch gab, las ich selbst ein paar Seiten. Und siehe! zu meiner absoluten Verblüffung erkannte ich, daß Thomas Mann tot war... gestorben... für mich. Ich sah alle seine Fehler und nur verdammt wenig von seinen Tugenden. Ich sah diese herrliche Geschichte, die ich einmal felsenfest für die beste Novelle aller Zeiten gehalten habe, als ein langweiliges, schwülstiges, pedantisches Stück deutscher Sentimentalität, überholt, überlebt, veraltet... ausgespielt. Ich kann meinen früheren Enthusiasmus kaum noch begreifen. *Der Zauberberg* – daran glaube ich noch immer. Aber ich habe geradezu Angst, mich noch einmal daranzumachen. Und ich kann Dir auch nicht sagen, wen ich an seine Stelle setzen würde. Auch Joyce hat seinen Reiz für mich verloren. Ich sehe ihn als einen kaputten Kotzbrocken, eine köstliche Kloake, einen mittelalterlichen Eintopf. Bleiben noch Proust und Spengler. Spengler scheint noch immer der größte und beste. Habe ihn hier wiedergelesen – den ersten Band. Habe ihn aus der amerikanischen Bibliothek geklaut. Da haben wir große Musik, große Literatur, große Ideen. Werde ich in zwei Jahren gezwungen sein, auch dies zu widerrufen? Na ja, was soll's... fürs erste... ein großer Mann!

Natürlich glaube ich nicht wirklich, daß ich zum Kritiker degeneriere. Als Kritiker bin ich saumäßig. Und daher höre ich jetzt von Ideen auf – mit nur noch diesem Einschub, daß John Nichols (den solltest Du mal kennenlernen!) mir mehr Ideen über Kunst – alle Arten von Kunst – vermittelt hat als jeder andere seit langer Zeit. Was muß das für ein Mensch sein, der vier Monate lang täglich, bei jedem Wetter, in den Louvre geht, um die alten Meister zu studieren. Und wenn er in der Métro nichts mehr von seiner Frau hören will, schlägt er ein Buch über den Louvre auf. Wenn ich mit ihm rede, bin ich überzeugt, es mit einem Genie zu tun zu haben. Ich sehe einen zweiten van Gogh in ihm, oder etwas noch Besseres. Denn abgesehen von seinem Bart hat er sehr wenig Ähnlichkeit mit van Gogh. Gewiß, in seinen frühen Bildern finden sich Spuren von van Gogh, aber es fehlt der Geist van Goghs. Nichols ist ein sehr kultivierter Mensch, ein fruchtbarer, reifer Mensch der herbstlichen Großstädte, ein Mensch mit Gefühl, Intuition, Instinkt, aber auch mit großem Intellekt und großem Ich... einem reizenden Ich... und reizender Unverfrorenheit. Der Kind-Mann, der Wunder-Mann; sanfte Stimme, musikalisch, selbstsicher, freundlich, überzeugend und unermüdlich. Und wenn er nicht gerade über mich spricht, redet er meistens von sich selbst. In Woodstock hat er mit John Carroll, Speicher, Zorach, Kuniyoshi und dem ganzen Verein zusammengehockt. Er glaubt, denen allen meilenweit überlegen zu sein. Das glaube ich auch. Und obwohl seine Bilder manchmal so gräßlich, so abscheulich und amateurhaft, so schwach und wacklig sind, daß ich laut herauslachen muß, weiß ich doch, daß andere seiner Sachen höchstes Niveau haben und mich mit Ehrfurcht und Bewunderung erfüllen. Er sagt natürlich, ich würde von Malerei so gut wie nichts verstehen und sie bloß als Literatur betrachten – und er begrüßt das, denn auf seine geschickte Art deutet er dies als Beweis für meinen guten schöpferischen Instinkt. Er erzählt mir von Cézanne (und er besitzt die authentischsten Informationen über Cézanne, die ich je gehört habe), von Renoir, von Picasso, als hätte ich von denen noch nie etwas gehört. Von Renoir hält er sehr viel, muß ich Dir sagen. Er hat ein Selbstporträt, das von prachtvoller Sinnlichkeit ist. Er schert sich keinen Deut darum, impressionistisch zu sein. Er zeichnet nicht besonders gut. Er liebt die Farben. Mit Picasso kann er nicht viel anfangen. Er steht tagelang vor Tizian, Piero della Francesca und Rubens. Warum Rubens? Du solltest ihn mal Rubens preisen hören. Das Erstaunliche an ihm ist es gerade, daß er in fast jedem der großen Maler etwas Bewundernswertes finden kann. Und er liebt es sehr, die Originale zu besuchen... Er sagt, in Woodstock hätten sie ihm erzählt, der Louvre sei Zeitverschwendung, und er habe dabei ständig gedacht: «Also, wenn Cézanne dort soviel Zeit verbracht hat, muß er da Großartiges gefunden haben.» Manchmal verwirrt er mich... eigentlich viel zu oft. Er bewundert Faure und Spengler. Zitiert sie, aber falsch.

Er fängt an: «Wie Spengler sagt», und äußert dann seine eigenen Gedanken, und wenn man ihm ein Bein stellt, kommt er ohne jede Mühe wieder hoch. Toller Bursche. Warmherzige, menschliche Persönlichkeit, Denker, Künstler, Gelehrter, Sensualist – *und verfügt über eigenes Einkommen!* Das ist sein großes Glück. Er hat Zeit, zu tun was er will. Die Malerei kann seinetwegen warten. Er hält die Zukunft in seinen Händen.

• • • •

Nun, Emil, Du schreibst, das sei der längste Brief, den Du je geschrieben hast. Das gilt von meinem hier auch. Ich hoffe, Du liest ihn bei einer Flasche Wein – am besten Anjou. Vor kurzem sind die Hämorrhoiden in den Genuß von Mousseux gekommen. Will es demnächst mit Asti versuchen, und mit Château Yquem, von dem ich am Neujahrsabend genippt habe. Bin am Neujahrsabend bei einem Taxiunfall beinahe draufgegangen. Voll in einen anderen Wagen gerast und ihn umgekippt. Die Scheibe neben mir ging zu Bruch, aber ich bin ohne einen Kratzer da rausgekommen – bloß um dann Hämorrhoiden zu kriegen. Und bin hinterher kein bißchen nervös gewesen. Als ob das auf einem anderen Planeten passiert wäre. Ist das nicht unglaublich?

Bekam eben einen großen Schreck. Hatte zu Mittag Obst gegessen und mir danach das Gesicht gewaschen, und als ich das Handtuch weglegte, sah ich, daß es das von Irene war. Kann Irene nicht beibringen, die richtigen Handtücher zu benutzen. Sie sagt: «Mein Lieber, wenn man davon blind werden kann, wäre ich schon seit Jahren blind.» Ich spreche wie ein Vater zu ihr wegen der Klobrille. «Weißt du, Irene, du bist eine Gefahr für uns.» – «Na schön», sagt sie, «ich werde die Toilette nicht benutzen. Ich gehe in ein Café.» – «Nein, tu das nicht», sagte ich, «nur mach jedesmal hinterher die Brille sauber.» – «Ach du liebe Zeit», sagt sie, «dann setze ich mich eben nicht... sondern mach's im Stehen.» Das ganze Haus steht auf dem Kopf, seit Irene da ist. Osborn hat sie eines Nachts auf den Champs-Élysées aufgelesen. Zuerst wollte sie nicht ficken, weil sie die Regel hatte. Das dauerte acht Tage, und wir glaubten schon, sie mache uns was vor. Dann fanden wir einen Wattebausch unter dem Bett, getränkt mit dunklem Blut, und wir wußten, sie machte uns nichts vor. Alles schmeißt sie auf den Boden oder unters Bett: Orangenschalen, Binden, Korken, leere Flaschen, Scheren, benützte Präservative, Kissen. Sie macht das Bett nur, wenn es Zeit zum Hinlegen ist. «Mein Lieber, wenn es nicht wegen meiner russischen Zeitungen wäre, stünde ich überhaupt nicht auf.» Stimmt genau – kein Toilettenpapier... Nichts als russische Zeitungen, um sich damit den Hintern zu wischen. Jedenfalls wollte Irene nach dem Ende ihrer Periode immer noch nicht ficken. Sie gab vor, nur Frauen zu lieben. Um es mit einem Mann zu treiben, müsse sie erst richtig in Erregung versetzt werden. Sie verlangte von Osborn, er solle sie in ein Freudenhaus führen, wo sie zwei Frauen dabei zusehen wollte, um in Erregung zu kommen. Osborn konnte das nicht mitansehen. Und als er dann eines Nachts gerade auf sie draufsteigen will, erklärt sie ihm, sie habe noch immer den Tripper. Seit sechs Monaten. Er rollte von ihr runter wie ein Klotz. Eben noch mal gutgegangen. Am nächsten Abend beschließt er, es doch zu riskieren, mit einem Kondom. Aber Irene ist zu eng gebaut. So gab er es einfach auf, nachdem eins nach dem andern fehlgeschlagen hatte. Sie liegen jetzt wie Bruder und Schwester beisammen, mit blutschänderischen Träumen. «Ich sag dir was», sagt Irene, «in Rußland kommt es oft vor, daß ein Mann mit einer Frau schläft, ohne sie anzurühren. So kann er Wochen und Monate schlafen. Bis er sie – paff! – einmal angerührt hat... Paff, paff... Danach geht's paff, paff, paff!» «Paff» ist ihr Lieblingsausruf und sehr expressiv. Kürzlich hat Osborn sie zum Teufel gejagt. Hat sie draußen vorm Select richtiggehend zusammengestaucht. «Ich hab nichts am Hut mit deiner beschissenen russischen Art», kreischte er. «Warum soll ich Mitleid mit dir haben? Was hast du denn je für mich getan? Du bist auch nicht besser als irgendeine französische Prostituierte... ja noch viel schlechter. Scher dich von mir weg.» Und Irene ging geknickt davon, gedemütigt, niedergeschlagen. Zwei Abende später trifft Osborn sie auf den Champs-Élysées wieder. «Hallo, Darling!» Gehen zusammen zu Le Bœuf sur le Toit – einem cocteauschen Treffpunkt voller Perverser. Ich komme nach Hause und finde Irene wieder im Bett. «Mein Lieber», sagt sie, «ich konnte es ohne euch einfach nicht aushalten. Ich habe diese ganze Herumfickerei satt.» Eines Abends lasen wir ihr ein paar Stellen aus Lawrence vor. Sie fand es großartig. Und seitdem gibt's nichts mehr als Ficken, Ficken, Ficken. «Mein Lieber, ich will meinen Filmregisseur heute nicht sehen. Er will mich ficken, und ich habe heute keine Lust zum Ficken.» Wir drängen sie, zu gehen. Wir wollen, daß sie Arbeit findet und hier auszieht. «Mach schon», sagt Osborn, «geh zu deinem Filmregisseur und schenk ihm einen großzügigen Fick.» – «Darling», sagt Irene, «du bist so brutal zu mir. Du verlangst, daß ich den ganzen Nachmittag ficken gehe und dir das Geld nach Hause bringe.» Gestern abend war Irene ganz außer sich. Sie hatte da so ein Zäpfchen mit einem Faden dran, das sie sich reinschieben und am nächsten Morgen mit Eiter vollgesaugt wieder rausziehen sollte. «Mein Lieber, wo ist der Faden? Ich kann den Faden nicht finden.» – «Ach, den laß dir von deinem Filmregisseur suchen», schreien wir. «Aber, mein Lieber, ich blute wieder. Ich hatte gerade vor ein paar Tagen meine Periode, und nun kommen wieder Tropfen. Ich muß mit dem Trinken aufhören. Ich will doch nicht verbluten.» Irene behauptet, daß sie wegen ihres Filmregisseurs einen Selbstmord versucht hat. Ist in die Seine gesprungen. Wurde rausgefischt. Sie erinnert sich an einen Haufen Leute, die sie beobachteten, ihr zujubelten, etc. «Mein Lieber, so ist mein ganzes Leben. Ich bin eine Neurasthenikerin. Den ganzen Tag umherrennen, und am Abend bin ich wieder betrunken. Stellt euch nur vor, als ich nach Paris kam, war ich noch ein unschuldiges Mädchen. Ich hatte von nichts eine Ahnung. Aber da ich 300000 Franken hatte, Schweizer Franken, machte ich mir ein schönes Leben. Und was ist passiert? Ich habe mit diesem und jenem herumgefickt, und dann lernte ich meinen Filmregisseur kennen, und er hängte mir den Tripper an. Und jetzt möchte ich ihn ihm zurückgeben, weil es nur seine Schuld ist, daß ich in der Seine Selbstmord gemacht habe. Aber, Liebling, erst muß ich ein neues Kleid haben. Ich schulde meiner Schneiderin noch 30000

Francs ...» Irenes Rechtsanwalt, der ihr auf der Midland Bank of England, auf der Schweizer Bank und der New Yorker National City Bank festliegendes Geld lockerzumachen versucht, ist ein junger Franzose, der sie schier vergöttert. «Er bettelte mich an, es mit ihm zu treiben. Ich bekam es so satt und über, mir sein ständiges Gerede vom Ficken anzuhören, daß ich eines Abends zu ihm sagte: ‹Ja, komm rauf, ich will mit dir ficken.› Und dann haben wir gefickt, und ein paar Tage später ruft er mich an und sagt: ‹Ich muß dich sehen.› Und dann zeigt er mir ein Papier vom Arzt – da stand Gonorrhöe, und ich mußte lachen. ‹Mein Lieber, ich wußte nicht, daß ich den Tripper habe. Du wolltest mich ficken, also hab ich mit dir gefickt, und damit hat sich's. Paff!› Und jetzt ist er von der Fickerei geheilt, und wenn wir uns sehen, gibt er mir bloß noch 100 Francs, damit ich brav bin und nicht die ganze Nacht in Montparnasse herumbummle und trinke und ficke.» Und von da kommt Irene in aller Ruhe auf eine Affäre zu sprechen, die sie mit einer Lesbierin hatte. «Ja, mein Lieber, ich habe sie eines Nachts im Fétiche aufgelesen. Sie war betrunken und spielte die ganze Nacht unterm Tisch an mir herum, bis ich es nicht mehr aushielt und zu ihr sagte: ‹Komm mit.› Dann gab ich ihr 200 Francs und ließ mich von ihr lecken. Paff! Aber ich mache mir nicht viel aus Lesbierinnen. Lieber mach ich's mit einem Mann, sag ich euch, aber wenn ich so richtig erregt bin – drei-, vier-, fünfmal, paff, paff, paff, dann blute ich, und das ist sehr schädlich für mich, denn ich will ja nicht verbluten. Jetzt seht ihr, warum ich mich dann und wann von einer Lesbierin auslecken lassen muß ...» Wir sehen überhaupt nichts, nicken aber mit den Köpfen. Jetzt haben wir verabredet, daß Irene sich ein anderes Opfer suchen und woanders schlafen muß, weil Osborn einen größeren und besseren Job bekommen hat und jetzt viel Schlaf braucht. Also hat Irene sich einen kastrierten Bildhauer angelacht, bei dem sie schlafen will – nur hält er sie die ganze Nacht mit Küssen wach. «Aber Darling», sagt sie, «du wirst mich doch ab und zu mal hier duschen lassen? Der Bildhauer hat kein warmes Wasser, und ich kann mein Kaliumpermanganat nicht regelmäßig nehmen.» Im übrigen hat sie es so satt, die ganze Nacht abgeküßt zu werden, daß sie zum Ausruhen hierher zurückkommen will. «Außerdem, Darling, liebe ich dich. Du hast so einen hübschen Körper. Du bist genau wie eine Frau. Nur stell diesen Leuchter nicht immer neben mich, das macht mich nervös. Ewig dieser Leuchter. Warum wirst du nicht einfach schwul, dann könnte ich dich lieben? Hättest du nicht Lust, mich auszulecken?» Etc. Etc. Etc. …

Verstehst Du Irenes Charakter allmählich? Entschuldige, daß ich nicht ausführlicher werden kann. Mir tut der Rücken weh. Mache jetzt Schluß. Werde Dir natürlich wieder schreiben, und nicht unbedingt auf Deine Antworten warten. Aber versuch mir gelegentlich zu schreiben. Und wenn auch nur auf die Rückseite einer Speisekarte – ein bißchen Gekritzel bei einer Flasche Wein. Irgendwas, um mich auf dem laufenden zu halten.

• • • •

Liebe und mehr blaue Engel. Schenkel. Große Geschäfte und Unzucht.

HVM.

10. März [1931]

Emil:

• • • •

Während ich für meinen Freund Nichols posiere – Beitrag zur Lösung des Nahrungs- und Wäscheproblems –, werde ich mit Tiraden von den Lippen sämtlicher Berühmtheiten verwöhnt, die je einen Pinsel in der Hand gehalten haben. Nichols und seine Frau arbeiten an neuen Porträts von mir (seine Frau heißt Frances Wood, geborene Ginsberg).

• • • •

Großartige Tage – voller fehlender Mahlzeiten –, aber reich an Farbe, Wortergüssen und Lokalkolorit. Ich gerate in einen so pennerhaften Zustand, daß die Leute sich überall anstupsen und mit den Fingern auf mich zeigen. Kalte Tage – Frost wie im Winter – und alles rennt in die warmen Cafés, um den strengen Geruch muffiger, verräucherter Körper einzuatmen, die in der Leere vor sich hin brummen. Die Leute trudeln wieder ein, aus Cagnes, Nizza, Menton, London, etc. «Hallo, Henry – immer noch da?» Etc. Überschwengliche Begrüßung und ein Gratisdrink. Manchmal vielleicht auch ein Croissant. Alle graben sich ein und werden gesellig. Frank malt seine phantastischen abstrakten Bilder, à la Chirico – mit Betonmauern, Swimmingpools, stereoskopischen Ansichten und Neandertal-Puppen. Nichols arbeitet mit der linken Hand und vielen kleinen Pinseln, die er in fahles Impasto taucht. Francie prügelt à la Tizian auf die Leinwand ein, bis sie unter ihren Keulenschlägen zu schwirren anfängt.

Kann – Bonze des Pantheismus –, bei dem ich jetzt wohne, braucht ein gutes Skelett, das er in sein neuestes Lurçat-Gemälde einbauen will. «Besorg mir einen Händler, Henry, und ich werde die verkaufen wie warme Semmeln.» Osborn, vom Cointreau benebelt, sitzt mir gegenüber und schreibt seinem Mädchen in Connecticut von dem phallischen Autor – dem großen amerikanischen Romancier – Henry Valentine Miller. Mlle. Claude sitzt auf der Terrasse des Coupole neben einer Kohlenpfanne und zieht sich den Pelzmantel fester um ihre zarten Lenden. Archie Giddes steht an der Bar des Dôme und redet über die Londoner Tate Gallery. Sandy Calder kommt hier rein mit einer Draht-Kreation vom Bal Nègre. Zadkine blickt aus seinem kalten Atelier auf das Trocadéro-Museum. Irene wandert durch den Schnee und sucht nach einem kleinen, kaltherzigen Fick. Derain geht ins Guimet Musée, um neue Ideen für seine Sargporträts zu bekommen. Der Journalist Fred kommt gerade aus einem Tunnel, in dem er die Pavlova bei ihrem letzten Schwanentanz vergewaltigt hat. Sam Putnam betrinkt sich in der Rotonde mit einem fünfzigjährigen Zeitungsausträger.

Habe soeben für etwa 350 Francs Artikel an die *Chicago Tribune* verkauft. Gestern haben die ein tolles Stück von mir abgedruckt, *Paris in Ut Mineur*. Niemand kennt den Namen des Verfassers. Die große, anonyme Kunst des 13. Jahrhunderts.

• • • •

Jedenfalls geht es ums Überleben. Was wir Künstler brauchen, ist Essen – und zwar viel mehr davon. Ohne Essen keine Kunst!! Habe herausgefunden, daß ich jetzt praktisch von 6 Dollar die Woche leben könnte. Aber selbst, wenn ich sagen würde: 3 Dollar die Woche, brächte mich das einer Lösung meines Problems nicht näher.

Madelaine Boyds Interesse an dem großen amerikanischen Romancier muß aufs heftigste geweckt werden. Wenn Madelaine mir nur zu diesem sine qua non verhelfen könnte, würde ich schlichtweg alles schreiben, einschließlich Dantes *Inferno*.

Habe eben auf die Anzeige eines Grafen Vladimir de Cykowski geantwortet, der Malunterricht geben und dafür Englisch Unterricht bekommen will. Ich bin jetzt bald so weit, daß ich mir tatsächlich meinen Lebensunterhalt verdienen muß, mal gré, bon gré.

• • • •

Weißt Du, bis jetzt hatte ich ein ziemlich reiches Leben. Nun, dieses letzte Jahr war der Inbegriff sämtlicher vorangegangenen Jahre. Ich fühle mich jetzt genau so, wie alle die großen vagabundierenden Künstler sich gefühlt haben müssen – absolut unbekümmert, kindisch, verantwortungslos, skrupellos und randvoll mit fleischlicher Vitalität, Kraft, Feuer etc. Auf Grund von Sorgen, Hunger etc. immer am Rand des Wahnsinns. Aber Tag für Tag ein Stückchen weiter. Ich denke, wenn Du mein Gesicht siehst, wirst Du den Tribut erkennen. Ich bin dermaßen vollgestopft, daß ich jeden Augenblick platzen kann. Wenn ich morgen erführe, daß man mich aufhängen will, würde ich sagen: O. K., ich hab die Show gesehen. Und verpiß dich, Jack!

• • • •

Ich sage Dir, wenn ich jemals eine Pause bekomme, und eine Chance, die Geschichte meiner Leiden auf den Seiten von *Vanity Fair* zu erzählen, werde ich zum romantischen Helden Amerikas – sans doute.

Habe neulich mit Nichols den Cirque Medrano besucht. Wir hatten Parkettplätze für 5 Francs und einen schönen Abend à la

Seurat. Wahrscheinlich werde ich für die *Sunday Tribune* etwas darüber schreiben. Besonders über die dressierten Robben – ein beeindruckendes Erlebnis. Ich glaube, ich könnte alles wieder zum Leben erwecken, wie es in den Zeiten von Renoir, Manet, Degas etc. gelebt hat. Ich habe noch immer ein gutes, frisches Sehvermögen, und wenn mich nicht die Freßgier plagt, genieße ich jede Minute des Tages bis zur Neige.

Cafés, Friedhöfe, Bistros in orangenem Licht, das eine mittelalterliche Atmosphäre von Heiligkeit über das gummischwarze Pflaster verströmt. Prostituierte wie welke Blumen, Gesellschaftsdamen wie leuchtende Gardenien. Pissoirs voller pissedurchtränkter Brotreste und Feuilletons schwatzhafter Journalisten, die in kalten Mansarden schwitzen. Jenseits der Tore der «kalte traurige Anblick der Vorstädte» – von Utrillo, dem unehelichen Sohn von Suzanne Valadon. Die Seine wie ein krummer Dolch zwischen dem Rechten und Linken Ufer. Sacré-Cœur weiß in der Nacht von Montmartre. Belgische Rösser tänzeln mit ihren sämtlichen Testikeln durch die leeren, mitternächtlichen Straßen. Im Dôme lassen Lesbierinnen ihre überschüssige Lust an Holzkohle und Ambra aus. Der Boulevard Jules Ferry, still wie das Herz eines Mörders, mündet ins Abattoir de la Villette. Kalte Grönländerinnen glühen im Viking unter Polareis, ihre blonden Perücken strahlen vor exotischer Hitze. Eine Hure mir gegenüber lächelt lasziv und kratzt sich unterm Tisch. An der Theke der Rotonde heben sie nach drei Uhr morgens ihre Kleider und fahren sich mit den Fingern durch dunkle Rosenbüsche. Graf Stablowski, ein polnischer Künstler, sägt seine Staffelei in Stücke, bevor er aus seinem zu teuren Apartment-Studio auszieht. Kann und ich machen uns mit den Kissen und Bettbezügen davon.

Sage gerade zu Osborn – «Heute nacht möchte ich leben. Wo zum Teufel steckt Mlle. Claude.» Ob sie mir ausnahmsweise einmal trauen würde? Warum nicht? Habe ich ihr letztes Mal nicht ein Paar Baumwollstrümpfe zum Geschenk gemacht?

Fred sagt: «Schreib einen Brief an Buzby. Mach ihn zwanzig Seiten lang. Vielleicht schickt er Dir dann noch mal fünf Eier.» Gute Idee! Ein Brief an Buzby. Sub rosa, Emil! Sub rosa! Muß leben. Muß leben. Ganz Paris liegt vor mir – das Rechte & das Linke Ufer. Und die Bank von Indochina. Auf geht's! Die Rechnungszettel stapeln sich. Zwölf Biere zwischen uns, und es werden noch mehr. Wir machen durch! Vergiß die hungernden Künstler von Montparnasse nicht. Schreib an American Express. Telegramme an Amexco. Skrupellos und bewundernswert, liebevoll und liebenswürdig. Tolle Nächte. Grüß alle von mir. Ich wünschte, ihr wäret alle hier.

Gruß und Kuß,
Henry

24 Août, 1931
Hôtel Central
1 bis, Rue du Maine
Paris, XIV. Arr.

Lieber Emil:
Diesen Brief auf den Weg zu bringen, ist schon ein ziemliches Unternehmen. Habe eben das Buch beendet und muß jetzt, um es abschicken zu können, bis zum Zahltag warten. Unterdessen habe ich Notizen gesammelt – für einen großen Brief, der die Zwischenzeit seit dem vorigen überbrücken soll. Ein paar kurze Notizen gebe ich Dir jetzt gleich, da ich weiß, daß das hier noch Tage brauchen wird. (Morgen fange ich mit dem Buch über Paris an: erste Person, unzensiert, formlos – Scheiß auf alles!) Also. Dir ist klar, daß mein Leben kein bißchen einfacher geworden ist, nur weil ich jetzt einen Job habe. Au contraire, ich bin schlimmer dran als je zuvor. Alles erwartet von mir, daß ich zurückzahle, was ich mir leihe, während früher – na ja, Du weißt, was ich meine. Immerhin gibt es das allnächtliche Leben im Gillotte (das ist das kleine Bistro um die Ecke bei meiner Arbeitsstelle). Das entschädigt für alles. Und auch die gemeinsamen Heimwege mit Wambly Bald und Fred. Die kranken Huren im Dôme, wenn die Morgendämmerung anbricht. Ach, und viele

andere Dinge, die alles sehr erträglich erscheinen lassen – besonders Porto Sec, Anjou, etc.

Es ist Zeit, zur Arbeit zu gehen, und ich habe meinen Tag gerade erst begonnen. Heute abend, nach der Arbeit, werde ich vielleicht mal nach oben in die Redaktion schleichen und ein paar Zeilen runtertippen, während die Chefreporter Karten spielen. Du mußt wissen, zwischen uns unten im Keller und den Kerlen oben, die die Nachrichten schreiben, gibt es einige Spannungen. Wir sind unerwünscht. Tant pis!

• • • •

Obwohl der Job völlig belanglos ist, scheint sich alles nur darum zu drehen. Er bildet den Kern meines Lebens, formt es, lenkt es, durchdringt alle meine Aktivitäten, meine Gedanken, etc. Ich glaube, ich wäre unglücklich, wenn man ihn mir nehmen würde, oder wenn ich (und das ist vollkommen ausgeschlossen) in die Redaktion versetzt, also gewissermaßen befördert würde. Ehrlich, es wäre mir nicht recht, Nachrichten schreiben zu müssen. Diese Sklaverei ist mir lieber. Die Atmosphäre da unten ist mir in Fleisch und Blut übergegangen. An meinem freien Abend vermisse ich sie geradezu. Zunächst einmal ist es ein ungeheures Labyrinth von Maschinen. Ein übler Gestank. Und dazu der Lärm – ein betäubender Lärm, und die grellen Lichter. Die Setzer – alles Franzosen – sind ein interessanter Verein, wesentlich interessanter als die Reporter. Jeder ist ein Original. Besonders die Alten sind ganz bezaubernd. Wie Gestalten aus einem französischen Roman – und man erkennt an ihnen, was da alles zusammengeflossen ist, um das französische Volk zu bilden. Da ist zum Beispiel einer aus dem Midi, der früher einmal Stierkämpfer war und jetzt für eine Karriere auf der Opernbühne lernt. Er hat uns alle für nächsten Monat nach Nîmes eingeladen, zu dem Stierkampf in der dortigen Arena – wo ich meinen ersten Stierkampf gesehen habe. Seine Lieblingsoper ist *Der Barbier von Sevilla.* Er hat den Körper eines Schwindsüchtigen und Lungen aus Eisen. Außerdem ist er schwachsinnig, muß ich noch nachtragen.

Aber das gehört nicht zur Sache. Er ist nur einer. Es gibt dort

Dutzende von Typen – zum Beispiel den Metteur Mephistopheles, der Pate für Wambly Bald steht und nur lächelt, wenn er *La Vie de Bohème* absetzt, wie es auf dem Linken Ufer geführt wird. Und wenn Bald anfängt von seiner Potenz zu prahlen, hört er mit gespitzten Ohren zu, und auf sein Gesicht kommt ein wehmütiges, bedauerndes Lächeln, ein Lächeln, das gleichzeitig Verzeihen und Bewunderung ausdrückt. Sehr oft gibt es Diskussionen darüber, natürlich von Bald angezettelt, wie oft man in der Woche Beischlaf halten sollte. Und wenn die Frage nach der Größe des betreffenden Organs aufgeworfen wird, geht der Opernsänger hinter einen Tisch, knöpft sich die Hose auf und zeigt uns allen, was für ein gut gebauter Rammler er ist.

Und dann der alte Captain Rush mit dem Holzbein, der uns jede Nacht mit Byron, Milton, Dryden, Dr. Johnson, Pope, Addison, Sheridan, Kipling et alia vollquatscht. Wie die meisten Engländer hat der Captain schlechte Zähne, und nicht nur schlechte, sondern auch unsaubere Zähne. In den Pausen trägt er uns Gedichte vor, und sein Atem verbreitet einen lieblichen Gestank, mit dem verglichen der Geruch von heißem Blei geradezu aromatisch ist. Er und Fred sprechen nicht miteinander. Das kam so: eines Abends brachte der Captain seine Frau mit ins Büro, eine Französin. Nicht gerade eine Schönheit. Trotzdem schien der Captain stolz auf sie. Und als Fred am nächsten Abend den Captain trifft, sagt er auf seine schamlose Art: «Na, Captain, hast du sie gestern nacht ordentlich durchgevögelt?» Und der Captain fährt verlegen auf seinem Sitz herum und stammelt: «Wie bitte? Hä? Verzeihung, aber etc. etc.» Aber Fred macht aalglatt weiter: «Ich sagte, hast du sie gestern nacht gefickt? War's gut?» Der Captain murmelte was von «widerlicher Ausdrucksweise» und wandte sich ab. Von moderner Dichtung versteht er auch nichts. Einmal hat er in der *New Review* ein Gedicht über Sandwiches gelesen, das ihm völlig schleierhaft war. Trotzdem, wenn es mal wieder eine neue Ausgabe der *New Review* gibt, werden wir den Captain dazu bringen, einen Beitrag über Lord Byron oder Rudyard Kipling zu schreiben.

Wambly Bald ist hier natürlich der Oberspinner. Wambly

Bald ist Misanthrop, falls dieser Ausdruck im Zusammenhang mit einer so traurigen Gestalt nicht zu würdevoll klingt. Für ihn zählt überhaupt nichts. Außer Mösen. Auf dem Heimweg machen wir Ratespiele. «Dreimal darfst du raten – woran denke ich jetzt?» Antwort, immer die gleiche und immer zutreffend: Mösen... Mösen... Mösen. Gestern nacht war es Idas Möse. Davor die der Jungfrau Maria. Sehr erbaulicher Zeitvertreib, wie Du siehst. Und jede Nacht stimmt Bald eine Klage an: «Jesses, ich hab da eine Pritsche, die hat versprochen, sich von mir bumsen zu lassen, aber die Concierge will die Laken nicht wechseln. Wie kann ich sie auf diesen dreckigen Laken bumsen? Es ist ein himmelschreiendes Verbrechen, verdammt, daß man hier nicht mal genug Geld verdienen kann, um seine Wäsche waschen zu lassen. Was tut man nur in so einem Fall?» Oder an einem anderen Abend: «Hast du schon meine Jungfrau kennengelernt?» Die Jungfrau wird jetzt seit zwei Monaten tagein, tagaus durchgevögelt, aber sie ist noch immer seine «Jungfrau». Oder nach einem Treffen mit einem berühmten Maler: «Er hat mir einen Haufen Mist über Kunst erzählt. Keine Ahnung, wovon der eigentlich geredet hat. Was sagst du zu so einem Kerl? In einer Kolumne kann man doch nicht über Kunst plaudern, wie? Außerdem sind das alles alte Kamellen. Es gibt nichts Neues in Montparnasse.» Das stimmt natürlich, aber wenn er das sagt, klingt es so schrecklich armselig und jämmerlich. «Kannst du mir nicht wenigstens ein paar Namen nennen?» bettelt er an dem Abend, bevor die Kolumne erscheinen soll. «Irgendwelche Namen ... deine Freunde in Amerika... irgendwas. Ich muß noch ein paar Zeilen auffüllen.» Und wenn man ihm den Gefallen getan, ihm Namen, Daten, Orte etc. genannt hat, erscheint am nächsten Tag die Kolumne mit dem üblichen Geschwafel: Gestern abend war die Gräfin wieder unterwegs und flirtete mit den Mädchen von der Nachtpatrouille... Oder: Kokoschka geht nach Neu-Kaledonien, um die Lebensgewohnheiten der Primitiven zu studieren. Er schläft auf dem Boden. (Große Frage gestern nacht: warum schläft er auf dem Boden? Ist er bloß exzentrisch oder hat das einen guten Grund? Verstehst du, was ich meine? Man kann nicht einfach sagen – er schläft jede Nacht auf dem Boden ... das muß man doch belegen. Sonst wissen die Leute ja gar nicht, wovon man redet.) Und wenn die Zeitung heraus und die Kolumne gelesen ist, gibt's bei Gillotte eine kleine Versammlung, wo über das Warum und Wieso diskutiert wird. Bald ist sehr traurig, weil niemand seine kleinen Scherze wahrnimmt. «Na schön, ihr seid ja alle so schlau, dann schreibt ihr doch mal eine Kolumne. Nächste Woche schreibt ihr sie für mich. Versucht bloß einmal, etwas Komisches zu schreiben. Ihr werdet schon sehen, wie schwer das ist.» Also schließen wir eine Wette ab, und Fred und ich schreiben etwas Komisches – etwas sehr Komisches – über den Alten Hafen in Marseille. Zeigen es ihm. Er grunzt. «Das soll komisch sein? Was bedeutet dieses Wort? Ihr wißt verdammt gut, daß ich in meiner Kolumne solche aufgeblasenen Wörter nicht verwenden kann. Könnt ihr nicht verständlich schreiben?»

Ständig laufen irgendwelche Fehden, Intrigen, Eifersüchteleien. Stern, der Chefredakteur der Tagesmannschaft, bringt Bald noch eines Tages um den Verstand. Einen Pfandleiher nennt er ihn. «Sie sind kein Journalist», sagt Stern, nachdem er Bald drei Stunden lang oben eine Chance gegeben hat. «Kannst du dir vorstellen, wie diese kleine Drecksau das zu mir sagt?» fragt Bald. «Ich weiß selber nicht, warum ich ihm keine geknallt habe. Stell dir vor, er gibt mir einen Haufen Namen – alles Franzosen, dabei weiß der Arsch, daß ich kein Französisch kann – und sagt: ‹Rufen Sie die an und besorgen Sie einen Artikel – aber schnell.› Jesses, ich kann nicht mal 'ne französische Telefonnummer wählen. Und deshalb bin ich also kein Journalist. Dieser miese Dreckskerl. Aber warte, bis ich seinen Essay rezensiere. Den mach ich zur Minna.» Alles sehr kindisch und dabei zugleich sehr amüsant. Es gibt hier einen, der heißt Louis; Bald und Fred weigern sich, ihn auf dem Nachhauseweg mitzunehmen. Nicht weil Louis ein Jude ist. Oh, nein. Aber Louis redet zuviel. Er ist zu enthusiastisch. Gegen zwei Uhr, wenn wir alle unten an den Metteurtischen sind und uns aus vollem Hals ankreischen, taucht Louis mit seinem üblichen begeisterten Grinsen auf: «Geht ihr heut nacht nach Hause, Leute?» Und Fred und Bald erfinden

Ausreden. Nein, sie wollen bei Gillotte essen. Sie wissen, Louis kann Gillotte nicht ausstehen. Aber Louis fühlt sich einsam diese Nacht, also sagt er: «Na schön, dann sehen wir uns bei Gillotte. Ich will euch von einem Triptychon erzählen, das ich neulich erstanden habe... erstaunlich preiswert... ihr müßt euch das wirklich mal ansehen.» Und noch ehe er fertig ist, fährt ihm Fred natürlich dazwischen: «Tut mir leid, aber ich hab zuviel zu tun.» Also bleibt es an mir hängen, mit Louis nach Hause zu gehen. Das Komische dabei ist, Louis ahnt gar nicht, daß die ihm ausweichen. Er fragt mich jedesmal: «Was haben sie gemacht? Wo sind sie hingegangen?»

Ich (soll ich sagen *natürlich*?) finde Louis in Ordnung. Es gefällt mir, wie er hier in Paris lebt. In einem verrückten kleinen Hotel an der Rue Monsieur le Prince, mit Klapptüren vor der Toilette und Treppen, auf denen kein bißchen Farbe mehr ist. Manchmal gehe ich mit auf sein Zimmer und bleibe die ganze Nacht. Louis ist ein richtiger Sammler. Kürzlich hat er sich für 1000 Francs *Die Geschichte der Juden* von Graetz gekauft. Besitzt gebundene Ausgaben von *Rire* und *Sourire* und Bücher mit Stichen von Cruikshank etc. Im Quartier Latin kennt er sich gut aus. Er hatte ein Jahr lang den Tripper. Im Restaurant um die Ecke bekommt er Kredit. Er liest Marcel Proust im Original, mit feinem East Side-Akzent. Wenn ich morgens aufstehe, spielt er mir Brahms vor und zeigt mir seine Zeitungsausschnitte – die ganzen komischen Artikel, die er für die *Tribune* geschrieben hat. «Manches davon verdient bewahrt zu werden», sagt er. «Ist es nicht eine Schande, daß diese Sachen in den Zeitungsarchiven begraben sind?» Josephine Baker und Peggy Joyce sind gute Freundinnen von ihm. Sie halten ihn für einen prächtigen Jungen, und besonders Josephine mag seine komischen kleinen Artikel. Kokoschka mag ihn auch. Na, siehst Du. Voilà, Louis Atlas!

Mehr noch als meine Nachhausewege genieße ich die Gänge zum Büro. Nehmen wir zum Beispiel einen Tag, an dem ich kein Frühstück habe auftreiben können, an dem ich stundenlang die Straßencafés nach einem «freundlichen Gesicht» abgeklappert habe, mich schließlich in das Unvermeidliche füge und zum

Abendessen den Weg zum Bistro Gillotte einschlage. Nehmen wir einen ungewöhnlichen Tag, einen, an dem es nicht regnet. Es dämmert bereits, der Himmel ist träge und ruhig, das Fieber der Straßen legt sich. Nach der Abkürzung durch den Luxembourg der rasche Abstieg auf die Place St. Sulpice, durch die Rue des Canettes, über den Boulevard St. Germain, durch die enge Gasse mit den Bordellen, die roten Laternen leuchten bereits, die Fenster sind nur angelehnt, und dann in die Rue de Seine mit ihren Kunstgalerien und ihrem scharfen Knick am Eingang zum Palast des Kardinals Mazarin. Die düsteren Hotelgebäude entlang der Rue de Seine, Leute lehnen sich aus den Fenstern, die Straße ist in kalte Glut getaucht wie auf einem Utrillo. Ein kurzer Blick auf das offene Panorama der Seine, die Quais, das Viereck des Louvre, die sentimentale Brücke, die Napoleon sich eigens zu seiner Bequemlichkeit hat bauen lassen – Pont des Arts, dann der Hof des Louvre, auf dem es von Tauben wimmelt und Gendarmen auf und ab schreiten; das bunte Schilderhäuschen neben dem Bogengang, und dann ein kurzer Blick durch den Bogen auf die Kreuzung der Rue de Rivoli und – ich weiß nicht – ist es die Rue St. Honoré? Auf jeden Fall steht dort ein farbenfrohes Gebäude, das mich magisch anzieht, das ich aber, bevor ich es erreiche, in dem Chaos von Eindrücken, die die Portale und Fassaden des Palastes auf mich machen, schon wieder vergessen habe. Dann vorbei an der Bank von Frankreich und der Börse, eine uninteressante Strecke, abgesehen von einem wunderbaren Bogengang, der zu Les Halles und dem Karree der Place des Victoires führt, wo Louis ohne Steigbügel und Sattel zu Pferde sitzt, ein feierlicher, homosexueller Louis mit einem Kranz um die Krone. Dann ein paarmal scharf um die Ecke durch krumme Straßen – dies noch vor der Börse... und durch die Rue Notre Dame des Victoires, die jetzt, bei Nacht, erstaunlich verschlafen ist, grotesk und still. Schließlich die Straße aller Straßen, Rue Montmartre, wo das Leben wieder erwacht, wo jeder zweite Laden ein Bistro, ein Restaurant oder eine Brasserie ist, wo es ein Wochenschaukino gibt und immer eine Parade de Nus, wo in der glitzernden Chope Nègre vom frühen Nachmittag bis zur Morgendämmerung jede Menge Dirnen warten. Das protzige, kitschige Fantasio, vorm Eingang ein Ex-Boxer wie Pat Maloney vom alten Novelty Theatre, Driggs Avenue, Williamsburg. Manches erinnert an die Bedford Avenue in der Nähe der Fountain – das alte Amphion (wo jetzt jiddische Dramen aufgeführt werden). Und der riesige Lichtpfeil, der auf die Folies-Bergère zeigt. Auf der Straße meist irgendwelche Bauarbeiten, die Bürgersteige vollgestellt mit Tischen, fahrende Händler verkaufen Eßbestecke und billige Uhren. Rue Cadet, Bordelle für Homos und billige Mietshäuser, in denen die hinduistischen Perlenhändler wohnen. Dann Rue Lafayette, eine der bevölkertsten Straßen von Paris, und dies ganz besonders vor *Le Petit Journal*, wo sich unsere Büros befinden. Weiter am Büro vorbei, ein steiler Anstieg zum Montmartre, zu den Boulevards, zu dem billigen Broadway von Paris, aber zu einem Broadway, mit dem, so billig er auch sein mag, der Broadway nie konkurrieren kann. (Merkwürdig: während ich das Wort Broadway schreibe, frage ich mich, ob das überhaupt stimmt – habe ich wirklich den Broadway im Sinn? Offen gesagt kommt Broadway mir jetzt ganz seltsam vor, als wäre das nicht das richtige Wort.)

Stellen wir uns vor, wir seien in der Pause auf einen Drink nach draußen gegangen. Wir stehen an der Theke der Trois Portes bei der Métrostation Cadet. Ein paar Bier und ein verächtliches Nicken zu den Typen von der oberen Etage, und auf geht's zu einem flotten Spaziergang. Ein kleines Stück die Rue Lafayette hoch, in Richtung Garde de l'Est... rechts eine gewisse Straße, wo es Hotels mit blauen Glasblenden über den Türen gibt. Davor wartet ein lahmes Mädchen; sie wartet jede Nacht, um ein paar Worte mit uns zu wechseln. Sie ist sehr stark behindert, hat leidenschaftliche Augen, ein gut geschminktes Gesicht, etwas flittrige Kleider und immer die gleiche flehende Stimme – nur ein paar Minuten. Manchmal schnorrt sie bei uns eine Zigarette. Und manchmal überlegen wir tatsächlich, ob wir sie nehmen sollen. Bald ist von ihr fasziniert. «Schließlich muß sie ja irgend etwas zu bieten haben», sagt er. «Sie muß doch Kunden haben.»

Am Zahltag lauert sie uns vorm Büro auf. Sie hat eine Freundin dabei, und die Freundin ist ein wenig eifersüchtig, weil wir ihr kaum Beachtung schenken. Bald zankt sich mit der Lahmen, versucht sie auf 10 Francs runterzufeilschen. Aber hier geht die Fikkerei noch nicht los. Nein, am Zahltag – vorausgesetzt, Bald hat schon seit mehreren Nächten keine Nummer mehr geschoben – gehen wir geradewegs die Rue Montmartre runter bis zu Les Halles. Bald stößt Verwünschungen aus, weil überall das verdammte Gemüse im Weg liegt. Dann in fliegender Hast zum Boulevard Sébastopol. Hier gehen Mädchen mit Kopftüchern herum, kräftige Mädchen, Bauernmädchen, die rauchen und leise vor sich hin summen. Maquereaux stehen in der Nähe und haben alles im Griff. Eine mit einem durchsichtigen roten Kleid; dünne, kurze Beine, aber Titten und Arsch wohlproportioniert. Durch und durch französisch. Krank. Dreist. 10 Francs – und Fred und ich warten unten, während Bald sie mal eben flachlegt – auf der Bettkante, die Kleider noch an, fensterloses Zimmer, ein einziges Handtuch für die beiden. Sie raucht, während er sie rammelt, ruhig, bedächtig, gleichgültig. Mach schon... nimm dir was für deine 10 Francs. Während er sich noch wäscht, wartet an der Tür schon der nächste Kunde. Tür geht auf, Kunde gafft. Wir haben unten seine Zeit genommen. Viereinhalb Minuten. Zufrieden? O.K. Ein Drink in irgendeiner kleinen Pinte. Billig, 10 Francs. Vielleicht macht er's noch mal – bloß eine schnelle kleine Nummer – irgendwo in einer Gasse im Stehen, wenn's sein muß, vielleicht für 5 Francs. Jammert über die Sinnlosigkeit dieses Treibens. Ist doch nichts dabei. Bloß eine Nummer. Jetzt überall Blumen. Châtelet. Die Brücke übersät mit Blumen. Notre Dame und Tour St. Jacques. Alte Leute liegen auf dem Pflaster. Noch mehr Blumen.

Nächste Rate folgt in ein oder zwei Tagen.
Henry.

• • • •

Ich habe mir was Neues in den Kopf gesetzt. Ich will ein Album über mein Leben in Paris anfangen. Kaufe mir ein schönes, leeres Buch, solide gebunden, mit wasserfestem Papier. Nenne es das

«Buch von 1 Bis» – on y boit, on y danse, on y pense. Sowas wie «Ah, que la vie est quotidienne». Reminiszenzen an Salavin, Fragmente unserer Nachtgedanken, Getümmel des Marktes, Federspitzen der compositeurs, Fetzen französischer Lieder, Wambly Balds schiefer Gesang, Schimpfreden der Ratte (alias Fox, unser Boss), Witzeleien der Chefreporter, Druckfehler, Gouachen und Karikaturen, Randbemerkungen, instinktivistische Erzählungen, Interviews mit prominenten Fotzen, Cresswells Bemerkungen à travers la vie, Louis' Enthusiasmus, die Sprichwörter der weisen Juden von Paris, Ferrotypien von den Kiosken, Mußestunden im Luxembourg, Reklamezettel der Kinos, Träume, Briefe, Zeitungsausschnitte, Speisekarten, Anzeigen, Memorabilien und Inkunabeln... Du siehst, wie das Buch von allein Gestalt annimmt. Ganz einfach. Ich brauche jetzt nur noch: erstens das Buch, und dann Material, ensuite – rote Tusche, grüne Tusche, violette Tusche, Conté crayon, Löschpapier, Radiermesser. Und hinterher laß ich mir die Hosen bügeln und geh zum Zahnarzt. Auf keinen Fall Beiträge von Bob McAlmon. Auf keinen Fall irgendwelche Anspielungen auf Hemingway. Ein Buch über mein Leben, meine Eskapaden, meine Ambitionen und meine Verzweiflung. Mit passenden Dekorationen. Und natürlich mit einem Vorwort, das Barbey d'Aurevilly gewidmet ist. Vielleicht ein paar Worte von Luis – Luis Buñuel. Denn immerhin hat es außer Salavin nur sehr wenige gegeben, die ich hier in Paris gerngehabt habe – erstens Luis, dann Nichols, und schließlich Kokoschka. Ja, Kokoschka wird sicher etwas dazu zu sagen haben. Und vielleicht Vlaminck. Und der ganze Rest – scheiß drauf! Was sonst noch fehlt, wird Fred besorgen. Ich denke daher, Du solltest mir umgehend etwas schicken – irgendeine Bekundung Deiner unvergänglichen Zuneigung, ein kleines, hohles Spottgedicht ohne schlaue Anmerkungen, das ich irgendwo am Anfang des Tagebuchs einbauen kann. Ein paar vaginale Fingerübungen als Anheizer wären prima. Und vielleicht kann Ned einen Beitrag über die Esel im Van Cortlandt Park schreiben. Es war herrlich von ihm, sich auf eine solche Beschäftigung zu verlegen. Findet meinen Beifall.

Vielleicht sage ich auch etwas über die Esel auf den Champs-Élysées und die hölzernen Schaukelpferde im Luxembourg. Ohne die Esel würde alles zusammenbrechen.

(A suivre)
Henry

[Oktober 1931]

Im Dôme
Montag, 6 Uhr abends

Lieber alter Emil:
Ich habe eben Deinen Brief gelesen, und alle um mich herum haben die Lektüre genossen. Aus Angst vor einem neuen hysterischen Anfall traue ich mich nicht, ihn mir noch einmal anzusehen. Wenn das ein trauriger Brief sein sollte, war er großartig. Ich zittere noch immer.

Hör zu, Emil, es ist alles O. K. O. K. Tu sais? Halt mich nicht für grausam, barsch, gleichgültig. Himmel, ich hab Dich sehr gern – jedes Haar auf Deinem Kopf, Deinen Schnapsatem, Dein schiefes Lächeln, Deine köstliche Traurigkeit, an die ja nicht einmal Du selbst glaubst.

• • • •

Freut mich, daß Dir Freds Brief gefallen hat. Wenn Du keinen findest, der ihn Dir anständig übersetzen kann, na, dann warte eben, ich werde bald zurück sein und ihn Dir selbst übersetzen. Unterdessen werde ich Fred erzählen, was Du schreibst. Er wird sich in die Hose pinkeln. Das arme Schwein ist praktisch am Verhungern. Seine Schreibmaschine ist im Leihhaus. Er kann nicht scheißen. Er hat keine Freunde, außer mir, und ich habe ihn seit Junes Ankunft im Stich gelassen. Nicht absichtlich, sondern schlimmer – unabsichtlich.

Vor Junes Eintreffen habe ich ihn regelmäßig gesehen. Gelegentlich schmuggelte er mich auf sein Zimmer, damit ich das Bett mit ihm teilen konnte. Er hat mich mit Nahrung versorgt – Tee und Brot –, hat mir Zigaretten geklaut, mir seine Maschine geliehen etc. Eine Zeitlang ging es mir schrecklich, und Fred fühlte sich noch schlimmer als ich. Weil es nicht in seiner Macht stand, noch mehr zu tun. Ja, ich halte ihn für einen guten Schriftsteller, besonders wenn er Französisch schreibt. (Hast Du eigentlich mal ein Exemplar von unserem Manifest bekommen – «Der neue Instinktivismus»?) Darin war auch ein Brief von Ned an Buñuel, den ich für ein Meisterwerk halte. Das Manifest selbst ist womöglich Mist. Niemand scheint für diesen ordinären, schrulligen Humor empfänglich zu sein. Das Ganze war als Witz gemeint, die Literatur hier und da war nichts anderes als ein bißchen Quatsch mit Soße. Aber alle beschimpfen uns als kleine Schmutzfinken. Das verwirrt mich. Ich denke, wir sind doch ziemlich erwachsen. Viel zu sehr. Ich finde, wir waren wirklich komisch, auf eine grobe, ungehobelte Weise. Aber die Leute wollen sich nicht von Obszönitäten unterhalten lassen. Na, scheiß drauf! Lies Du es. Und laß mich wissen, ob Du es für zu kindisch hältst.

Ich sagte, ich käme zurück. Ich denke, das ist ziemlich sicher. Vielleicht in einem Monat, vielleicht in zwei. Aber zurück komme ich quand même. June wird mir wahrscheinlich vorausfahren. Aber ich weigere mich, hier noch lange auf dem trockenen sitzen zu bleiben. Am liebsten würde ich für immer hierbleiben – aber nicht als Bettler. Zwei Jahre Vagabundentum haben mich um vieles ärmer gemacht. Mich auch um vieles bereichert, aber ich habe jetzt ein wenig Frieden nötig, ein bißchen Sicherheit, damit ich arbeiten kann. Tatsächlich sollte ich einmal für lange Zeit aufhören zu leben und nur noch arbeiten. Ich habe es satt, Erfahrungen zu sammeln.

Wenn ich nach New York zurückkomme, wird es viel zu erzählen geben. Genug für manche Winternacht. Aber sobald ich an N. Y. denke, bekomme ich Angst. Ich hasse den Gedanken an diese finstere Skyline, diese Menschenmassen, die traurigen Gesichter der Juden, die Automaten, die so schwer erreichbaren Dollars, die Nobelkarossen, die schönen Kleider, die tüchtigen Geschäftsleute, die Puppengesichter, die billigen Filme, das Durcheinander, den täglichen Trott, den Lärm, den Schmutz, die

Geistlosigkeit und Sterilität, den Tod jeder Empfindung. June hat eine ganz schiefe Vorstellung von Frankreich und den Franzosen. Und ich kann ihre Vorstellungen nicht ändern. Man muß eine Weile hier leben, um dahinterzukommen. Wie ich Dir einmal gesagt habe, oder auch nicht, für mich wäre es wesentlich reizvoller, hier auch nur als garçon in einem Bistro weiterzuleben, als in N. Y. in einer tollen Wohnung ein Routineleben zu führen. Aber vielleicht ist das nichts als Schwärmerei. Jedenfalls ist das tolle Routineleben in einer Wohnung noch weit entfernt. Besser sollte man sagen: wo würdest du lieber verhungern – in Paris oder in New York?

Ich warte jetzt auf June. Wir haben zusammen noch 40 Francs, die bis Samstag reichen müssen. In Wirklichkeit werden sie nicht bis morgen reichen. Daran kannst Du erkennen, warum Paris auf June nicht mehr so anziehend wirkt. Ich mache ihr keinen Vorwurf. Aber wir sollten auch Paris keinen Vorwurf machen. Na ja, das ist eine alte Geschichte. *Punkt.*

Votre Henry

P. S. Beiliegend zwei Zeitungsausschnitte über mich – schick einen davon bitte an George weiter!

November 1931
Chez Alfred Perlès
Hôtel Central
1 bis, Rue du Maine
Paris (XIV)

Lieber Emil:
Eigentlich wollte ich Dir einen Brief schreiben, um Dich zu fragen, ob Du es ermöglichen kannst, mir monatlich 5 Dollar zu schicken – aber diesen Brief schreibe ich nicht, also atme durch und mach Dich zum Lächeln bereit. Was hat es für einen Sinn, Leute in Amerika um fünf Eier im Monat zu bitten? Die Welt

geht den Bach runter. Fünf Eier mehr oder weniger helfen da auch nicht.

Was mich dazu gebracht hat, ist die Tatsache, daß ich wieder einmal kein Dach überm Kopf habe; und jetzt, wo der Winter kommt – kalter Nebel, Regen, Katarrh, Rheuma – bleibt man nicht gern allein und ohne Freunde. Oho! Schon wieder Trauergesänge, ich weiß. Bloß ein verdrießliches Keuchen, aber Du verstehst ja meine Töne zu orchestrieren.

Ich schreibe dies in Freds Zimmer. Er schläft noch. Ich bin hergekommen, um mich aufzuwärmen. Wenn ich mich im Spiegel betrachte, sehe ich ein interessantes Gesicht. Wandelt sich zum Besseren. Mehr Charakter. Mehr Leiden. Feine Linien, gesunde Bräunung, ein bißchen verhärmt um die Augen. Noch immer unter vierzig!

Eine Zeitlang habe ich bei einem gewissen Michael Fraenkel in der schönen Villa Seurat gewohnt, wo früher Derain gelebt hat und jetzt noch immer Foujita lebt. Wir hatten ein Zimmermädchen, Greta, und einmal wöchentlich lud Fraenkel mich zum Essen ein. Eines Tages bekam er ein Telegramm, und wir alle mußten raus – noch am selben Tag. Michael dreht durch. Er ist der Autor von *Werthers jüngerer Bruder*, das ich Dir schicken werde, falls ich jemals das Porto zusammenbekomme.

Jedenfalls habe ich kein Zimmer. Ich kann mich nur ab und zu in Freds Zimmer schleichen – der Patron hat was dagegen. Das gleiche bei Wambly Bald. Osborn hat sich bei einer französischen Pritsche verkrochen, und damit hat sich's. Kann, der Bildhauer, hat nur ein schmales Bett. Letzte Nacht habe ich bei ihm auf dem Fußboden geschlafen. Lowenfels, der Dichter, hat in der Küche ein kleines Feldbett stehen, aber dort gibt es Mäuse und nasse Babysachen. Zadkine habe ich schon vor langem von meiner Liste gestrichen. Voilà, c'est tout. Heute abend esse ich bei Chadla, dem Hindumädchen, das Italien und Deutschland beibringt, wie man den *beguine* tanzt.

Unterdessen kein einziger Brief aus Amerika. June ist völlig verstummt. Elkus schweigt. Du antwortest nicht auf die schönen Briefe, die wir Dir schicken. Madeleine Boyd erholt sich von einem Autounfall. Christine liebt mich nicht mehr – oder sie hat Angst vor mir. Jedenfalls wird sie demnächst in die Bronx zurückkehren. Mlle. Claude sitzt noch immer im Coupole, aber ich schulde ihr noch ein paar Francs. Die *New Review* ist entweder schon tot oder liegt im Sterben. Tihanyi wurde von Banditen überfallen. Wilkie ist in den Rocky Mountains und schießt auf Wildgänse. Was, oh, was soll aus all dem werden? Weißt Du, daß June mir nicht einmal den Empfang der MSS bestätigt hat, die ich ihr geschickt habe? Statt dessen kommt mich ein Schwuler besuchen – mit einigen von Junes schmutzigen Blusen in seinem Köfferchen. Als ich aus der Villa Seurat ausgezogen bin, habe ich alle Abschriften der MSS vernichtet. Zuviel Gewicht.

Ich habe ein neues Buch in Arbeit, und Michael sagte, er werde es in Belgien veröffentlichen. Er will mindestens tausend Seiten. O. K. Immer wenn ich eine Mahlzeit in den Bauch bekomme, füge ich ein paar Seiten hinzu. Keine Maschine mehr. Sitze in den luxuriösen Amtsräumen des Carnegie Institute für die Erhaltung des Friedens und haue die Welt in Stücke. Holdrio!

Warte jetzt, daß Fred aufsteht, damit wir eine Tasse Tee und etwas Brot zu uns nehmen können. Irgendwas muß bald geschehen – oder es ist zu Ende. Ich werde mir ein Ohr abschneiden, oder eine Nase, und als Weihnachtsgeschenk verschicken.

Siehst Du, das Nahrungsproblem habe ich ganz gut gelöst. Jeden Abend bekomme ich eine warme Mahlzeit, indem ich bei meinen Freunden die Runde mache. Bei Fred bekomme ich gegen drei Uhr nachmittags ein Frühstück. Zigaretten gibt es wie selbstverständlich. Aber ein Zimmer! Scheiße, das ist der Haken!

Christine hat jede Menge Platz, aber ihr Mann hat Schuppen und kann meinen Anblick nicht ertragen. Ned Calmer hat ein Baby, und außerdem braucht das Zimmermädchen einen Platz zum Schlafen.

Eine Zeitlang habe ich überlegt, Dich und George und Doc Conason zu bitten, mir monatlich 5 Dollar zu schicken, aber am Ende wollt oder könnt ihr das nicht. Das würde für ein Hotelzimmer reichen. Service en plus.

Immerhin schreibe ich Dir, und das ist doch auch etwas. Du

kannst mich immer über Fred erreichen. Wenn sich bei mir was ändert, sag ich Dir sofort Bescheid. Wie geht es Muriel? Und Ned? Immer noch die Esel? Himmel, ist das eine verrückte Welt. Will noch mehr davon.

Henry.

# 4

# Stille Tage in Clichy 1932–33

Nachdem er zwei Jahre lang, ähnlich wie im *Wendekreis des Krebses* beschrieben, von der Hand in den Mund gelebt hatte, mietete Miller zusammen mit seinem Freund Alfred Perlès eine Wohnung und begann ein eher häusliches Leben. Seine Nahrungs- und Wohnungsprobleme waren damit im großen ganzen gelöst, und er konnte seine Energie auf Arbeit und Freizeit konzentrieren; begeistert stürzte er sich in beides hinein und begann das Leben, das er später in *Stille Tage in Clichy* gefeiert hat. «Wenn ich an unsere gemeinsame Zeit in Clichy zurückdenke», erinnert er sich in diesem Buch, «kommt sie mir wie ein Aufenthalt im Paradies vor ... wenn auch die Welt eifrig an ihrem Grab schaufelte, blieb doch noch genug Zeit, das Leben zu genießen, fröhlich und sorglos zu sein, zu arbeiten oder auch nicht zu arbeiten.»

Es war eine enorm produktive Zeit, «die arbeitsreichsten, fruchtbarsten Monate meines ganzes Lebens», wie er in einem seiner Briefe erklärte, wo er berichtete, daß er an vier Büchern gleichzeitig arbeite. Tatsächlich war dies nicht nur seine fruchtbarste Zeit; es war auch die Zeit, in der er seine besten Bücher schrieb, wobei er sich jetzt des befreiten Stils bediente, zu dem er in seinen Briefen an Emil gefunden hatte. Wie üblich schickte er ihm Teile seiner entstehenden Arbeiten, lange Abschnitte seiner drei zentralen Bücher: *Wendekreis des Krebses* (von ihm als «Das letzte Buch» bezeichnet), *Schwarzer Frühling* («Selbstporträt») und *Wendekreis des Steinbocks*. Auf Vorschlag des Verlegers Jack Kahane, der beträchtliche Bedenken gegen die Herausgabe dieser Bücher hatte, arbeitete Miller auch noch an *The World of Lawrence* (das in einigen Briefen als «die Broschüre» auftaucht). Kahane meinte, Miller sollte sich vor dem Erscheinen des *Krebses* mit einer literaturkritischen Arbeit als solider Autor etablieren.

Den Umzug nach Clichy ermöglichte eine neue Entwicklung in Millers Privatleben, nämlich sein Verhältnis mit Anaïs Nin. Mit einem Bankier verheiratet, konnte sie es sich leisten, nicht nur als seine gute Fee, sondern auch als seine literarische Vertraute und Geliebte zu agieren. Sie lebte in einem großen Haus in Louveciennes, einem Dorf vor den Toren von Paris, wo Miller sich gelegentlich aufhielt; und sie besuchte ihn manchmal in der Wohnung in Clichy. Miller, in den Briefen an Emil sonst so mitteilsam über sein Liebesleben, hielt sich in bezug auf diese Liebschaft sehr behutsam zurück und enthüllte sie nur ganz allmählich. Noch viele Jahre später – 1969 – wollte er alle Anspielungen auf Anaïs Nin aus diesen Briefen streichen. Nachdem aber jetzt ihr ungekürztes Tagebuch alles erzählt hat (bis zu einem gewissen Zeitpunkt), machen seine Briefe einen bemerkenswert diskreten Eindruck.

Im Oktober 1932 kam June zu ihrem dritten Besuch nach Paris während dieser Jahre und sorgte wie üblich für gehörige Unruhe, der Miller durch eine dann doch nicht zustande gekommene Reise nach England entfliehen wollte. Zu seiner großen Erleichterung bat June bei ihrer Abreise um die Scheidung, doch unternahm er nichts. Als er Monate später erfuhr, June sei in Greenwich Village in Begleitung eines jungen Mannes gesehen worden, ließ seine Reaktion erkennen, daß sie ihn noch längst nicht losgelassen hatte. Anaïs mag seine Traumfrau gewesen sein, die er als nächste zu heiraten hoffte, aber June blieb die große Liebe seines Lebens. Die widersprüchlichen Gefühle, die sich in seinen Briefen an Emil äußern, machen deutlich, warum er solche Mühe hatte, diese Geschichte zu erzählen, und warum er sechs Jahre brauchte, um den *Wendekreis des Steinbocks* zu vollenden.

[April 1932]

Adresse: 4 Avenue Anatole France<br>Clichy (Seine)<br>(Nicht Paris schreiben,<br>denn es liegt außerhalb der Stadt)

Lieber Emil, ich habe Deine beiden Briefe bekommen – der zweite informierte mich, daß der erste beim American Express sei, wo ich keine Post mehr abhole – also schick dort nichts mehr hin. Die obige Anschrift ist halbwegs fest. Ich habe mir zusammen mit Fred Perlès eine Wohnung genommen, die, von der Steuer am Jahresende abgesehen, 5100 Francs im Jahr kostet; damit zahlen wir jeder unter 300 Francs Monatsmiete, also weit weniger als in irgendeinem Hotel. Es ist ein Neubau in einer Reihe moderner Wohnhäuser; die Straße gleicht trotz ihres wohlklingenden Namens eher einer Straße in New York in irgendeinem neuen jüdischen Stadtteil. Fred findet es hier ganz fabelhaft, da er noch nie in seinem Leben eine anständige Wohnung gehabt hat. Bad und Küche faszinieren ihn. Für mich ist so was ein alter Hut, und es läßt mich kalt. Wenn ich die Wahl hätte, wäre mir ein schönes altes Hotel- oder Atelierzimmer lieber.

Aber wir sind hier eingezogen mit der Abmachung, daß wenn einer von uns seinen Job verliert, der andere ihn unterstützen wird. Und so freue ich mich mitteilen zu können, daß ich meinen denn auch gleich losgeworden bin. Ja, man hat mir zum 15. gekündigt – Sparmaßnahmen! Während der Urlaubszeit könnte ich wieder unten als Korrekturleser arbeiten, aber das weiß ich im Augenblick noch nicht genau. Du kannst Dir nicht vorstellen, was ich durchgemacht habe, nachdem ich dieses verzweifelte Telegramm wegen Dijon losgeschickt hatte. Die ganze Nacht vor meiner Abreise habe ich im Select gesessen und versucht, die letzten 50 Francs für das Fahrgeld zusammenzukriegen. Ich dachte, wenn ich erst einmal da wäre, wäre alles in Butter – eine Zuflucht für sechs Monate. Als erstes erfuhr ich dann, daß ich kein Gehalt bekäme – nichts, nichts. Bloß Fressen und ein Zimmer. Aber da ich jetzt Rainer Maria Rilke lese (seine *Aufzeichnungen des Malte Laurids Brigge*), entwickle ich ein gewisses

Verständnis für dieses alte Zimmer mit dem schnuckeligen Ofen und dem komischen Ofenrohr, das ständig auf mein Bett zu stürzen drohte. Ich weiß nicht mehr, ob und wie viel ich über Dijon geschrieben habe, also verzeih mir, falls ich mich wiederhole. Die jungen Franzosen haben mir gefallen, die maîtres d'internat (les pions, wie man die nennt), mit denen ich mich zwangsläufig abgeben mußte. Wir hatten ein paar wunderbare Gespräche und einige herrliche Abende beim Wein. Am letzten Abend haben wir Glühwein mit Zucker gemacht, bloß vin ordinaire, aber es war köstlich. Du mußt Dir mal eine Flasche holen und das machen, Emil. Es versetzt Dich in wundervolle Glut. Nun, einiges von den Erfahrungen in Dijon habe ich in mein Buch eingebaut, und falls ich je dazu komme, Dir Abschriften zu schicken, von denen ich sicher bin, daß ich sie nicht noch brauche (wie es mir gewöhnlich ergeht), wirst Du einen guten Schluck davon bekommen. Weißt Du, Emil, dieses Buch (das ich vorläufig «Das letzte Buch» nenne) hat Ähnlichkeit mit Deinem schönen großen Koffer aus kräftigem Leder, der sich erweitern und zusammenlegen läßt, in den Du alles durcheinander hineinwirfst, ohne Rücksicht, ob die Sachen gestärkt oder gebügelt oder fleckig oder nicht fleckig sind. (Wie nennt man das noch mal? – Ich vergesse jetzt verdammt viele Wörter, besonders die Namen von Gegenständen. Ich bin oft verwirrt, wenn Fred mich fragt: «Wie sagt man dazu auf englisch?», und manche Wörter sind für immer weg oder jedenfalls für so lange, bis ich wieder nach Amerika zurückkomme. Aber was soll's, die wenigen, die ich noch habe, werden mir schon durchhelfen!

Zurückkommen. O ja, es wäre toll, Dich wiederzusehen – ich denke andauernd an Dich – das ist eine Art Witz zwischen Fred und mir geworden – . . . . wenn ich irgend etwas sehe, Rundschreiben, Theaterkarten, Plakate, Witze, komische Gegenstände, charmante Huren, sage ich: «Das werde ich Emil Schnellock schicken.» Freilich schicke ich nur sehr wenig. Aber bald wird's losgehen. Seit einiger Zeit bekomme ich solide finanzielle Unterstützung – das ist eine lange, lange Geschichte, und fast habe ich Angst, jetzt schon davon anzufangen. Erzähl keinem davon, bitte. Eines Tages werde ich die Sache ausplaudern – muß in einem eigenen Brief abgehandelt werden. Auf alle Fälle geht es mir hier, ob's stürmt, hagelt oder schneit (Penn. Post Office), besser als in New York.

Wir haben hier beträchtliche Arbeitslosigkeit (chômage), aber das berührt mich nicht. Wie ich höre, macht die *Tribune* in ein paar Monaten den Laden dicht. Aber auch das beunruhigt mich nicht. Nach dem, was ich durchgemacht habe, seit ich Lebwohl gesagt und jenen Zehn-Dollar-Schein genommen habe, ist mir alles ziemlich gleichgültig – jedenfalls alles, was mit Entbehrungen zu tun hat. Während meines Aufenthalts in der schönen Villa Seurat bei Michael Fraenkel, als ich nie einen Cent in der Tasche hatte, sondern bloß eine Liste von Leuten, bei denen ich reihum abends essen ging, während dieser Zeit, sage ich, war ich so glücklich wie nie zuvor in meinem Leben. Ich war am Leben! Und alles hat mich um mein Lächeln beneidet (rose et fraise, comme dit M. Halasz); mit meiner guten Laune, meinem Mut, meiner Unbekümmertheit mußte ich alle die Elenden stärken, die über ihren regelmäßigen Mahlzeiten ihren geistigen Appetit verloren hatten. Nein, Emil, ich will nicht nach Amerika zurück. Nur eine Katastrophe könnte mich dazu bringen. Das hier ist meine Welt, das weiß ich schon seit sehr langer Zeit, und ich bedaure nur, daß ich für die Entscheidung so lange gebraucht habe. Was für ein anderer Mensch wäre ich jetzt, wenn ich mit einundzwanzig die Sorbonne besucht hätte, oder das alte Heidelberg, oder Sevilla, oder Madrid. Alles, nur nicht das City College. Dennoch war es noch nicht zu spät. Ich werde nie ein Europäer werden, aber Gott sei Dank bin ich auch kein Amerikaner mehr. Ich bin eines jener Wesen, die man «Expatriierte» nennt, freiwillig im Exil lebende. Ich habe kein Heimatland, keine Grenzen, muß keine Steuern zahlen und für keine Armee kämpfen. Und ich liebe Frankreich über alles. Mich schmerzt allein, daß das, was ich jetzt schreibe, meine Ausweisung aus Frankreich zur Folge haben könnte. Das ist keine Übertreibung. Ich glaube, seit mehreren Jahrhunderten (ernsthaft) hat es nichts mehr so Wildes, Brutales, Offenes und Aufrichtiges gegeben wie das, was ich gerade schreibe. Voranstellen werde ich dem Buch einen Lobgesang auf Luis Buñuel, den Mann, dem ich meine Selbstentdeckung zu verdanken habe, auch wenn er gar nichts davon weiß. Tatsächlich hätte ich die Entdeckung auch selbst gemacht, aber diese beiden Filme – Himmel, da steckte Wahrheit drin, eine Erfahrung, die einfach die Wolken aufgerissen hat, so daß ich mich nackt zur rechten Hand Gottes sitzen sah und mir ausführlich seinen grindigen Hintern betrachten konnte. Die Vorstellung, Literatur zu schreiben, habe ich vollständig hinter mir gelassen, falls Du verstehst, was ich damit sagen will. Auch das erfordert etliche Erklärungen, und wenn ich mit dem Brief an Samuel Putnam fertig bin (wegen seiner *European Caravan*), wirst Du vielleicht verstehen, worauf ich hinauswill. Das ist wichtig, Emil. Mit einem Wort gesagt, bedeutet es, daß ich mit meinem Weggang aus Amerika gleichzeitig auch meine sämtlichen vorgefaßten Meinungen zur Literatur über Bord geschmissen habe. Praktisch seit dem Tag meiner Ankunft spürte ich etwas Neues in der Luft, in meiner Luft. Als ich mir die Schaufenster ansah, die Bücher, die Manifeste, die Titel, die Ideen, die sich dort vermehren wie summende Fliegen, da begriff ich, was mich da eigentlich vorwärtsgetrieben hatte – daß meine Flucht letzten Endes symbolisch gewesen war – genau wie van Goghs Flucht nach Arles und Gauguins Flucht nach Tahiti symbolisch war. Ah, Du lächelst – ich setze mich mit den Großen auf eine Stufe. Ja, Emil, das tue ich. Ich bin da. Ich weiß, was ich wert bin. Ich sage das ganz bescheiden. Ich bin lange herumgestreunt, habe Mist geschrieben. Ich habe zuviel zugehört, ich war wie gebannt. Aber jetzt bin ich vierzig, und obwohl ich die lange abschüssige Strecke vor mir sehe, spüre ich meine ganze Kraft, meine Weisheit; ich kann jetzt etwas leisten – der Weg ist markiert... ich habe eine Richtung.

Das muß sich anhören, als hätte ich Haschisch genommen, aber nein, ich sitze hier um halb zwei morgens im Büro und bin völlig fertig von diesen Börsenzahlen, Abitibi, Kraftwerke und Licht, Wabash-Stammaktien und U.S. Gummi-Vorzugsaktien. Scheiß auf alle diese Chiffren. Bald bin ich wieder frei – ab

15. April. Fred wird für mich sorgen. Ich werde wie eine gutversorgte Mätresse zu Hause bleiben und Maniküre treiben. Ab und zu werde ich ein bißchen tippen, *Le Grand Meaulnes* oder *Les Temps Retrouvé* lesen. Ich lese kaum noch englische Bücher. Es gibt keine, die mich interessieren. Faulkner fand ich platt und plump, damit ihr's nur alle wißt. Sag das vor allem Buzby.

Wenn man aus Paris fort war, ist die Rückkehr ein richtiges Erlebnis. Ich war nur drei Wochen in Dijon – habe in dieser Zeit kaum ein Wort Englisch gesprochen –, und als ich dann eines milden Winterabends in die Gare de Lyon einfuhr, zerrte es mich schier durch die Straßen. Himmel, was für Gefühle regten sich da in mir. Wenn ich früher mal nach New York zurückkam, glaubte ich immer zu versinken. Ich konnte diese verdammte finstere Skyline nicht ausstehen, diese Menschenmassen, diese jüdischen Gesichter, diesen scheußlichen Gestank in den Straßen. Paris lächelt – diese Stadt heißt einen willkommen ohne Unterschied der Rasse, der Religion oder der Hautfarbe. Das Gemüse sieht hier freundlicher aus, die Frauen fröhlicher, die Arbeiter fleißiger, die Polypen intelligenter. Die Stadt ist alt, aber nicht gramgebeugt. Und diese wundervollen Dächer – all diese verfluchten schwarzen Schornsteine, die schrägen Atelierfenster, die Mauern mit ihren Spuren von Zimmern, die es nicht mehr gibt, die Brücken, jede einzelne wie ein Gedicht, und die Statuen, so abscheulich sie auch sein mögen, schließlich gefallen sie einem, man bewundert sie, sie sind ein Teil des Ganzen, auf das der Blick sich freut. Und dann diese heiteren, schnellzüngigen Wortwechsel, der Witz, die Aufgewecktheit, der französische Humor – Ach, ich kann das nicht richtig ausdrücken, aber Du verstehst mich wohl auch so. Das ist jetzt praktisch meine Heimat, auch wenn ich noch immer Ausländer bin und es auch immer sein werde. Aber wann immer ich eine Reise mache, wird es Paris sein, wohin ich wieder zurückkehren will – nicht New York. New York gehört zu einer abgeschlossenen Vergangenheit, einer Vergangenheit, die einem bösen Traum gleicht. Gelegentlich gehe ich ins Kino und sehe mir die amerikanischen Filme an, aber wie langweilig sind die! (*Street Scene* zum Beispiel; läuft zur Zeit im Vieux Colombier vor auserwähltem Publikum) – was für ein billiger, sentimentaler, falscher Film! Als er vorbei war und ich ins nächste Bistro rannte, wie froh war ich da, in Paris zu sein und nicht irgendwo in Brooklyn Heights. Kürzlich habe ich *L'Amour à l'Americaine* mit Spinnelli gesehen. Eine wunderschöne Parodie auf die amerikanische Frau, auf die amerikanische Liebe. Völlig übertrieben und weithergeholt, aber wahr, wahr. Bei weitem wahrer als *Street Scene*.

• • • •

Ja, die Frau beherrscht uns in Amerika, das läßt sich nicht bestreiten. Ich beobachte diese glücklichen Franzosen um mich her, und ich bewundere die Frauen, die Ehefrauen. Die besten Ehefrauen der Welt. Beweis: der französische Mann behandelt seine Frau gut und wie eine gleichberechtigte Partnerin, redet intelligent mit ihr, liebt sie, schmust mit ihr; und sie reagiert darauf, sie ist eifersüchtig auf ihn, aber sie ist auch gehorsam und sehr liebevoll, tierhaft. Schön ist das. Das Ganze ist nämlich eine wirkliche Einheit und nicht bloß irgendeine verlogene Komödie, die beim kleinsten Druck kaputtgeht. Ich muß jetzt Schluß machen – Fred wartet schon, um mit mir nach Hause zu gehen. Unser Weg führt durch Montmartre – Place Pigalle, Place Clichy, sämtliche Nachtclubs offen und überfüllt, lauter Lärm in den Bars um drei Uhr morgens – ach, Scheiße, wenn Du doch hier wärst – wenn, wenn ... Ich vermisse Dich ungeheuer.

Henry

P. S. Fortsetzung folgt in wenigen Tagen. Vergiß die MSS nicht, wenn's geht. Kommt noch mehr – *Frou-Frou* etc.

[18. April 1932] 4, Ave. Anatole France
Clichy (Seine),
Frankreich

Lieber Emil:
Als erstes stell Dir vor, sie hat den wundervollen Namen Mona Païva – mit zwei Pünktchen auf dem i! Ihr Mann ist in Nordafrika und trägt die schöne Uniform der Armee des Halbmondes. Vor ein paar Tagen haben wir ihm in der Gare St. Lazare zum Abschied gewinkt; dieser Bahnhof ist von allen, durch die ich je gekommen bin, der beste auf der ganzen Welt. Du erinnerst Dich, wie ich einmal bei einem heftigen Sturm in der Gare St. Lazare auf Anatole gewartet habe – draußen hinter den Glaswänden peitschte der Regen durch Rauch und Dampf, langsam fuhren die Lokomotiven herein, ihre monströsen Augen durchdrangen die Düsternis, an ihren heißen Flanken hing violetter Dunst. Und heute nacht fällt in Clichy sanfter Regen. Der sanfte Regen, Emil, und vino auf meinen Lippen. Den ganzen Tag der Regen und vino, vino, vino.

Zuallererst sollte ich Dir sagen, daß sie Türkin ist. Sie kommt aus Stambul, und noch vor wenigen Jahren trug sie den Schleier. Das soll Dir einen Eindruck von der Heiligkeit ihrer Sexualität vermitteln. Sie hat den Schleier abgelegt, aber all die unsichtbaren Schleier ihrer Rasse verhüllen sie noch immer. Sie gibt sich einem hin, ohne sich dabei wegzugeben. Wenn ich im Dunkeln in sie eindringe, schreit ihr Fleisch in einer geheimnisvollen Sprache, und überall, wo ich blaue Flecken hinterlassen habe, duftet es nach Rosenblüten.

Ich bin zum Boulevard de Clichy und wieder zurück gegangen. Der Regen hängt noch in meinen Augen und der vino an meinen Lippen. Auf dem Küchentisch steht alles noch so, wie sie es zurückgelassen hat. Ich bringe es nicht über mich, die von ihr geschaffene verschwenderische Unordnung zu zerstören. Da liegt das Obst, schwer und köstlich, als warte es nur darauf, noch einmal von ihrer Hand gestreichelt zu werden; in der Salatschüssel schwimmen noch ein paar Salatblätter, und durch den würzigen Saft kann ich den Preis der Schüssel lesen, den wir vergessen haben abzuwaschen. Ich sehe wieder ihre Hände, die helle Olivenfarbe vor dem zarten Grün des Salats, den kühlen, rostfreien Elfenbeinring – Hände, die nicht dazu geschaffen sind, Salat zu waschen. Wir drei sind mit den Vorbereitungen für das bescheidene Festmahl beschäftigt. Die Wände sind sehr weiß und an den Wasserhähnen hängen mutlos zwei blasse Gummischläuche. Irgendwie habe ich das verrückte Verlangen, sie den Schlauch anfassen zu sehen, das perverse, übersättigte Verlangen eines Aristokraten, der seine Geliebte zu einer Kuh führt und ihr gebietet, sie zu melken.

*Wir stehen vor der Krise der orphischen Sprache.* Dies sage ich mir immer wieder auf, wenn ich mich schlafen lege. Krise der orphischen Sprache... Worte, die instinktiv als fließendes Medium einer Vision behandelt werden... Der Dichter ist nicht daran interessiert, die Welt zu verändern. Er will nur sich selbst verändern. Seine Gestalt ist in Bewegung. Er kämpft gegen das Nichtsein. Er formt die Vision, die er leidet.

Das ist das Zeug, an dem ich im Schlaf kaue, abgerissene Sätze aus *The Language of Night*, die Mr. Jolas in hypnagogischer Halluzination ausgespien hat.

• • • •

Ich legte mich in einer feuchten Morgendämmerung nieder, friedlich läuteten die Glocken. Die Kräfte, die ich während meiner zwei Jahre in Paris unbekümmert vergeudet hatte, erwachten wieder in meinen Adern. Die Glocken spielten auf allen meinen Nervenfasern, und meine Augen wollten sich nicht schließen, mein Herz wollte nicht aufhören zu klopfen. Wie seltsam, dachte ich, daß ich nach Clichy kommen sollte, um diese Frau aus Stambul kennenzulernen. Noch seltsamer aber dieser explodierende Körper, diese in Nacht verwandelte Frau, Wörter, die sich wie Maden durch die Matratze nagen, all die bruchstückhaften Äußerungen, ihr Stöhnen, der Wahnsinn meines Schreibtischs, Briefe ertrinken auf dem Boden im Muskatwein, Nairobi und Timbuktu, der Prix Goncourt für Fred und wieder die Glaswände der Gare St. Lazare, seine Glaswände in einem Französisch, das zu Tränen wird... Zu Fuß zur Place de Clichy geht man etwa 35 Minuten. Araber wanken betrunken nach Hause, entgleist in La Fourche. *Amour et Discipline* im Legendre Cinéma. Die Tragödie von Mayerling mit Lil Dagover. Bertha, gib mir meine Briefe zurück. Rose Cannac und Neapel sterben im Sonnenschein. Alle diese Frauen – Rose, Bertha, Tania, Mlle. Raymonde, Simone, Germaine, Odette, Brigitte Helm, Olga Tschechowa, Lil Dagover, Marlene, Damia, Meg Lemmonier, Spinnelli, all diese Frauen nehme ich in meine Arme und mache einen Strauß aus ihnen, den ich Mona überreiche... *Die Projektion einer Metamorphose der Realität...* Ich öffne das Fenster, und auf Mr. Jolas' Geheiß werfe ich meine biedermeierliche Ordentlichkeit hinaus. In der Nacht des 18. April 1932 bitte ich die Welt für meinen orthodoxen Gebrauch der Sprache um Verzeihung. Ich bitte Gott, seinen kleinen Finger in meine Wunden zu legen und meine Nervenfasern in Unordnung zu bringen. *«Warum sollte der Dichter Angst haben, sich dem tellurischen Aspekt der Welt zu stellen?»*

Hast Du je die Flotte im Pazifik manövrieren sehen? Wenn der Bug eines Schlachtschiffs nach unten taucht, überflutet das Gewicht seines Eintauchens deine Ohren; es gibt nichts Majestätischeres als eine Flotte von Schlachtschiffen, die von einer schweren See überspült werden. Finde das richtige Wort für Gewicht und gib ihm einen Anstrich grauer Farbe. Sämtliche Gewürze Arabiens im Spektrum, die langsam eintauchenden Schanzdecks, die Vorderseiten voller Löcher, Gewicht und Tonnen von Gewicht, Schleimgischt, Smaragde und Saphire gleiten, grau ausgewaschen, neutralgrau, Neutrum, Neurologie. Die Geschützlafetten drehen sich sanft wie Löwentappen, speien, sabbern ein bißchen; das Firmament sackt ein und alle Sterne werden schwarz, der schwarze Ozean blutet, brütet, gedunsene Fleischstücke, strahlende Uniformen, Messingknöpfe, grüne Milchpfützen auf dem Deck, und Vögel kreisen halluzinierend, bis der Himmel wieder ins Gleichgewicht kommt. Niemand hat den Äquator besungen, die rotbefiederten Beine, Inseln, die außer Sicht versinken. Eine über den Pazifik abgeschossene Kanone fällt in den Weltraum, weil die Erde rund ist, und Tauben fliegen auf dem Rücken. Das Wasser stürzt in deine Ohren und der Bug verbreitert sich wie ein angstverzerrtes Gesicht.

Am Tisch wurden Monas Augen grün. Innen sitzender Kummer hatte seine Nase an ihrem Rückgrat plattgedrückt; mit Selbstmitleid gefülltes Mark war flüssig geworden. Ihre Finger bluten vor Schmerz, weil sie so glücklich ist. Ihr Leichnam ist sehr leicht; auf dem Toten Meer würde er schwimmen. Wir sind so glücklich, Mona, auch nur deine Leiche zu besitzen. Aber warum bluten deine Finger, wenn alles Leben deinen Körper verlassen hat?

Mona, bevor du kamst, ging ich an der Friedhofsmauer entlang. Ein Junge trat einen Ball über die Mauer, und der sprang auf ein Grab. Es war die Straße von Chance-Milly, nicht weit vom Friedhof, wo ich stehenblieb und sagte: «Dies ist der erste Friedhof, auf dem es mir je gefallen hat.» Und dann stelle ich mir Minnie Imhof vor, wie sie nackt unter einem Kruzifix liegt. Es war das erste Mal, daß ich eine nackte Frau gesehen hatte. Eine nackte Katholikin. Angenommen, Schlachtschiffe wären nackt und trügen Kruzifixe?

Als um drei der Hahn zu krähen begann, fühlte ich, daß du mir meine Kraft zurückgegeben hattest. Um fünf war ich in Nairobi, Wells Fargo. Hyänen mit grünen Rachen, Schakale mit seidigen Schwänzen, Dik-Diks, mit Juwelen geschmückte Leoparden, alle in der boma zurückgelassen. Wenn man nach Nairobi kommt, hat man den Garten Eden verlassen. Nichts im ganzen Buschland ist scheußlicher als das Lachen der Hyäne.

Bevor ich ins Bett gehe, verleihe ich Fred den Prix Goncourt. Wenn man seine ganze Kraft beisammen hat, ist Gerechtigkeit etwas Leichtes...

Freds Sprache, wie sie mich anrührt! Er weckt in mir ein heißes Verlangen nach einer Art von Schönheit, die vollkommen außer meiner Reichweite ist. Eines Abends sagte er zu mir: «Wenn du wirklich wüßtest, was Liebe ist – es ist das einzige, was dir fehlt –, dann wärst du ein Genie, ein zweiter Goethe vielleicht.» Als ich am Fenster stand und sein Manuskript las, bekam ich eine Ahnung von dem, was Fred meinte. Ich glaube nicht, daß er Marcienne je geliebt hat, oder überhaupt irgendeinen Menschen (denn er ist unfähig zu lieben), aber ich glaube, daß er liebte, was Marcienne für ihn tat, wie sie ihn dazu brachte, sich mit der Welt anzufreunden. Als ich diese ersten Zeilen über Liebe und Frühling las – all dies Murmeln und Rascheln des Waldes, für mich ein wenig undeutlich, da mir die Bedeutung seiner Worte oft entgeht –, begann ich zu schmelzen. Ich empfand den Wunsch, Marcienne sollte auf der Stelle herkommen und mit uns zusammen leben, mit Fred zusammen leben, natürlich. Fast hätte ich Lust, ihm beizubringen, sie zu lieben; ich möchte ihre Hände zusammenlegen und Fred, der so kindlich selbstsüchtig und in sich gekehrt ist, dazu bringen, Marcienne und ihrem Kind sein ganzes Leben zu opfern. Und wenn er sich weigern sollte, nun, dann würde ich es tun! Wie wunderbar, eine Marcienne zu kennen, sich in ihrer Unwissenheit zu sonnen, sie zu beschützen und ihr im Traum Dinge zu sagen, die sie gar nicht begreifen kann. Ich brauche Marcienne nicht, aber in mir ist Platz für alle Marciennes dieser Welt mitsamt all ihren Bälgern, besonders wenn ihre Bälger Bastarde sind. Ich liebe kleine Bastarde. Wie gern würde ich einen Wurf Bastarde erzeugen und in der Lage sein, auf meinen Streifzügen durch die Welt überall meine Söhne und Töchter zu begrüßen.

Aber vergessen wir Marcienne – sie ist nicht wirklich wichtig –, ich möchte noch einmal auf Freds Sprache zurückkommen. Eine magische Sprache, so leicht, so ätherisch und zart, so erfüllt von fahlem Licht und wehmütigen Seufzern, so durchgeistigt und voller verstecktem Humor. Er beklagt, daß er so mühelos über alles und nichts schreiben kann. Er sollte stolz darauf sein, stolz auf das Wissen, daß alles ihn verzaubern kann, seien es Streichhölzer, Haarnadeln oder was auch immer er sich zum Thema nimmt. Und das bezieht sich nicht ausschließlich auf die Form, auf das, was man Stil nennt, etc. Überhaupt nicht. Sondern daß er in seinem ungreifbaren, unwägbaren, so ungemein flüssigen Stil unablässig sich selbst auflöst; es quillt aus ihm hervor wie Zahnpasta, aus einem unerschöpflichen Vorrat, der immer die richtige Konsistenz hat, immer Wohlgeruch verströmt, immer feucht ist und dem Gaumen schmeichelt. Mehr noch – ohne es zu wissen, besitzt er jene verschlagene, spöttische, sich selbst nicht ernst nehmende, herrlich sensible Art, sich mit sich selbst zu befassen, wie ein Hamsun in Bestform sie uns zu bieten hat. (Warte, Mutter wird die Spucke von den Wänden waschen!) Er bläst einen Gegenstand sachte an, und er schwebt, er atmet und nimmt unendlich viele Formen an. Ich denke an Seifenblasen, wenn sie noch am Pfeifenkopf kleben, wenn sie gebrochen und verbogen werden, wenn sie zittern und es ihnen beinahe gelingt loszukommen, wenn sie sich in die Länge ziehen und die Farben im Innern heftig durcheinanderwallen und alles Gespiegelte in jener grotesken Verzerrung herumtanzt, die unseren Sinnen so ungeheuer angenehm ist. Ach, es ist erbärmlich, was ich über Freds Texte sage. Der Prix Goncourt reicht nicht aus, aber wenigstens den soll er bekommen, für den Anfang wenigstens den! Ich übergebe Dir diese seine Blätter mit den empfindsamsten, keuschesten, ehrfürchtigsten Gefühlen. Ich halte sie für außerordentlich schön, unvergleichlich auf eine prä-hypnagogische Weise, und hier und jetzt will ich sagen, daß Fred, woran immer es mir auch mangeln mag – Liebe, Dankbarkeit, Zärtlichkeit –, mir dies durch seine Sprache offenbart hat. Der Zauber seiner Worte rührt mich zu Tränen, und ich weiß, daß es in der Welt eine Schönheit gibt, die völlig außer meiner Reichweite ist, und ich verbeuge mich davor. Die Tür zu dieser Welt habe ich zugeschlagen, und ich werde nie versuchen, sie zu öffnen, doch muß ich gestehen, manchmal, nachts, gehe ich zurück und stehe schwermütig vor dieser Tür in dem Bewußtsein, daß ich auf eins der begehrtesten, köstlichsten Geschenke verzichtet habe.

• • • •

12. Juli 1932
4, Ave. Anatole France
Clichy (Seine), Frankreich

Emil:
Ich hab Dir viel zu erzählen. Weiß nicht, ob ich das alles in diesen Brief reinquetschen kann. Zunächst einmal reise ich vorläufig noch nicht nach Spanien. Ich habe Verbindung mit Paul Morand aufgenommen und werde wohl in den nächsten zwei Monaten einiges für ihn übersetzen – nichts Geringeres als Reden für seine nächste Amerika-Reise. Die Arbeit ist mir scheißegal, aber ich hoffe, wenn ich erst einmal festen Kontakt mit ihm aufgebaut habe, seine Unterstützung zu gewinnen – wofür? – für die Zukunft. Genaueres dazu sage ich Dir in ein paar Wochen.

Ich lege hier auch eine Abschrift des «Neuen Instinktivismus» bei. Was Du über den *Rona*-Brief gesagt hast, brachte mich auf den Gedanken, daß Du oder George vielleicht eine Möglichkeit findet, das zu verkaufen – als schlüpfriges Zeug. Putnam hatte zugesagt, es in seiner *New Review* zu veröffentlichen, und dann hat er kalte Füße bekommen – Angst vor juristischen Verwicklungen. An der Stelle haben wir sofort aufgehört – ich sage das, weil wir es, falls es euch zu wenig umfangreich erscheinen sollte, noch beträchtlich erweitern könnten. Es ist humoristisch gemeint, mußt Du wissen. Auf alle Fälle sieh bitte zu, daß ich es zurückbekomme, denn es ist das einzige vorhandene Exemplar, und wir hängen gefühlsmäßig sehr daran.

Morgen schicke ich Dir Anaïs' Buch über Lawrence – wie Du sehen wirst, ist es für Buzby bestimmt, aber ich wollte Dir die Chance geben, es vorher noch zu lesen. Du gibst es ihm doch für mich weiter? Wenn es Dir sehr gefällt, werde ich versuchen, Dir ein neues Exemplar zu besorgen. Es sind nur noch wenige übrig – und aus Gründen der Diplomatie wollte ich George eins zukommen lassen. Hast Du über meinen Freund Jacques Renaud irgendwelche MSS von mir aus Dijon bekommen? Ich habe ihn gebeten, ein paar Entwürfe zu einem Artikel über Montparnasse und auch noch was anderes, glaube ich, an Dich weiterzuleiten.

Solltest Du von einer Grace Flandrau noch andere MSS erhalten, laß es mich wissen, ich sage Dir dann, wie Du damit verfahren sollst. Ich benutze Dich als Verteiler, weil ich weiß, daß Du Deine Nase gern in diese Sachen steckst. Ich überlasse Dir alles, was ich nur irgendwie freigeben kann. Ja, die Sache über Buñuel habe ich bekommen, hat mich sehr gefreut. Mit der nächsten Post kriegst Du sie zurück.

Zu meinem Buch – nein, da ist noch nichts entschieden. Vor ein paar Wochen sah es anders aus. Fraenkel wollte es in Belgien herausbringen – aber dann kam sein Kompagnon Walter Lowenfels völlig aufgebracht (wegen *Of Thee I Sing*) aus Amerika zurück, die beiden fielen auseinander, und mein Buch fiel dazwischen. Aber Anaïs ist sicher, daß sie es an den Mann bringt. Anfang August fahren wir zusammen nach London, um die großen literarischen Leuchten zu besuchen. Rebecca West hält sehr große Stücke auf ihr Buch über Lawrence. Und falls es damit nicht klappt, wird sie ihren Pelzmantel verkaufen und es auf eigene Kosten drucken lassen. Unterdessen feilsche ich mit Caresse Crosby und Peter Neagoe über das Buch, und ich will Dir eine besondere Freude machen! Ich schicke Dir, als Geschenk, die ersten rund hundert Seiten des Originalentwurfs. Beim Umschreiben hat es einige drastische Einschnitte gegeben, aber es hat nichts eingebüßt von seiner Schärfe, Obszönität und rufmörderischen Attitüde. Aber ich bitte Dich um den großen Gefallen, das nicht herumzuzeigen. Emil, das Buch ist wirklich phantastisch – und einmalig. Ich denke, es wird einen Aufruhr verursachen und sich gleichzeitig als Renner erweisen – einfach weil es seinem Wesen nach etwas Sensationelles hat. Aber Scheiße! Schluß mit der Prahlerei. Mehr Telegramme von Anaïs – persönlich, Emil – persönlich. Ich treibe es wirklich toll. So ziemlich die fruchtbarste Erfahrung meines Lebens. Heute ist Anaïs nach Tirol abgereist. Ich arbeite hart und bin glücklich – und Spanien kann warten. Kommt das auf dem Foto raus?

• • • •

Zu Buñuel – ja, im wesentlichen habe ich das so geschrieben. Auf alle Fälle ist der Eindruck wahrheitsgetreu. Ich werde ihm mein Buch widmen, mußt Du wissen. So viel halte ich von ihm. Mehr als jeder andere hat er mich erkennen lassen, was ich sagen wollte, und wie ich es sagen sollte – nämlich mit Mut. Er ist Surrealist – und drüben bei euch wird man Dir sagen, der Surrealismus sei tot, aber glaub das bloß nicht. Der orphische Mythos wird wieder zum Leben erweckt. Bruder, das hat etwas zu bedeuten. In Kürze schicke ich Dir Fraenkels Artikel über «Das Wetter», der Dir eine gründlichere Vorstellung von dem vermitteln wird, was ich hier nur andeute. Ich denke, daß nur sehr wenige Leute das verstehen werden. Ich selbst hatte anfangs einige Schwierigkeiten – aber ich bin ihm treu geblieben und habe eine Menge von ihm gelernt. Ich halte diesen Artikel für ungeheuer wichtig – für ein Werk, das direkt an Spengler anschließt. Es liest sich wie eine Zusammenfassung. Aber er hat genug Notizen, um es zu einem sehr dicken Band zu erweitern. (Du mußt bei allen diesen Versprechungen nachhaken. Hetz mich, bis Du alles bekommen hast. Manchmal werde ich gleichgültig, einfach weil die Verbindung abgerissen zu sein scheint. Du bist der einzige, mit dem ich eine richtige Korrespondenz führe – auf dem amerikanischen Kontinent.)

Emil, ich wünschte nur, Du könntest kommen. Diese letzten zweieinhalb Jahre waren für mich die wichtigste Zeit meines Lebens. Ich habe so oft das Gefühl, was für ein Jammer es ist, hier allein zu sein – denn jetzt ist die Zeit, wo wir die Dinge gemeinsam erleben sollten. Ich verstehe Deine Lage durchaus, und ich will Dir weder Vorwürfe noch Vorschläge machen. Jeder muß seinen eigenen Weg gehen, und auf seine Weise. Aber schreib mir öfter! Ich habe Dir so viel zu sagen. Zumindest würde es Dich aufmuntern.

• • • •

Das auf dem Foto ist Fred. Der kleine Pint, der den ganzen Tag Blumentöpfe macht. Er hat jetzt hier eine kleine Möse bei sich wohnen – Paulette. Sie ist zwischen zwölf und vierzehn Jahre alt. Wir wissen nicht, was wir mit ihr anfangen sollen. Mußten ihr zeigen, wie man eine Spülspritze benutzt. Kein Wort zu June über Anaïs. Sie weiß von Anaïs. In Kürze schreibe ich Dir einen ganzen Brief über dieses Thema. Wir haben jetzt circa 32 Grad, und ich klebe auf meinem Stuhl. Ich denke, ich werde Dir auch einen Durchschlag von meinem Roman schicken können. Erst mal warte ich auf Nachricht von Buzby. Hat er Dir eigentlich die Fotos von Brassaï gezeigt? Ich habe noch einige Aquarelle für Dich. Schreib!!!

Henry.

5. Okt. 1932

Lieber Emil:

....

Ich nehme an, Du wirst von einem Mr. Bradley (Paris) eine Abschrift der ersten rund 60 Seiten meines neuesten Buchs erhalten – *Wendekreis des Steinbocks*. Ich habe noch einen etwa gleich langen Teil, den ich an Dich weiterleiten werde, sobald ich Bradley wiedersehe. Diese Abschrift sollst Du aufbewahren – sie ist unberührt; ich weiß, bei Dir ist sie sicher. Sollte ich je meine Habseligkeiten verlieren, wie es mir schon mehr als einmal passiert ist, könnte ich mich an Dich wenden. Selbstverständlich wird es da noch Korrekturen und Streichungen geben. Im großen ganzen aber gefällt es mir – nehme an, ich werde noch mindestens tausend Seiten lang so weitermachen. Würde jedoch gern erfahren, ob es sicher bei Dir angekommen ist.

Etwas anderes – hast Du den «Neuen Instinktivismus» bekommen? Gibt es oder gäbe es irgendeine Möglichkeit, in Amerika eine Broschüre dieser Art drucken zu lassen (über Buzby oder Harold Mason oder Deinen Freund in L. I., Tony von Soundso)? Wir könnten das endlos so weiterschreiben – «gegen». Für mich ist das von einem rein «humoristischen» Standpunkt aus nicht übel – und für manche oder viele dürfte es auch den Reiz des Anstößigen haben. Äußere Dich dazu!

Und hast Du je die Ausgaben der Zeitschrift *Frou-Frou* erhalten? Eigentlich dürfen die nicht per Post verschickt werden. Falls sie doch durchkommen, habe ich noch mehr für Dich. Unter meinen beigefügten Notizen findest Du eine Passage über *Utrillo*. Ich glaube, die stammt aus Carcos *The Last of Bohemia*. Demnächst werde ich noch mehr Exzerpte anfertigen – aus Keyserling und aus Barbusses *Die Hölle*. Übersetzt Fraenkel Dir die Sachen – siehst Du ihn noch gelegentlich? Grüße ihn herzlich von mir. Ich bin fleißig wie der Teufel – großer Schub kreativer Energie.

Henry.

P.S. *This Quarter* – die letzte Ausgabe ist ganz den Surrealisten gewidmet – und von ihnen herausgegeben. Du findest auch etwas von Buñuel darin. Besorg sie Dir – muß in den U.S. erhältlich sein. Falls Du einmal Buzby siehst, würdest Du ihn bitten, meine MSS von Madeleine Boyd zurückzufordern? Und June – sie kommt bald – ich wünschte bei Gott, sie würde alle meine Papiere mitbringen.

P.P.S. Es besteht eine vage Möglichkeit, daß ich im Frühjahr «auf einen Besuch» in die Staaten kommen kann – mit Anaïs. Sie und ihr Mann müssen geschäftlich nach N.Y. Falls ich komme, nehme ich Dich mit hierher zurück.

14. Oktober 1932
4. Av. Anatole France
Clichy (Seine), Frankreich

Lieber Emil:
Gerade ist Dein Brief gekommen, und hier sitze ich wie üblich nur eine Stunde später und beantworte ihn – beachte den Unterschied zwischen uns (Du verschiebst die Antwort, weil Dich das bei der Arbeit stören könnte; und ich verschiebe die Arbeit, um die Antwort zu schreiben! Kein Vorwurf – nur ein kleiner Unterschied – es lebe der kleine Unterschied, Papa! Natürlich wirst Du für die Arbeit bezahlt, und ich nicht – auch das ist ein Unterschied).

• • • •

Was mir unmittelbar auffällt, ist die veränderte Atmosphäre in Deinem «Heim». All diese wilden Männer, die jetzt bei Dir hereinschneien – Harold, Fraenkel, Joe Gould, etc. Deine Einstellung zur «Gesellschaft» muß sich grundlegend geändert haben. Hört sich gut an, und ich empfinde Mitleid mit Dir, weil Du ziemlich erschöpft sein mußt. (Ich wünsche wirklich, ich könnte Dir noch zwei andere Typen auf den Hals schicken – Maler erster Güte, für meinen Geschmack – John Nichols und Frank Mechau – beide sind zur Zeit in Amerika. Fraenkel hat sie nicht gekannt – sie gehören zu einer früheren Periode meines Lebens in Paris. Besonders wegen Nichols solltest Du Dich erkundigen; er muß in der Stadt bekannt sein. Der Mann von der Daniels Gallery kennt ihn gut, wenn ich nicht irre. Er hatte lange Zeit eine Hütte in Woodstock; er hat einen mächtigen roten Bart und eine in Silber gefaßte Brille, trägt Feuerwehrmann-Unterwäsche und ist immer dick eingemummelt. Einer der faszinierendsten Gesprächspartner, die ich in meinem ganzen Leben kennengelernt habe; und er hat die richtige Einstellung. Er entschädigt für sämtliche Durststrecken und Lücken in meinen Schriften zum Thema Kunst, denn, wie Du bemerkt hast, kümmere ich mich in letzter Zeit kaum noch um die Malerei. Frank Mechau hat ebenfalls einen Bart – sieht aus wie ein Holbein, hat ein feines Gesicht, ist ein ganz prächtiger Bursche, sehr schlicht, sehr schöner Charakter, und in Sachen Kunst weiß er eine ganze Menge. Ich fürchte, er wird sehr bald nach Colorado gehen; versuch im Village etwas über ihn zu erfahren. Joe Gould kennt ihn wahrscheinlich. Lionel Reiss ist Aquarellist – sehr hübsch, geschickt etc., aber kein Maler. Wirr und steril. Er kann mich nicht mehr ausstehen; habe ihn nur sehr selten gesehen, und das letzte Mal habe ich ihm mit einer Tirade gegen die Juden einen Tiefschlag versetzt, den er nicht wegstecken konnte... Fluchend und schimpfend ist er abgezogen. Nein, June ist nicht hier – er muß sie in New York gesehen haben. Oder ist sie in Paris, und ich weiß nichts davon? Das sähe ihr ähnlich – wirklich sehr komisch!

• • • •

Ich lese den Namen Joe Gould! Lese, daß Du ihm was von meinen Sachen gezeigt hast. Bin sehr erstaunt. Joe Gould scheint dort gar nicht hinzupassen. Ich habe ihn nie kennengelernt, bin aber scharf auf seine Sachen – bittest Du ihn, er soll mir was schicken? Habe hier in Paris einiges von ihm herumgezeigt (hatte ich in einer verrückten Village-Zeitung gefunden), worüber sich die Leute ungeheuer amüsiert haben. Sehr gefallen hat mir das Postskriptum zu einem Brief – «Ich bin Megalomane. Ich bin größenwahnsinnig. Ich glaube, daß ich Joe Gould bin.» Habe gebrüllt, als ich das las. Aber wenn Du mir erzählst, daß Du ihm aus meinem Manuskript vorgelesen hast, muß ich doch stutzen. Zum erstenmal in meinem Leben stoße ich einen behutsamen Schrei aus – bedenke, daß meine Bücher noch nicht erschienen sind und ich keine Copyrights habe! (Es ist durchaus möglich, mußt Du wissen, daß sie eines Tages gedruckt werden, und da könnten ein paar Dollars für mich rausspringen. Sollte nun einer von diesen Village-Freaks mir die Schau stehlen – also das wäre aber verdammt bedauerlich. Natürlich habe ich noch eine Unmenge von Ideen auf Vorrat, aber ich würde mich nur sehr ungern berauben lassen. Also, Papa, ein bißchen Diskretion. Ein bißchen Diskretion auch bei der Enthüllung der richtigen Namen der Figuren. Ich habe keine Lust, eines Abends im Select eine Kugel in den Arsch zu kriegen.) Zweifellos ist das alles überflüssig – wahrscheinlich hast Du nichts als meine Interessen im Sinn. Halte Anaïs' Namen soweit wie möglich aus allem heraus. Du könntest ihr schaden; ich weiß, das willst Du nicht.

Fraenkel weiß, daß ich das auf keinen Fall wollte – diese armen Schweine bloßstellen. Stimmt schon, ursprünglich hatte ich vor, die richtigen Namen beizubehalten; das wäre viel besser gewesen. Aber dazu habe ich kein Recht, soweit ich sehe. Mir ist es egal, was irgendwer über mich schreibt – aber damit stehe ich wohl ziemlich allein da. Andere Leute sind noch immer empfindlich, wenn es um sie selbst geht.

• • • •

Gefällt mir sehr, was Du da schreibst – «Das scheint mir für den Schriftsteller (bzw. Künstler) dasjenige, das nie zusammenbricht.» Ausgezeichnet. Und Fraenkels Artikel über das «Wetter» sollte Dir das eindrucksvoll bestätigen. Er hat das vortrefflich ausgedrückt. Davon erwähnst Du in Deinen Briefen nichts – hast Du ihn noch nicht gelesen –, oder sagt er Dir einfach nicht viel? Ich selbst halte ihn für außerordentlich wichtig – es ist eine jener sehr kurzen, sehr knappen, sehr konzentrierten Botschaften an die Welt, die sich erst mit der Zeit, wenn ihre Vorhersagen sich erfüllen, in ihrem wahren Licht zeigen. Sein Extremismus ist genau das, was wir heute brauchen. Er holt aus den Ideen das Letzte heraus – bis sie erschöpft umfallen. Manchmal hört er sich verrückt an, und das ist er zweifellos auch, aber es ist ein großartiger, hellsichtiger Wahnsinn – von der Art, die neue Welten errichtet. Immer hat er einen schönen, starken Bezugspunkt, ein Zentrum, einen Kern, worauf er zurückgreifen kann – er ist keiner von diesen peripherischen, zentripetalen Leuten, die wie Raketen aufsteigen, um dann im Staub den Geist aufzugeben. In gewisser Weise gleicht er van Gogh, als dieser zum Beweis seiner Liebe zu dem Mädchen die Hand ins Feuer legte. Fraenkel zögert nicht, seine Hand ins Feuer zu legen – da hast Du's. Halte es in Ehren.

Stammt der Ausdruck «meine Post-Spenglerische Einstellung» von Fraenkel? Ist ihm klar, was zur Zeit in mir vorgeht? Ich habe ihm eine Menge zu erzählen, wenn ich dazu komme. Er hat mich befruchtet. Ich will unbedingt wissen, welchen Eindruck *Wendekreis des Steinbocks* auf ihn gemacht hat, falls Du ihm das gezeigt hast. Mit dieser Post werde ich Dir wohl auch die folgenden Seiten schicken – der Packen ist etwa so dick wie der erste –, und das wird Dir eine noch bessere Vorstellung vermitteln, von der Richtung, der Technik, der Anlage des Buchs. Schätze, ich sollte noch tausend Seiten lang so weitermachen – und das alles aus mir rausschwitzen. Danach – Luftschlösser! Danach wirst Du vielleicht feierlich den Kopf schütteln und sagen – «Jetzt geht er zu weit.» Das Material, der Inhalt, die Idee halten mich gefangen. Ich könnte fast sagen, ich habe eine Botschaft. Ich bin dabei, falls ich das erklären kann, mich zu befreien, um Ausdrucksmöglichkeiten auf einem anderen, höheren (?) Niveau zu erlangen. Ich arbeite an meiner Erlösung als Schriftsteller, als Denker, als Mensch. Ich reagiere mich an der Welt ab – auch wenn diese Welt sich auf die Leute beschränkt, die über meine Schwelle treten. Trotzdem ist es eine Welt. In einer Hinsicht freut es mich sehr, schmeichelt mir geradezu, daß Du meine Sachen Deinem intimen Kreis von Trinkern, Models, Pennern, Schwadroneuren und so weiter auftischst und vorliest. Könnte kein besseres Publikum haben. Besonders die Reaktionen des Models würden mich interessieren – würde mir mehr sagen als Joe Gould oder H. H. Wie reagiert eine gewöhnliche kleine Hure auf die Einstellung eines Mannes zu Mösen? Dieser Menjou, wer auch immer das sein mag (womöglich Adolphs Bruder?), auch er hat mir eine Freude gemacht, falls er es war, der das kleine Postskriptum angefügt hat, als Du betrunken warst. Es freut mich immer, wenn ein gewöhnlicher Mensch (reich oder arm, gebildet oder ungebildet) von meinen Sachen begeistert ist. Ich möchte vor allem von den gewöhnlichen Leuten gelesen werden und bei ihnen ankommen. Weil ich selbst der gewöhnlichste Mensch unter der Sonne bin – ein Mensch, der aus dem Solarplexus heraus lebt. Alle diese Großkotze mit ihren Theorien und ihrem leeren Gerede sind für mich bloß Idioten, und was auch immer sie zu sagen haben, macht mich wütend, sei es gut oder schlecht. Ich brauche sie nicht, und für sie schreibe ich nicht. Ich schreibe für die Nachwelt, die immer bei uns ist in Gestalt derer, die uns lieben. (Fraenkel würde sagen: «Streich das raus.» Aber ein bißchen Sentimentalität ist wie Paprika, sie würzt das Mahl. Wie ich lache, wenn Fraenkel mich vor mir selbst zu schützen versucht. Es kümmert mich einen Scheißdreck, ob ich recht habe oder mich künstlerisch oder klar ausdrücke – mich kümmert nur, was ich gerade sagen will. Wenn ich das mit Leidenschaft und ehrlich sagen kann, ist es gut für alle Zeiten.)

In Deiner Auflistung meiner Briefe sind mir zwei aufgefallen – «Oom Paul» und «Jamesian Droppings». Ich glaube, einen davon habe ich kürzlich gesucht. (Keine Sorge, ich bitte Dich nicht, sie mir zu schicken!) Aber sag mir bitte, ob ich in einem davon über Henry James geschrieben habe, und ob ich da etwas Gutes gesagt habe.

• • • •

Ich weiß noch, dieser Brief wurde in Dr. Luttingers Haus – Haus Kakerlake – geschrieben und hatte unter anderem mit Ned und St. Patrick's Kathedrale und Powys zu tun. Mein Gedächtnis wird immer schlechter... Im *Wendekreis des Steinbocks* wirst Du bemerken, daß ich dort diese Schauplätze und auch den Riverside Drive berührt habe – nur sehr beiläufig, weil ich in dieser Café-Szene und dem Traumzeug (das Dir hoffentlich gefällt, es ist glühend heiß und einer meiner besten Momente) Besseres auszuschlachten hatte. Aber ich komme natürlich auf die Hickersons und auf Bunchek (Conason) zurück; der letztere wird eine große Rolle spielen, ebenso wie Du selbst. Diesmal werde ich ein wahres Porträt von Dir schreiben – und ich denke, es wird Dir gefallen; früher habe ich mich mit Skizzen und Karikaturen zufrieden gegeben. Aber jetzt tut sich mein ganzes Leben auf, es findet eine Art Häutung statt, und glücklicherweise bin ich in der Lage, mich an die winzigsten Details zu erinnern – wenn diese für mich entscheidend waren. Meine Behauptung, ich hätte ein schlechtes Gedächtnis, ist nur in dem Sinne gemeint, daß jeder schöpferische Mensch ein schlechtes Gedächtnis hat. Mein «Proustsches» Gedächtnis ist ganz ausgezeichnet, auch wenn ich das selbst sagen muß. Und wenn Du in der Erzählung Unstimmigkeiten entdeckst, Lügen, Verzerrungen etc., führe das nicht auf ein schlechtes Gedächtnis zurück – nein, all das ist mit voller Absicht so geschrieben, denn dort, wo ich anfange zu fälschen, erweitere ich in Wirklichkeit nur die Sphäre des Realen und hole aus bestimmten Situationen die absolute Wahrheit heraus, die das Leben manchmal und die Kunst fast immer verheimlicht. Kannst Du mir folgen? Und wenn es mir gelingt, mein Ziel und meine Absicht zu erreichen, bekommst Du einen trefflichen Begriff von gegensätzlichen Lügen – June, die krankhafte Lügnerin, und ich, der kreative Lügner –, Punkte, wo wir uns begegnen, Explosionen, wo wir nicht übereinstimmen, tangentiale Annäherungen, logarithmische Tabellen, Parabeln etc. Ich bin der aufrichtigste Lügner, der je gelebt hat. Du wirst schon sehen. Aber mich selbst belüge ich so gut wie nie. Ich schreibe aus meinem System heraus, lösche gewissermaßen all diese Quasi-Lügen aus. Das ist der wahre Zweck der Kunst – unter allen ihren wahren Zwecken, die ohnehin niemand begreifen kann.

«Wenn Shakespeare ein Pferd malte, war es ein Pferd für alle Zeiten.» Ich bin verliebt in diesen Satz; ich wünschte, er stammte von mir. Wenn Du verstehst, warum das wahr ist – und ich weiß, Du verstehst es, sonst hättest Du es nicht geschrieben –, brauchst Du Dir keine Sorgen zu machen über das, was Waldo Frank und alle diese geistigen Skandalschnüffler zu sagen versuchen. Halte Deinen Blick weiterhin auf die Achse gerichtet, dann kann nichts schiefgehen. Anaïs haben Deine Briefe gefallen (den letzten habe ich ihr natürlich nicht gezeigt), weil sie darin einen Mann erkannte, der ein Künstler ist und sich trotz des Handicaps eines fremden Mediums – Worte – verständlich machen kann. Sie schickt Dir das Buch über Lawrence, sobald ihr eine passende Widmung für Dich eingefallen ist. Und wenn ich schon mal von ihren schriftstellerischen Erzeugnissen spreche – dies Buch ist nicht gerade ihr bestes –, laß mich noch sagen, daß ich eben erst gestern abend eines ihrer neuesten Manuskripte abgetippt habe und dabei vor Bewunderung ganz außer mich geraten bin. Sie wird zweifellos als die wichtigste Schriftstellerin dieser Zeit anerkannt werden. Fraenkel kennt diese Sachen noch nicht – er hat nicht alles gesehen, was ich gesehen habe –, und es gibt Bände über Bände zu lesen. Sie führt seit dem zehnten Lebensjahr Tagebuch, anfangs auf französisch, später auf englisch. Ich tippe da einiges für sie heraus. Die letzten Tagebücher – seit ich sie kenne – enthalten sehr viel über mich selbst und über June – äußerst stark geschrieben – geradezu unweiblich. Mir ist keine Schriftstellerin irgendeiner Epoche bekannt, die einen solchen bekennerischen Mut gehabt hätte wie Anaïs. Im Vergleich zu ihr wirkt Lawrence klein – und was für eine Ironie, daß sie sich opfern mußte, ihn der Welt zu erklären. Lawrence wäre stolz gewesen, sie zu erklären! Ich sage Dir (und ich möchte, daß Fraenkel das hört), die letzten zwanzig Seiten, die sie geschrieben hat (über June), sind herzzerreißend wunderbar. Ich wünschte, ich hätte die Erlaubnis, sie Dir zu schicken. Vielleicht eines Tages... Und wenn Du Dich also nach «dieser höchst wichtigen Phase meines Lebens, die ich jetzt durchmache» erkundigst – siehst Du jetzt nicht, was ich meine? Kannst Du Dir nicht vorstellen, was es für mich bedeutet, eine Frau zu lieben, die mir in jeder Hinsicht ebenbürtig ist, die mich erhält und unterstützt? Sollten wir uns einmal zusammentun, wird ein Komet in der Welt aufsteigen. Anaïs hat großes Vertrauen zu mir, aber ich noch größeres zu ihr. Sie hat ebensoviel Energie wie ich, Begeisterung und Inspiration, guten Willen, Großzügigkeit, Offenheit, Visionskraft etc. Die Umstände halten uns vorläufig in unseren jeweiligen Sphären fest, aber ich hege keinen Zweifel, daß das, was sich zwischen uns abspielt, die Umstände von Grund auf verändern wird. Mehr kann ich zur Zeit nicht sagen. Mache mich aber auf große Dinge gefaßt. Seit ich Anaïs kenne, ist mein Leben in Paris geradezu ein Traum. Ich arbeite ohne Anstrengung. Ich führe ein gesundes, normales Leben. Ich sehe. Ich lese alles, was ich will. Du schreibst, meine Briefe füllen eine ganze Schublade Deines Schreibtischs; nun, in der kurzen Zeit, die wir uns kennen, haben wir eine wahrlich ungeheure Sammlung von Briefen angehäuft. (Ich vermute, wir haben bereits ein 900-Seiten-Buch von Briefen zusammen, so eins, wie dem Vernehmen nach kürzlich von diesem Lawrence-Menschen herausgegeben wurde.) Naturgemäß ist viel von dem, was ich schreibe, in meinen Briefen verstreut, Emil. Vieles davon war und ist gut. Sehr wenig von mir wird je zwischen Buchdeckel gepreßt werden – zu meinen Lebzeiten. Ich weiß das. Ich habe mich damit abgefunden. Aber sobald man meine Leiche findet – gibt's wieder die alte Geschichte von den Kunsthändlern. «Haben Sie irgendeinen von Millers Briefen im Haus – und wenn es nur ein kleiner Schnipsel ist?» Ich weiß das, bevor ich abkratze, und genieße es im voraus. Ich werde vielleicht kein schönes Begräbnis haben, aber ich bin einer, der sein Begräbnis genießt.

....

Demnächst möchte ich mit einem neuen Buch anfangen (woran ich in meinen freien Augenblicken arbeiten könnte), und zwar über das Kino. Ich versuche Anaïs herumzukriegen, mit mir zusammenzuarbeiten. Ich sehe so viele großartige Filme hier – und frage mich oft, wie ist es heutzutage in N. Y. mit guten Filmen bestellt? Kürzlich lief hier *Emil und die Detektive*, ein wunderbarer, amüsanter Film – ist der nach Amerika gekommen? Und *Pichler the Banker* – hast Du davon was gehört? Oder hast Du diesen herrlichen Reisebericht über Indien gesehen, der jetzt hier läuft? Dieser letztere kommt einem Kapitel von Elie Faure so nahe wie nur irgend möglich: erklärt besser als Worte den Grund und die Notwendigkeit für seine großartigen, üppigen Wucherungen. Kein Mensch kann einen Film wie diesen sehen und dann blasses Zeug schreiben. (Deswegen schweige ich noch davon.) Und dann *Mädchen in Uniform* – mußt Du Dir ansehen! Das Fräulein von Bernburg in diesem Film wird Dich vom Hocker hauen. Die wundervollste Lesbierin, die Du je gesehen hast. Die denkbar schönste Darstellung der lesbischen Liebe. Lesbische Liebe? Es ist mehr als das. Eine Art unbewußte, kollektive Liebe, die sich nicht einordnen läßt und alle Vorurteile zertrümmert. Wenn ich ein Mädchen wäre, würde ich nur zu gern eine zweite Manuela sein – oder ein Fräulein von Bernburg. Oder beide! Aber ich bin Henry Miller, und meine Eier hängen mir da im Weg. Lach drüber.

• • • •

Weißt Du, Bertha, dieses verdammte Miststück, hat meine ganze Korrespondenz mit ihr vernichtet. Als ich *Wendekreis des Krebses* schrieb, hätte ich einige dieser Briefe dringend gebraucht. Wie viel ich aus diesem Buch herausgelassen habe! Ich wollte so viel über Paris sagen, und habe das Gefühl, nur äußerst wenig gesagt zu haben. Aber ich nehme an, eines Tages werde ich ein anderes Buch über Paris schreiben. Ab und zu bekommst Du vielleicht auch im *Wendekreis des Steinbocks* einen Eindruck von Paris. Ich möchte, daß Du Paris immer direkt vor Augen hast – ohne die Vergegenwärtigung dieser Stadt sind die Bücher gar nicht verständlich. Was wäre ohne Paris aus mir geworden? Was habe ich an jenem kalten Wintertag im Februar, als ich Dir einen letzten Zehner entlockte und auf Wiedersehen sagte, von all dem gewußt, was ich hier erleben würde? (Inzwischen, seit dem letzten Satz, habe ich ein paar Gläser Wein getrunken, etwas Käse und saucisson gegessen, mit dem Gasmann und dem Elektriker gesprochen. Für mich sind die Franzosen das größte Volk der Welt – weil sie einen nicht lieben! – und das erklärt, warum ich an H. H. nie mehr Gefallen finden könnte.) Ich werde bald Schluß machen, weil ich schon zuviel Zeit vergeudet habe und hierfür nicht bezahlt werde. Mein Manuskript von *Crazy Cock* schicke ich auf Putnams Rat an Covici-Friede, Inc. Er behauptet, das sei ein typisches Covici-Friede-Buch, und ich halte ihn für verrückt, aber von mir aus. Habe einen guten Brief von ihm bekommen und mit einem noch besseren beantwortet. Falls ich Pat Covici gestatte, sich das Manuskript von *Wendekreis des Krebses* anzusehen, würdest Du ihn dann bitte für mich aufsuchen oder ihn in Deiner Bude empfangen? Ich weiß noch nicht – ist nur so eine Möglichkeit. Ich habe das Gefühl, ich könnte einiges mit Pat gemeinsam haben. Meine Mlle. Claude-Geschichte hat ihm gefallen, und einer, dem das gefällt, könnte ein feiner Kerl sein. Claude existiert wirklich, sie war die erste Frau, für die es noch wichtigeres als ihre Möse gab, die einen dieses Thema vergessen ließ – die erste Frau für eine Hure, meine ich – oder eigentlich weiß ich nicht, was ich meine, weil ich wie üblich ein bißchen angesäuselt bin und es erst vier Uhr nachmittags ist. Der Tag fängt gerade erst an. Ich sehe die Abschrift meines Briefs an Sam Putnam, die ich für Dich aufbewahrt habe – soit, da wandert sie zu dem anderen Müll. Zu schade, daß Du das nicht sehen kannst.

Neulich, auf der Rückfahrt von Marly-le-Roi, habe ich im Zug Wambly getroffen. Schöne Gespräche über seine neuen Mösen. Eine ist wie ein Lichtschalter, sagt er – knipst sie an und aus. Bin froh, daß ich ihm in diesem Buch eins verpaßt habe. Er ist eine richtige Romanfigur, als Mensch uninteressant – bloß eine Romanfigur. Was da für ein Buch herauskäme, wenn dieser Kerl sich mal zum Schreiben aufraffen könnte! Mösen in Massen. Nie so viele Variationen zu diesem Thema gehört wie von ihm. Auf dem Gebiet ist er wirklich ein Magier. Du wolltest ein Bild von einer Möse schicken: Du meinst doch nicht etwa diese kleinen

Skizzen am Rand des Briefs? Gib uns etwas Persönliches – «eine Möse sondergleichen», wie die von Rona! Als schmückendes Beiwerk waren die Skizzen sehr schön, aber ich will von Dir etwas Richtiges, mit Haaren dran und klaffenden Spalten und aller faltigen Melancholie, die Du reinpacken kannst. Nicht einfach pornographisch oder gynäkologisch, sondern obszön – es soll glühen vor Wollust – besinge den Äquator! Habe ein Buch über diesen jüdischen Künstler gesehen, der mir so gut gefällt – kann mich an seinen Namen nicht erinnern – eine Art Surrealist aus den alten Zeiten. Es gibt jetzt eine Biographie über ihn. Er malt Katzen auf Dächern und Rabbis, die aus Schornsteinen klettern. Du wirst wissen, wen ich meine. Zum Lachen gebracht hat mich die Zeile – «mit seinen raren Geistesgaben nimmt Fraenkel auch das von mir weg». O ja, er wird Dir eine Menge wegnehmen. Er wird Dir den Arsch unterm Hintern wegnehmen. Ich würde euch zwei zu gerne mal in einer Bar belauschen – wo geht ihr denn jetzt zum Trinken hin? Hat Monte noch auf? Ich bin noch nicht zum Kern meines Briefs vorgedrungen und schaff's jetzt auch nicht mehr – spare mir das für den nächsten auf. Werde Dir was Philosophisches predigen. Falls Du June siehst, sag ihr, ich möchte alle meine MSS und ein paar meiner auserlesenen Bücher haben – das Wörterbuch, Spengler, Proust, Elie Faure etc. Gleich hole ich mein Fahrrad aus der Werkstatt und fahre heut abend nach Montparnasse. Es ist wunderbar, was man abends vom Fahrrad aus sehen kann. Erfordert spezielle Behandlung. Bis dann.

HVM.

23. Okt.

Lieber Emil:
June ist, wie das Manuskript berichtet, vor ein paar Tagen hier eingetroffen, und ich will Dir in aller Eile mitteilen, auf welchem Weg Du die Post an mich schicken sollst; denn der Krieg ist

eröffnet, und ich erwarte keine Gnade, kein Fairplay. Ich fürchte, in Deinem Brief wird sicher etwas von Anaïs stehen – und das wäre katastrophal, für June noch mehr als für mich. Also schicke meine Briefe bis auf weiteres an Alfred Perlès, Chicago Tribune (Redaktion), 5 Rue Lamartine, Paris. Du brauchst sie auch nicht an mich zu adressieren – schick sie einfach an ihn; sobald er sie aufmacht, wird er Bescheid wissen. Sollte unterdessen ein Brief an mich unterwegs sein, werde ich mich sorgfältig vorsehen. Ich hoffe bei Gott, Du hast Harold oder einem der anderen Penner gegenüber nichts von Anaïs ausgeplaudert. Harold würde sich zu gern an mir rächen, wenn er könnte. Zu Fraenkel habe ich Vertrauen – gib ihm bitte einen Wink, daß er den Mund halten soll – wenigstens bis der Sturm vorüber ist. Um Dir das einigermaßen verständlich zu machen: ich möchte June nicht vernichten. Sie findet Anaïs wunderbar, die beiden sehen sich häufig – und es wäre daher, zusätzlich zu ihrem Krieg mit mir, ein verdammt grausamer Schlag für sie, wenn sie erführe, daß auch Anaïs sie betrügt.

• • • •

Hat keinen großen Sinn, Dir einen besonderen Bericht von den Ereignissen zu schreiben. Ich werde mich bemühen, trotz des mörderischen Streits an dem Buch weiterzuarbeiten, und wenn es gutgeht, wird das Buch kaum eine Frage offen lassen. Ich habe June angefleht, alle meine Manuskripte aus N. Y. mitzubringen, aber wie Du siehst, habe ich nichts als ein paar alte Seiten meines Romans bekommen. Und die befinden sich im Hôtel Princesse, wo June sich für zehn Tage eingemietet hat, anstatt direkt hierher zu kommen. (???) Kann die Miete dafür noch nicht bezahlen. Manuskripte schmachten. Aber nicht den Kopf hängen lassen!

Ich warte gierig auf einen Brief von Dir über diese Glanzlichter. Findest Du *Wendekreis des Steinbocks* besser oder schlechter als *Wendekreis des Krebses*? Du siehst, was für eine Herkulesarbeit ich vor mir habe. Aber ich mag Herkulesarbeiten!

Falls es mir gelingt, auch weiterhin so ausgeglichen, so mutig, so heiter zu bleiben wie in den letzten Tagen, werde ich gut aus der Affäre kommen. Ich bin jetzt viel größer und stärker als vor einem Jahr. Aber ich weiß, es wird furchtbar werden. Ich habe Angst davor.

• • • •

Hastig, listig, in Liebe Dein
HVM.

28. Nov. 1932
4, Ave. Anatole France
Clichy (Seine), Frankreich

Lieber Emil:
Dies nur kurz, um Dir zu sagen, daß ich Dir in ein paar Tagen ein dickes Bündel Manuskripte schicken werde – ein neues Buch, das ich vor etwa drei Wochen angefangen habe und sich mit Proust, Joyce und Lawrence (et alia) beschäftigt. Hoffe, daß es gleichzeitig mit meinem *Wendekreis des Krebses* erscheinen wird – das Ende Februar herauskommen soll. Habe einen festen Vertrag für drei Bücher mit dem Verleger Jack Kahane (von der Obelisk Press, 338 Rue St. Honoré, Paris). Zur Veröffentlichung eines Raubdrucks von *W. d. Kr.* in Amerika habe ich einen guten Vorschlag für Dich – oder falls Du nicht mitmachen kannst, für Buzby. Werde in meinem nächsten Brief darauf eingehen, wenn ich Dir weitere MSS schicke. Wärst Du so freundlich, mir, falls Du welche hast, irgendwelche losen Blätter mit Notizen von mir zu schicken – Notizbuchgröße –, damit ich sie in meine Notizbücher über Paris einfügen kann, die Anaïs mir als Weihnachtsgeschenk binden lassen will.

June ist weg (obwohl noch immer in Paris, nehme ich an). Großer Krach – endlich alles vorbei, und die Scheidung in Sicht. Solltest Du ihr jedoch in N. Y. begegnen, erzähl ihr bitte nichts von Anaïs. Die gräßlichen Einzelheiten berichte ich Dir später. Arbeite wie ein Irrer – auch während des ganzen Krawalls. Habe das Gefühl, als müßte ich zehn Bücher auf einmal schreiben. Seitdem ich damals zu Fraenkel in die Villa Seurat gezogen bin, hat mein Genie einen Weg gefunden, sich auszudrücken. (Eine Vorstellung von der Raserei und Tragweite wirst Du bekommen, wenn Du die kritischen Sachen liest, an denen ich jetzt arbeite – in Wirklichkeit handelt es sich dabei um eine Darlegung meiner eigenen Einstellung.) Im Augenblick kann ich mir das Porto nicht leisten – das ist alles. Wie geht es Fraenkel? Grüße ihn herzlich von mir. Das demnächst kommende MS (in Form eines Rohentwurfs) ist auch für ihn bestimmt – ich hoffe, er kann mir schreiben, wenn er es gelesen hat. Ich würde gern seine Kritik dazu hören.

Schick mir die losen Blätter, falls Du welche hast, ja? Wäre Dir sehr dankbar. (Eines Tages wird das Ganze vielleicht wie der Barbey d'Aurevilly herausgebracht.) Und schreib mir – ich warte schon ungeduldig darauf, von Dir zu hören.

Henry.

P. S. In ein paar Tagen schickt Anaïs Dir ihr Buch und eine tolle Broschüre von Jolas, *The Language of Night*. Frohe Weihnachten!

Neujahrstag 1933
2 bis, Rue de Monbuisson
Louveciennes (S. & O.), Frankreich

Lieber Emil:
Es ist Mitternacht, und Anaïs hat sich hingelegt, um morgen frisch zu sein, wenn Hugo von seiner Fahrt nach London zurückkommt. Ich bin allein in dem großen Zimmer, oben unterm Dach, dem ehemaligen Billardzimmer des Hauses Du Barry, das vor 200 Jahren für 16000 Francs gekauft wurde und heute 250000 Francs wert ist. Zweck dieses Briefs ist es vor allem, Dich zu bitten, ob Du so freundlich sein kannst, mir auf der Stelle das Pamphlet «Der neue Instinktivismus» zurückzuschicken. Ich

bin eben damit fertig geworden, die Notizen für mein erstes großes Pariser Notizbuch zusammenzustellen, und entdecke plötzlich, daß mir das noch fehlt.

• • • •

Ich weiß, daß Du die Souvenire aus Paris, die ich Dir geschickt habe, behalten willst, und das ist auch richtig so. Ich hoffe, eines Tages wirst Du Dir selbst daraus Bücher machen lassen können – würde sie mir gern ansehen, wenn ich mal wieder an den heimischen Herd zurückkehre. Wenn ich daher ausnahmsweise einmal nach etwas schreie, das rechtmäßig mir gehört, nach irgendeinem kleinen, für mich sehr wichtigen Bindeglied in dem Drama, bin ich zuversichtlich, daß Du es mir nicht übelnimmst.

• • • •

Gestatte mir, mich über dieses Thema noch weiter auszulassen. Diese Notizen beschäftigen mich jetzt sehr. Es ist das erste Mal, daß mir etwas daran liegt, Material aufzubewahren. Beim Anblick dieser zerfledderten Blätter, die sehr viel Ähnlichkeit mit dem «zerfledderten schizoiden Ich» haben, überläuft es mich heiß vor Freude. Ich weiß, daß dieses Buch, wenn ich eines Tages in New York ankomme und auf Deinen Klingelknopf drücke, heftigere Gefühle in Dir wecken wird als irgendwelche meiner künstlerischen Bestrebungen. Es wird der rauhe, lebendige Abdruck meines Lebens in Paris sein, jener schicksalhaften Hedschra, die ich eines rauhen Februartags, als ich Dich bat, meinen «frais» mit einem Zehn-Dollar-Schein aufzubessern, so ahnungslos angetreten habe. Also sei nicht hart zu mir in der Stunde meiner Not. Was Du von mir besitzt, muß etliche Bände ausmachen. Jetzt bitte ich nur um dieses Pamphlet und, falls möglich, um ein paar verstreute Sachen, Flugblätter, Zeitungsausschnitte, Speisekarten, alles, was Du mir überlassen willst und was das übermütige Bild dieser Zeiten wieder lebendig werden läßt. Als ich zum Beispiel meine Aufzeichnungen über das Cinéma Vanves sortierte, stellte ich erstaunt fest, daß ich nicht einmal ein einziges Programm dieses Kinos aufbewahrt hatte. Nicht eine einzige Speisekarte vom Restaurant des Gourmets, wo ich auf Kredit gegessen und mit meinem Freund Kann, dem abstrakten Bildhauer, über Tibet gesprochen habe. Nicht ein einziges Flugblatt der Société des Savants oder der Tribune Libre in der Salle Adyar, und auch nichts, was mich an meine Erlebnisse im Studio 28 erinnern könnte, Buñuel, Rocambolesque etc. Ich glaube, das Programmheft zu *Un Chien Andalou* habe ich Buzby geschickt; ein Jammer, denn dieser Bastard ist ein totaler Versager.

All dies wird mir mit grimmigem Ernst bewußt, wenn ich bedenke, daß ich jetzt, wo June mich für immer verlassen hat (der letzte Posten in meinem Notizbuch ist ein Stück Klopapier, auf das sie geschrieben hat: «Bitte reich sofort die Scheidung ein»), keine Chance mehr habe, all diese Papiere, Briefe, Bücher, Notizen, Manuskripte etc. etc., die sie in ihrem Besitz hat, zurückzubekommen. Eine große für die Nachwelt unschätzbare Masse von Daten, die sie in einer ihrer Morphium-Stimmungen womöglich in den Ofen wirft. Und auch Elkus hat eine Menge Material von mir. Und Harolde Ross und Bertha und Joe O'Regan. Wie Du siehst, ist es klug von mir, wenn ich Dich zu meinem literarischen Nachlaßverwalter bestimme. Du bist wie die Bank von England, England zahlt immer seine Schulden. Auf Emil kann man sich immer verlassen. Manchmal, wenn ich in Panik gerate, denke ich ganz ruhig und zufrieden an all das Papier, das in Deinem Atelier gelagert ist, und sage zu mir selbst: «Na, immerhin das können sie mir nicht wegnehmen.»

Merkst Du, worauf ich hinauswill? Es ist viel passiert seit meinem letzten Brief. Ein großes Drama mit June, das nun definitiv beendet ist; sie weiß alles, und als sie ging, drohte sie mir mit schlimmen Konsequenzen, falls ich es wagen sollte, dieses Buch über sie zu veröffentlichen, etc. Behauptete, Fred und Anaïs hätten versucht sie zu vergiften, nur deswegen hätte sie die ganze Zeit in Clichy kotzen müssen und Durchfall gehabt. Wirklich tolle Auftritte, Emil, denen ich in einem Brief naturgemäß nicht gerecht werden kann. All das wird in den *Wendekreis des Steinbocks* einfließen, den ich jetzt für eine Weile auf Eis gelegt habe, bis ich mit der Broschüre fertig bin. Und übrigens, bis heute von Dir keine Empfangsbestätigung. Ich habe Dir mit ein und demselben Postschiff vier oder fünf dicke Umschläge geschickt, die alles enthielten, was ich zu dem Thema geschrieben hatte, dazu Zeitungsausschnitte und alle möglichen Daten, die Dich interessieren dürften. Kann es sein, daß Du die gar nicht bekommen hast? Das wäre ein Unglück höchster Ordnung. Bitte sag mir Bescheid, wenn Du diesen Brief hier beantwortest.

Etwas Komisches ist mir auch passiert, als ich nach England einzureisen versuchte. Hatte zwei volle Koffer dabei, ein Visum, eine Rückfahrkarte, alle meine Manuskripte, eine Schreibmaschine, etc., und als ich im englischen Newhaven zur Einwanderungsbehörde kam, wurde ich zurückgewiesen. Das heißt, ich wurde über Nacht eingesperrt und von einem Polizisten bewacht, weil ich nur 178 Francs in der Tasche hatte und nicht wußte, in welchem Hotel ich in London absteigen wollte. Man verhörte mich circa eine Dreiviertelstunde lang und übergab mich dann wie einen politischen Gefangenen in Dieppe den französischen Behörden. Die betrachteten mich als verantwortungslosen Kerl, der der Öffentlichkeit zur Last fallen könnte. Konnte sie von nichts und wieder nichts überzeugen. Ich sollte ihnen ein paar Titel von Büchern nennen, die ich geschrieben hätte, und erwähnte, daß im Februar bei der Obelisk Press, Paris, Rue St. Honoré, No. 338, *Wendekreis des Krebses* erscheinen werde. Papperlapapp! «Sie wollen doch nicht sagen, Mr. Miller, daß Sie über Krankheiten schreiben?» – «Nein», antwortete ich ein wenig verschämt, «das handelt zufällig von Geographie», und erklärte ihnen, was *Wendekreis des Krebses* bedeutet. Aber auch damit schien mein Inquisitor nichts anfangen zu können. Am Ende hielten die mich wohl für einen Bekloppten. Auf der französischen Seite behandelte man mich dann prima, wie einen Menschen – keinerlei Verhör, bloß ein Blick in meinen Paß, ein paar beiläufige Fragen und der gute Rat, mein französisches Visum (das abgelaufen ist) in Ordnung bringen zu lassen, und damit hatte sich's. Die ganze Prozedur lief genauso ab wie die, die Fred in seinem Buch beschreibt, als er seine eigene Einreise nach Frankreich schildert; ich erkannte den französischen Geist so deutlich und fand ihn so sympathisch, daß ich am Ende, als ich dem Mann die Hand schüttelte und er mich zum Zug begleitete und mir alles Gute wünschte und mich mit meinem Namen anredete – «Monsieur Miller» –, Gott, Emil, daß ich Tränen in den Augen hatte. Die Vorstellung, daß mir die Rückkehr nach Paris gestattet wurde, machte mich zum glücklichsten Menschen der Welt. Hätte Frankreich mich abgewiesen und nach Amerika abgeschoben, hätte ich geweint. Da wurde mir klar, daß Amerika das letzte Land ist, wo ich hingehen will. (Was nicht heißt, daß ich nicht gern einmal auf einen Besuch hinüberkommen würde, aber dort für immer kaltgestellt zu sein – nein, das wäre das größte Unglück meines Lebens.) Ich gehöre nach Frankreich. Oder irgendwo sonst hier in Europa. Ich bin kein Amerikaner mehr. Das kann ich beschwören. Was mich so für die französischen Behörden in Dieppe eingenommen hat, war die tattrige Art und Weise, wie die meine Papiere überprüften. So menschlich! Der alte, ramponierte Schreibtisch, die eingetrocknete Tinte, der graue Derbyhut des Mannes; sein Backenbart war fleckig, die Brille rutschte ihm von der Nase, die Zähne fielen ihm aus, seine Hose war speckig und fadenscheinig, seine Hände waren schwarz, er stank aus dem Mund, seine Augen tränten, alles fiel auf den Boden, nichts war an seinem Platz, alles in Unordnung etc. Aber dieser Kerl war ein Mensch, unter seinem Arsch hatte er das ganze Gewicht der französischen Geschichte, der französischen Zivilisation, der französischen Kultur bis zurück nach Rom und Griechenland und Karthago und Kreta und Mesopotamien und noch weiter zurück, bis ins Paläolithikum, zum Cro-Magnon-Menschen. Himmel, er hatte etwas Ehrwürdiges, etwas, vor dem man als Macht und Wert Respekt haben mußte. Es kümmerte ihn einen Scheiß, ob ich Künstler oder Maurer war, er fragte nicht, ob ich einen Sou oder sonst was hätte: er blickte in meinen Paß und sah, daß er abgelaufen war, und dann fragte er mich wie ein zivilisierter Mensch, ob er ihn mir nicht verlängern sollte, denn er verfüge über die entsprechenden Stempel etc., und es könne mir nur von Nutzen sein, falls ich demnächst wieder einmal aus Frankreich ausreisen wolle. Und als er sagte, 50 Francs, wäre ich ihm am liebsten um den Hals gefallen. Ich hätte ihn ganz bestimmt zu einem Drink eingeladen, aber der Zug mußte jeden Augenblick abfahren, und diese Mistkerle auf der anderen Seite machten mich noch immer nervös, womöglich hätten die mich noch aus dem Zug gerissen und nach Amerika verfrachtet... Und all das nur, weil ich versuchen wollte, June aus dem Weg zu gehen, bis sie nach Amerika zurückfuhr. Am Abend vor meiner Abreise nach London kommt sie überraschend bei mir vorbei und verlangt Zaster. Zieht eine melodramatische Show von der heftigsten Sorte ab, und am Ende gebe ich ihr den Inhalt meiner Brieftasche, den ich bereits in englisches Geld umgetauscht hatte. Als später dann Fred kommt, will er nichts davon hören, daß ich nun doch nicht fahre; er drängt mir sein ganzes Gehalt auf und bringt mich zum Zug. Und er schickt meine Koffer direkt nach London, mit all meinen wertvollen Papieren, Manuskripten, persönlichen Aufzeichnungen etc. Himmel, was für ein Theater, diese Sachen in Newhaven wieder zurückzubekommen. Trinkgeld an den Telegrafenbeamten, Trinkgeld an den Polizisten, Trinkgeld an den Kellner, der mir im Gefängnis das Frühstück brachte, Trinkgeld an die Schweinehunde links und rechts, die Arschlöcher, die auf dem Schiff zu mir sagten: «Wir werden Ihnen kein Härchen krümmen.» Aber beschissen haben sie mich. Ordentlich beschissen. Nehme an, das Hauptmotiv dafür war die Rückzahlung der Schulden. Ich mußte für Amerikas politische Fehler zahlen.

Aber wie gesagt, jetzt ist alles vorbei, und ich muß nur noch diesen Zirkus mit der Scheidung hinter mich bringen. Sagt June zu Fred, als er sie zum Bahnhof bringt (sie denkt, ich bin im Ausland), in der Annahme, Fred habe das Geld für ihre Fahrkarte aufgebracht etc. Sagt June: «Ich fühle mich wie Alice im Wunderland... sag Henry, er soll mir so schnell wie möglich die Scheidung schicken» – als wäre das eine Geldanweisung oder ein Kalender. Und jetzt, wo wir June hinter uns haben, ist Jeanne da, Osborns alte Flamme, und die will uns weismachen, sie bekäme demnächst ein Baby, pumpt sich mit einer Fahrradpumpe auf, um wie eine Schwangere auszusehen. Keine Adresse – nur postlagernd. Watschelt rum wie eine scheinschwangere Ente und droht allen und jedem, sie werde noch in der Gare St. Lazare oder der Métrostation Barbès-Rouchechouhart mit einer Fehlgeburt niederkommen. Die letzten zehn Tage hier in Louveciennes sind eine Wohltat; nur ein Steinwurf entfernt von Mme. Du Barrys altem Wohnsitz an der Seine in Bougival. Die letzten 50 Seiten der Broschüre, die ich Dir hiermit schicke, sind hier entstanden. Ich hoffe, Du findest sie aufregend.

• • • •

Meine besten Sachen kommen erst noch, bilde ich mir ein. Form und Sprache, Psychologie, Aufgaben des Künstlers, geologisches Ich, etc. Und sobald ich mit dem groben Umriß fertig bin, den Du jetzt bekommst, werde ich, bevor der *Wendekreis des Krebses* in Druck geht, noch ein paar abschließende Seiten einfügen. Ein wahrhaft joycesches Bild der Möse, Gleichheitszeichen, bringe alles in die Gleichung ein, was Wambly Bald ausgelassen hat, als er seine Taschenlampe darauf richtete und sie für mangelhaft befand. Diesmal keine Philosophie des Haars. Die Sehnsucht nach der Mutter. Inzest. Faltige Melancholie. Etc. Du verstehst?

Als ich mich zum Schreiben hinsetzte, schlug ich eins von Anaïs' alten Tagebüchern auf (1926) und sah im Inhaltsverzeichnis: Florenz, Fiesole, Tours, Carcassonne... In den nächsten zwanzig Jahren meines Lebens muß ich alle diese Grenzen überschreiten. Das nächste Notizbuch wird von Spanien, Capri, Stambul, Bali handeln, falls ich irgend etwas bei der Gestaltung meines Schicksals mitreden kann. Und, wenn möglich, für mindestens einen Monat nach New York. Aber das hängt allein von den Finanzen ab. Wenn Du Dich sehr nach mir sehnst, Bruder, hilf mir, eine Rückfahrkarte zu kaufen. Andernfalls werde ich die Apenninen überqueren und die historische Bahn beschreiten, die Hannibal, Napoleon, Caesar und alle anderen Männer des Schicksals gegangen sind. Von meiner Pension Orfila in Paris habe ich genug. Jetzt gilt es Tahiti oder die Gestade des Mittelmeers. Das Romantische Zeitalter begann mit der Bergpredigt.

Schreib bitte sofort. Ich lege ein paar Ausschnitte aus *Frou-Frou* bei. Den Anjou habe ich ausgetrunken. Die Fische sind hier aus Glas und das Wasser ist schmutzig. Ich lege mich in ein Prunkbett mit roten Samtdecken. Ich habe meine eigene Zahnbürste. Meine eigene Toilette. Und ich habe Jung, Freud, Spengler, Rank et alia, die mir Gesellschaft leisten, wenn ich nicht einschlafen kann. Ich ziehe einfach meine Hose aus. So ist das Leben. Einfach nur die Hose ausziehen. Alles andere sind Ausreden. Ich warte auf Nachricht von Dir. Vergiß den «Neuen Instinktivismus» nicht. Ich habe eine Pressenotiz über Monsieur Faux Pas Bidet, der kürzlich gestorben ist.

Henry

Postskriptum:

Emil:

Leicht betrunken nach einer Diskussion über kosmologische Probleme mit King, dem Mann von der Rennbahn, aber hier sind noch ein paar Dinge, die ich in meinem Brief vergessen habe. Erstens die Abschrift meines Briefs an Covici-Friede, worin ich ankündige, daß Du wegen des abgelehnten Manuskripts meines Romans *Crazy Cock* dort vorbeikommen wirst. Sollte ein gewisser William Aspenwall Bradley darum bitten, Dich darum bitten, gib es ihm; er ist mein literarischer Agent und O. K. Zweitens lege ich die Abschrift eines Briefs von Mme. Boyd bei; wenn ich wenigstens meinen «Cinéma Vanves»-Artikel bekommen könnte, wäre ich sehr dankbar; sie sagt, wenn sie es nicht verkauft, will sie's zurückgeben. Also warum nicht? Und wenn sie's nicht zurückgibt, hast Du oder Buzby vielleicht eine Abschrift, das ist mir auch recht. Schicke Dir auch ein paar Ausschnitte aus *Frou-Frou*. Bei nochmaliger Überlegung schicke ich Dir den Durchschlag der Broschüre doch nicht mit, das kostet zuviel, und ich bin fast blank und möchte heute abend tanzen gehen. Habe großen Nachholbedarf, kommt mir vor, als wäre ich seit ewigen Zeiten nicht mehr in Paris gewesen. Werde Dir mit den Durchschlägen auch eine Erzählung aus dem Buch schicken, sie heißt «Bezeque, Inc.», die Du vielleicht irgendwem verkaufen kannst. Wenn nicht, amüsier Dich damit. Bin mit dem Notizbuch fast fertig, und es sieht prächtig aus. Ein paar Dokumente.

King, der Mann von der Rennbahn, war zu nüchtern, und ich hab mich betrunken.

Schreib bitte ausführlich über die Pläne für einen Raubdruck von *Wendekreis des Krebses*. Du könntest was draus machen. Ich bin jetzt zu betrunken, um das zu erörtern. Später mal, aber nicht heute abend.

In diesem Frühjahr komme ich vielleicht nach N. Y. Hängt davon ab, ob ich genug Geld zusammenkriege. Möchte unbedingt kommen, und wenn auch nur für einen Monat. Falls Du June siehst, sie ist inzwischen angekommen, sag ihr, daß ich mit der Scheidung einverstanden bin. Aber ich würde gern an mein Eigentum herankommen. Wie?

Es grüßt völlig verwirrt und guten Willens,
Dein HVM.

11. April 1933

Lieber Emil:
Das Postskriptum zu Deinem letzten Brief war einfach herrlich. Denn wenn ich Dich von meinem Genius (?) überzeugt habe, ist das eine große Sache. Immerhin bist Du praktisch mein einziges Publikum. Und ein furchtbar kritisches, weil Du mich so gut kennst und durch meine Nähe zu Dir naturgemäß geblendet bist. Wie gern ich Dir von all dem schreiben würde, was mir in den letzten Monaten durch den Kopf gegangen ist – den arbeitsreichsten, fruchtbarsten Monaten meines ganzen Lebens. Eine plötzliche Wende zu einem inneren Lebensstil, ein Wendepunkt in meiner Karriere als Mensch und Künstler. Wenn ich Dir über mich schreibe, ist das eigentlich kaum noch über mich selbst, sondern über jemand, den ich sehr gut gekannt habe, so gut, wie Du mich gekannt hast. Seit über sechs Monaten stecke ich jetzt in «The World of Lawrence» (so der genaue Titel für den Teil meiner Broschüre, der sich mit ihm beschäftigt). Ich habe mich in diesem Universum verloren – und wiedergefunden. Ich meine

nicht, daß Lawrence allein dafür verantwortlich ist; daß ich mich selbst verlor, begann in der Villa Seurat. Wie ich es jetzt sehe, liegt die große Bedeutung von *Wendekreis des Krebses* in der Tatsache, daß dieses Buch eine komplette Phase der Vergangenheit zusammenfaßt (leider nur allzu unvollständig, um mich zufriedenzustellen). Ich nehme an, nein, ich bin ziemlich sicher, daß ich nie mehr ein Buch wie dieses schreiben werde. Das war wie ein operativer Eingriff. Und ich bin wieder als Ganzer daraus hervorgekommen. Aber als ich mich darauf einließ, hatte ich nicht die Absicht, mich selbst zu heilen oder so was – eher wollte ich die gräßlichen Wunden loswerden, die ich in mir hatte schwären lassen. (Wie es jetzt aussieht, dieses Buch, ist es viel besser als Du weißt – ich habe es beträchtlich erweitert, revidiert, gekürzt etc. Ich kann sein Erscheinen kaum erwarten, damit ich Dir und Deinen Freunden ein paar Exemplare zukommen lassen kann.)

Wie ich eben sagte, stecke ich jetzt in Lawrences Welt, und sobald ich mit ihm fertig bin, werde ich mich Joyce und dann Proust zuwenden. Ich habe soviel Material gesammelt, habe so gigantische Pläne angelegt, daß nur Gott weiß, wann ich damit zu einem Ende kommen werde. Die Untersuchung dieser drei bildet nur die Hälfte meiner geplanten Broschüre, ihre erläuternde Seite; jede Untersuchung ist eigentlich ein kleines Buch, und vielleicht wird das Ganze am Ende auch so erscheinen, als eine Reihe von kleinen Büchern. Ich sage das nur, weil die unfertigen Manuskripte Dich einigermaßen verwirren müssen – ein ziemlich wüster Morast. Jetzt muß ich irgendwie Ordnung schaffen in diesen fragmentarischen Exurgitationen (um eins von Osborns Lieblingswörtern zu benutzen).

Wenn ich Lawrence studiere (und was ich mir über ihn den Kopf zerbrochen habe!), habe ich oft das Verlangen, Dir zu schreiben und alte Diskussionen wieder aufzurühren. In letzter Zeit habe ich vor allem an einen gewissen Abend im Prospect Park gedacht, den Abend, an dem wir unsere Freundschaft erneuerten – Du versuchtest Deine Eindrücke von *Der Aronstab* zu erklären – die Symbolik etc. Wie glücklich bin ich, Dir jetzt einige meiner reifsten Überlegungen zu diesen überaus dunklen

Details vorlegen zu können. Und wie verblüfft es mich, wie wenig wir damals davon begriffen, wir, die wir doch schon reife Männer waren, aber noch kleine Kinder in bezug auf all das, was Lawrence so am Herzen lag. Manches davon wirst Du wahrnehmen, wenn Du das vollständige Manuskript bekommst. Ich habe das Gefühl, daß ich ihn tiefer auslote als jemals einer zuvor – und warum sollte ich nicht, da wir doch so vieles gemeinsam haben, selbst was die Dunkelheit betrifft. Aber ich bin schrecklich langsam reif geworden – das sehe ich jetzt. Und doch bedaure ich das ganz und gar nicht. Die ungeheuren Erfahrungen, in denen ich mich suhlte, dürften von enormer Bedeutung sein, wenn es am Ende darum gehen wird, diesen Prozeß des Entladens, der jetzt ernstlich begonnen hat, nachzuvollziehen.

Ich habe genug Arbeit in Vorbereitung, das heißt unter den Händen, daß ich noch mindestens volle drei Jahre damit zu tun haben werde. Ich arbeite an vier Büchern gleichzeitig – denn in mir hat sich eine Ader aufgetan, und die muß ich erschöpfen. Die Durchschläge, die ich sonst immer Dir schicke, habe ich fürs erste an Lowenfels ausgeliehen; aber die bekomme ich bald zurück, und dann wirst Du Dir einen Überblick über meine Projekte verschaffen können.

• • • •

Die beigelegten Blätter über das «Cinema», Keimzelle eines weiteren Buchs, könnten interessant für Dich sein. Eine großartige Abwechslung, in meiner Phantasie kritisch durch all diese stillen Sitzungen der Vergangenheit zu streifen. Es wird kein geschlossenes Buch, und vielleicht auch kein tiefschürfendes, aber für Dich wird es von höchstem Interesse sein. Durch das alles kann ich meine ganze Entwicklung noch einmal durchleben; und damit Du begreifst, was mich denn eigentlich treibt, so viele Sachen auf einmal zu schreiben, mach Dir bitte klar, daß ich jetzt auf einem Gipfel stehe, von dem aus ich Vergangenheit und Zukunft überblicke, die zwei Welten mit beiden Händen aufhebe, um mich auf den nächsten Abstieg vorzubereiten. Daher ist das alles für mich noch wunderbarer, noch geheimnisvoller. Ausnahmsweise einmal fühle ich mich als geschlossenes Wesen, und jene Ekstase, von der Du sprichst, brennt mit steter Flamme. Ich habe nur Angst, daß ich unterbrochen werden könnte, bevor ich alles gesagt habe, was ich sagen will. Ich fühle, daß das, was ich jetzt zu sagen habe, von Bedeutung ist – mehr für die Zukunft als für diese Gegenwart. Ich lebe außerhalb des Zeitalters. Von irgendeinem Morgen erwarte ich nichts. Ich habe das alles in mir, und das genügt. Ich habe nichts mehr zu verlieren – nur die Welt kann ich durch meinen Tod verlieren.

Der Tod! Das Hauptthema, das alles durchzieht, womit ich mich beschäftige. Das habe ich Fraenkel zu verdanken. Aber hier kommt die seltsame Ironie der Dinge: indem ich den Tod akzeptiert habe, habe ich ein neues Leben gefunden! Ich bin wahrhaftig wiederauferstanden. Für mich ist der Tod das Größte überhaupt – er ist meine ständige Inspiration. Mein einziges großes Vergnügen.

Mehr in Kürze.

HVM.

Donnerstag, April, 1933
4 Avenue Anatole France
Clichy (Seine), Frankreich

Emil:
Mehr Notizen... Erinnere mich, wenn Du es nicht bald bekommst, daß ich Dir folgendes schicke: *Paris de Nuit* von Brassaï, *Dalí ou l'Obscurantisme* von René Crevel (enthält Fotos von Dalís wildesten Gemälden!), *This Quarter* (Surréalisme), ein Grosz-Album. Nicht alles auf einmal, sondern peu à peu. Dafür möchte ich haben: ein Foto von dem Haus # 662 Driggs Avenue in Brooklyn, in dem ich aufgewachsen bin (das alte Viertel). Vielleicht gehst Du eines Tages einmal diesen Weg durch die Ufa-Kulissen und läßt Dich dazu verlocken, mir diesen Gefallen zu tun – ich wäre für ein solches Souvenir wirklich sehr dankbar.

Auf dem Weg dorthin benutze die linke oder rechte Seite der Metropolitan Avenue (die alte North Second Street), und geh dann auch durch North 3rd und 4th Street, Berry Street, Wythe Avenue, Kent Avenue, etc. Ich garantiere Dir ein paar aufregende Erinnerungen. (Alles in der Nähe der alten Broadway-Fähre.) Stell Dich an die Ecke Grand Street und Bedford Avenue – sieh Dir den Fischmarkt an (Daly's), Vossler's Drug Store, den Biersalon gegenüber, das Kino in der Grand Street nahe der Driggs Avenue (das alte Unique, oder Bum). Falls Du irgendwelche Skizzen von Kneipen, Saloons oder Fähren-Anlegestellen machst, schick mir ein paar. Und wenn Du in besonders freigebiger Stimmung bist, schick mir mal ein schönes Aquarell – eins von Deinen besten! Ich hätte gern etwas von Dir hier um mich. Ich bringe einfach nicht den Mut auf, selbst mal wieder ein Aquarell zu malen; denn ich weiß, wenn ich wieder zum Pinsel greife, werde ich mich verzetteln. Und ich kann es mir nicht leisten, vom Weg abzuschweifen.

• • • •

Solltest du June jemals wiedersehen – unwahrscheinlich –, versuch das Gespräch bitte taktvoll auf meine Manuskripte, Briefe, Akten etc. zu bringen, die alle in meinem großen Aktenschrank lagern. Ich würde die Welt dafür geben, diese Sachen wiederzubekommen – mein halbes Leben steckt in diesen Papieren. Ihr bedeuten sie nichts, überhaupt nichts. Ich bitte nicht um ihre Briefe oder um die, die ich ihr geschrieben habe (und die wären weiß Gott interessant!) – sondern bloß um meine belanglosen persönlichen Sachen. Scheiße, wahrscheinlich ist es nutzlos. Aber das bedrückt mich. Wenn Du sagst: «Genie» – da haben wir's! Immer nach Unmöglichem verlangen, immerzu Mist bauen und Bande zerreißen etc. Fred liest jetzt Verlaines Briefe – ab und zu bittet er seine Freunde um 60 Centimes, ein paar Sous, oder auch nur um einen Penny – und macht die beredtesten Versprechungen, wie er's zurückzahlen will. Manchmal bittet er bloß um ein sauberes Hemd, in dem er aus dem Krankenhaus gehen kann, oder um eine Pfeife voll billigen Tabaks, oder um eine Briefmarke. Herzzerreißend. Aber so vertraut. Verlaine, Rimbaud, van Gogh, Gauguin, Villon – was für Leben! Strindberg! (Habe ich Dir die schöne, umgeschriebene Passage für *W. d. K.* geschickt, über die Straßen von Paris, und was sie für die Wahnsinnigen bedeuten? Die ausgearbeitete Stelle über die Pension Orfila? Ich bezweifle es. Warte, bis Du das Ganze siehst. Es ist toll – erklärt Paris für alle Zeiten. Bin stolz darauf.)

....

In ein paar Tagen schicke ich Dir außerdem vierzig bis fünfzig Seiten der neugeschriebenen Sache über Lawrence – muß leider noch einmal umgeschrieben werden, da ich ständig den Rahmen ausweite. Aber manches wird so bleiben – es ist ziemlich solide, nur zu fragmentarisch. Und dazu werde ich zweifellos noch rund fünfzig Seiten von einem neuen Buch schicken, das ich so nebenher schreibe; es heißt *Selbstporträt* und enthält weitere Halluzinationen – noch mal Straßen – und verrückte Ideen – das Gerippe der Dinge, die verzerrte, verdrehte Ansicht, das Universum, das sich ein wenig schiefgelegt hat, zusammengebrochen, zu Bruch gegangen ist. Gefällt mir sehr, und ich habe vor, daran weiterzuschreiben.

Wenn Du schreibst *Das letzte Buch*, weiß ich gar nicht mehr, worauf sich das bezieht. Vielleicht auf *Wendekreis des Krebses*. Vielleicht. Du weißt ja, daß ich einen Begleitband dazu in Arbeit habe – *Wendekreis des Steinbocks*. Das ist zeitlich gesehen das letzte, zumindest relativ. Seither gibt es mehrere letzte Bücher. Ich arbeite auf vollen Touren und bin von der Aufgabe, die ich mir gestellt habe, ein wenig mitgenommen. Ich träume viel – und ich zeichne diese Träume auf, mit meinen eigenen Interpretationen und Quellen für die Nachwelt. Was für Träume! Mit anderen Worten, glaub mir, ich bin ein bißchen verrückt. Immer Dein etc. Schreib auf irgendwas, was Dir gerade in die Finger kommt – vorzugsweise Papierservietten, Tischdecken; laß Deine Freunde was dazuschreiben – ich mag verrückte Namen auf den Briefen, wie zum Beispiel der Bruder von diesem Filmstar, wie heißt er noch. Schmier Senf drauf und Essig. Wie ist das neue Bier und der verdünnte Wein? Wie geht es Joe O'Regan und Ned?

Was macht die Welt der Reklame? Hast Du *Challenge to Defeat* von einem jungen amerikanischen Optimisten [William Harlan Hale] gelesen?

HVM.

28.4.33
4, Ave. Anatole France
Clichy (Seine), Frankreich

Lieber Emil:

....

*Alors* – auf den Seiten des *Selbstporträts* hoffe ich all die Ausdünstungen abzulassen, die sonst immer in die Briefe wandern. Betrachte es als solchen. Ich behalte Dich beim Schreiben im Hinterkopf. Vergiß nicht, daß es vier Teile haben soll – die vier Jahreszeiten! Dieser erste Schub ist noch immer der Frühling. Ich will eine Menge Straßenszenen reinpacken – das physische, sinnliche Paris – und dazu meine verdrehten Stimmungen.

Selbstbeobachtungen, Geister etc. Kannst Du mir folgen? Die verlockende, motivierende Idee heißt vor allem «*Rand*»-Gedanken. Wenn Picasso der Pionier ist, der Experimenteur – der ohne steckenzubleiben von einem Problem zum nächsten übergeht –, dann ist dies auch eins meiner Hauptziele. Die Kunst ist ein Nebenprodukt, Beiwerk. Alles, um die innere Flamme zu erhalten – die Begeisterung – die Vision.

Das ist alles für heute.

HVM

....

19.5.33
4, Ave. Anatole France
Clichy (Seine), Frankreich

Lieber Emil:
Das hier mag sich verrückt anhören, ist aber vollkommen aufrichtig, so aufrichtig wie ein Mann sein kann, der weint und gleichzeitig nachsieht, ob die Durchschläge überhaupt zu lesen sind! Jedenfalls so aufrichtig, wie ein lügender Hanswurst von einem Künstler es sein kann. Dem großen Triumphgefühl dieses Morgens ist das schwärzeste Elend gefolgt, tiefe, tiefe Verzweiflung. Heute beim Abendessen erhielt ich einen Zweiundvierzig-Seiten-Brief von Osborn; auf Seite 1 lese ich, daß er June im Village gesehen hat, in einem Restaurant, zusammen mit einem «Mann, der beträchtlich jünger als ich» ist, etc. Und June ist sehr verbittert und will nichts von mir hören – außer um zu erfahren, ob das Buch erschienen ist.

Diese ihre Verbitterung macht mich fertig. Ich kann nicht weiterleben, wenn diese Frau mich haßt. Ich kann es nicht. Du bist mein einziger richtiger Freund, und ich habe in der Vergangenheit bestimmt nicht allzu viel von Dir verlangt. Vielleicht mehr als unbedingt nötig, aber ich habe versucht, soviel wie möglich dafür zurückzugeben. Und jetzt brauche ich einen Freund – mehr als je in meinem Leben. Du kennst mein Leben mit June – was es mir bedeutet hat. Du weißt, wie ich eines Nachmittags weinend zu Dir kam und Dich anflehte, etwas für mich zu tun. Jetzt ist alles vorbei. Ich weiß, daß es aus ist. Aber sie haßt mich. Und das kann ich nicht ertragen. Ich kann einfach nicht verstehen warum. Immerhin war sie es doch, die sich an mir vergangen hat, nicht ich an ihr. Ich war freundlich zu ihr, großzügig, nachsichtig. Ich habe sie geliebt, wie wohl nur wenige Männer je eine Frau geliebt haben. Meine Liebe war zu groß. Nie werde ich darüber hinwegkommen, und wenn ich tausend Jahre alt werden sollte. Ich brauche nur ihren Namen zu hören, und alles in mir dreht sich um. Sie war alles, was ich im Leben haben wollte – und sie hat mich enttäuscht – oder ich habe sie enttäuscht – was macht es für einen Unterschied, wen die Schuld daran trifft? Ich werfe ihr nichts vor. Ich werfe nicht einmal mir etwas vor. Auch nicht dem Leben. Es war einfach die menschliche Unabwendbarkeit der Dinge, ein Krebsgeschwür, das schlimmer ist als Schuld oder Haß oder Liebe.

Ich glaubte mich von ihr befreit zu haben. Ich habe eine andere Frau gefunden, eine weit bessere Frau als June, eine Frau, mit der ich noch nie den kleinsten Streit hatte, eine Frau, die sehr viel für mich geopfert hat und die nichts von mir verlangt. Und trotzdem frißt June, dieser verdammte jüdische Geier, in meinem Innern herum, ob ich will oder nicht – erst mit ihrer Besitzgier, ihrer Eifersucht, ihrem unwiderstehlichen Sex und ihren Schmeicheleien, und jetzt mit Haß und Boshaftigkeit und Rachgier. Ich habe weiß Gott genug von Masochismus, von Selbstquälerei. Ich hatte mehr als genug davon, erst mit B und dann mit June. Alle meine Liebesgeschichten sind unglücklich verlaufen – mit Pauline, B, June, Muriel, Fedrant, alle miteinander. Bis heute. Jetzt fühle ich mich frei. Frei, eine Frau auf ganz normale, gesunde Weise zu lieben. Nur um Dir das zu beweisen, laß mich erzählen, daß ich heute abend schier vernarrt gewesen bin in die reizendste Hure, die ich je in Paris gesehen habe – bis ich plötzlich erkannte, daß sie June sehr ähnlich war. Und da brannten bei mir die Sicherungen durch. Ich schrieb ihr im Café einen langen Brief in meinem erbärmlichen Französisch, einen leidenschaftlichen, wehmütigen, zärtlichen Brief, wie nur ein verrückter Ludwig einen schreiben kann. Um sie ein Weilchen zu lieben, ihre Zärtlichkeiten zu empfangen, würde ich sogar aufs Essen verzichten.

Nein, ich will mit June nicht noch mal von vorne anfangen. Aber ich will, daß sie aufhört mich zu hassen. Ich will nicht diese Verbitterung. Und ich bitte Dich als den einzigen Freund, der mir noch geblieben ist, Dich für mich zu verwenden. Vergiß meine Papiere, meine Briefe, meine Manuskripte. Die brauche ich eigentlich gar nicht. Wenn ich lang genug lebe, kann ich all das und zehnmal mehr noch einmal produzieren. Aber unter uns gesagt, Emil, und das ist keine Faselei, ich werde nicht mehr sehr lange leben. Ich weiß es. Ich fühle es in meinen Knochen. Ich weiß nicht, was es ist, aber ich habe etwas – es sitzt tief in mir und frißt mich auf, und von mir aus nenn es Einbildung oder was auch immer, aber damit wischst Du es nicht weg. Ich habe noch wenige Jahre, und ich versuche, das beste daraus zu machen. Für wen? Ich weiß nicht. Etwas treibt mich von hinten an, eine blinde Kraft, und der gehorche ich. Es geht nicht mehr um Ruhm, Eitelkeit, Belohnung, Erfolg. Nichts mehr davon. Vielleicht will ich mich unsterblich machen. Aber das ist mir gleichgültig. Ich treibe mich voran, fahre mit allem Dampf, der in mir ist, um vor dem Fallen des Vorhangs zu sagen, was ich zu sagen habe. Und wenn ich alles gesagt habe, werde ich umkippen. Das weiß ich so sicher wie das Schicksal. So bin ich nun mal. Es ist das klassische Schicksal für einen wie mich. (Denke an Gauguin, van Gogh, Strindberg, Nietzsche, Lawrence, Proust, Dostojewski.) Gerade genug Kraft, um zu sagen, was sie sagen wollten – und dann Schluß! Genau wie bei mir. Das Leben ist zu mir als Künstler nicht allzu freundlich gewesen. Vielleicht bin ich nach den allgemeinen Vorstellungen von Kunst und Künstlern gar kein Künstler. Aber in meiner Seele weiß ich, daß ich einer bin – auch wenn ich nur sehr wenig vorweisen kann, um das zu beweisen oder zu rechtfertigen. Immerhin können die wenigen, die mich gekannt haben, etwas dazu sagen, ob ich einer war oder nicht.

Unbewußt gerate ich ins Präteritum. Ich schreibe in Höchstgeschwindigkeit. Ich war! Lies da rein, was Du willst. In diesem Augenblick, das heißt vor wenigen Augenblicken, als ich allein in der Küche saß, nachdem ich vom Café und der wunderschönen Hure, deren Augen mich so entflammten und mit solcher Gier erfüllten, nach Hause gekommen war, dachte ich über mein ganzes Leben nach, über alle meine gescheiterten Unternehmungen, alle meine Fehlschläge, alle meine jämmerlichen Versuche, mich als reales Wesen zu behaupten, all die gemeinen Tiefschläge, die das Leben mir verpaßt zu haben scheint – ich gestehe das mit Bedauern! Und ich habe das Leben so geliebt, und liebe es noch immer. Ich kann lachen, verzeihen, großzügig sein. Aber es verletzt mich, verletzt mich so schrecklich, daß das einzige Wesen auf dieser Welt, das ich geliebt habe – und noch immer liebe, Gott steh mir bei, auch wenn ich sie nicht mehr haben will, und das auch nur, weil ich diese Grausamkeit, dieses gemeine Unrecht des Fleischs wider den Geist, nicht mehr ertragen kann – es verletzt mich bis ins Innerste, sage ich, daß ausgerechnet sie mich hassen soll, nicht wissen soll, wer ich bin und was ich bin. Manchmal komme ich mir geradezu vor wie ein Gott. Mindestens wie ein Heiliger. Ich habe ja eine gute Seite, Du kennst sie, und ich kann ohne rot zu werden so unverblümt davon sprechen, denn das ist eine Tatsache, die sogar ich erkennen kann. Und auch June sollte diese Seite kennen, und kennt sie auch, da bin ich sicher. Aber sie will das einfach nicht sehen. Ihr verdammtes, kleinliches, kleines Ego, ihre weibliche Eitelkeit verschließt ihr die Augen. Emil, so wahr mir Gott helfe, einen der schönsten Augenblicke meines Lebens hatte ich hier in Clichy, unmittelbar vor dem großen Knall. Es war an einem Nachmittag, June und ich rannten zum Postamt, um Anaïs anzurufen. Die beiden waren dicke Freunde, mußt Du wissen, bis zum bitteren Ende. Im Grunde kann man fast nicht glauben, daß diese Sache zu Ende ist. Wer würde mir glauben, wenn ich die ganze Wahrheit erzählte? Nicht einmal June selbst. Sie würde es abstreiten, so wie sie alle großen Augenblicke ihres Lebens abgestritten hat, von denen die meisten ich ihr geschenkt habe. Emil, ich sage Dir, ich bin nicht verrückt, und ich bin auch weder eingebildet noch selbstgefällig. Ich weine, während ich das schreibe. Ich kann vor Tränen kaum die Wörter sehen. Und ich habe nichts dagegen, wenn Du selbst ein paar vergießt – um die kleinen Jungen, die wir einmal waren, die sich vornahmen, das Leben bei den Hörnern zu packen und vielleicht einmal berühmt zu werden etc., etc., etc. All diese et ceteras! Aber jener Nachmittag! Wir gingen also zum Postamt. Und auf der Straße packt June mich plötzlich auf ihre wahnsinnige Art und sagt – «Du bist ein großer, großer Mann, ein Heiliger, ein Genie, ich liebe dich, ich bete dich an, ich tue alles in der Welt für dich!» Himmel, Himmel, was für ein Hohn. Denn nur wenige Stunden später waren wir geschiedene Leute – für immer. Nur wenige Stunden später mußte ich mir die schlimmsten Beschimpfungen anhören, die ein

Mann von einer Frau, die er liebt, nur zu hören bekommen kann. Da wurde alles zu Stein, zu Asche. Das Leben verlor seine ganze Heiligkeit. Schmutz. Schmutz. Ordinäre jüdische Aufführung. Ordinäre Theatralik. Ich sehe die Frau ihre Blasphemien ausstoßen und frage mich, ist das noch dieselbe Frau? Und welches Wunder hat diese Änderung bewirkt? Bin ich es? Könnte ich allein diese Änderung bewirkt haben? Ich glaube nicht daran. Und wenn ich das scheußlichste Verbrechen begangen hätte, würde ich doch nicht all diese gemeinen Beschuldigungen verdient haben, mit denen sie mich da überhäufte.

• • • •

Weißt Du, was ich von June will? Ich will, daß sie vor mir auf die Knie fällt und mich um Verzeihung anfleht. Ich will, daß sie weint, bis ihr das Herz bricht, ihr schmutziges, gemeines, mieses jüdisches Herz, das nicht zu erkennen vermochte, daß es eine große Seele neben sich hatte. Wer ist June denn in Wirklichkeit? Meinst Du, das weiß ich nicht? Meinst Du, all Deine kleinen sarkastischen und ironischen Bemerkungen, Deine spitzen Anzüglichkeiten wären mir nicht im Gehirn haftengeblieben? Weißt Du nicht, daß ich ein Gehirn habe? Daß ich ein fühlender Organismus bin? Natürlich wußte ich, wer June Smith-Smerth-Mansfield-Miller-Fotze-Eier-Nutte war. Ich kenne sie bis ins Innerste ihrer unersättlichen Möse. Ich kenne ihre Seele in- und auswendig, denn sie war so dünn, daß man sie umkrempeln konnte wie einen Ärmel. Ich habe June gekannt, besser als ihr alle zusammen. Aber ich habe sie geliebt. Das war das Verhängnis. Das ist etwas, wobei man keine Wahl hat. Ich habe sie geliebt, denn als ich sie kennenlernte, war ich schon eine verzweifelte, ausgehungerte Seele. Ich hatte nichts zu verlieren. Ich haßte meine Frau. Ich sehnte mich nach Zärtlichkeit, Liebe, Freude, Ausdehnung, Leben, Ekstase, Illusionen. Ich verabscheute dieses miese Miststück, das mein Kind geboren hatte. Ich verabscheue sie noch immer. Ich verabscheue die gesamte amerikanische Frauenschaft mit ihrer falschen Jungfräulichkeit, ihrer falschen Liebe, ihren schmutzigen, lesbischen Masturbationsnummern. Ich habe June geliebt, weil sie Jüdin war – und das war mir bewußt, noch ehe ich es Dir gestanden habe. Ich habe sie geliebt, weil sie eine andere Rasse verkörperte, etwas mir vollkommen Fremdes, etwas, das ich nicht kannte. Und June hat mich geliebt, daran gibt es keinen Zweifel. Wäre ich nicht so ein närrischer Künstler, hätte ich sie vielleicht halten können. Ich hätte heute glücklich sein können. Aber ich konnte sie lieben und mich gleichzeitig über sie lustig machen. Ich mußte ihr die Wahrheit über sie selbst sagen, und das konnte sie nicht ertragen. Ich wußte die ganze Zeit über, daß ich beschissen wurde, ich war nicht so naiv, wie Du Dir womöglich eingebildet hast. Aber ich habe sie geliebt! Und wenn sie von Syphilis verseucht zu mir gekommen wäre, ich hätte sie dennoch geliebt, vielleicht um so mehr geliebt. Wer kann was über die Liebe sagen? Warum wir lieben? Das hat keine Logik. Man ist ein Sklave. Man ist gnadenlos gefesselt. Hilflos. Ein Opfer. Ich war ein Opfer der Liebe. Und trotzdem habe ich klar gesehen. Der Tag, an dem ich Amerika verließ, war der schrecklichste Tag meines Lebens. O ja, ich würde gern zurückkommen – in meiner Phantasie –, aber wenn es soweit sein wird, werde ich wohl immer einen Rückzieher machen. Ich kann nicht zurück. Ich hasse Amerika. Ich hasse amerikanische Frauen. Ich hasse, was Amerika mir angetan hat, durch June, durch B, durch Muriel...

Emil, ich bin kein Homo – das weißt du. Und Du bist der einzige, aus dem ich mir wirklich etwas mache, auf den ich wirklich zähle, zu dem ich wirklich Vertrauen habe. Osborn sagt, Du lachst hinter meinem Rücken über mich – machst Witze über meine Philosophie des Todes und andere Sachen. Na, wenn schon! Großer Gott! Es gibt über jeden Menschen viel zu lachen. Wir alle sind letzten Endes lächerlich. Aber ich habe großes Vertrauen zu Dir. Ich weiß, Du hast versucht mich zu retten, als ich in Junes Klauen war. Aber Du konntest mich nicht retten. Und jetzt sage ich: hilf mir! Aber wie? Ich weiß nicht, wie ich zu retten sein soll. Ich weiß nicht, was ich eigentlich will. Ich weiß nur eins, ich will nicht, daß sie mich haßt. Auf mein Ehrenwort, wenn sie es unbedingt wollte, würde ich mich umbringen. Sie hat es nicht verdient, aber ich würde es tun. Wer bin ich? Bin ich so wichtig, daß ich das Glück eines anderen Menschen zerstören sollte? Frag sie das. Was will sie von mir? Soll ich aufhören, über sie zu schreiben? Das kann ich nicht. Das ist mein Leben. Leider. Nur allzu bedauerlich. Aber wenn mein Selbstmord ihr Gewissen beruhigt, wenn es irgend etwas hilft, diesen elenden Henry Miller, der sie so sehr geliebt hat, aus dem Weg schaffen, dann werde ich es tun. Ich kann es nicht ertragen, daß sie mich haßt. Ich wünschte, Du würdest ihr das zeigen. Ich wünschte, Du würdest mir glauben, daß das nicht bloß die Eingebung eines betrunkenen Augenblicks ist. Sag ihr, daß ich sie geliebt habe und daß ich sie noch immer liebe, aber nicht haben will. Daß ich glücklicher bin ohne sie, aber nur Gott weiß, was für eine Art Glück das ist – ohne sie. Es ist schauderhaft. Sie kann nie wissen, was unser gemeinsames Leben für mich bedeutet hat, alle meine Pläne, alle meine Träume. Meine June! Und doch ist sie nur eine kleine Judenmöse, eine Hure, eine Schlampe, die sich mit irgendeinem gutaussehenden Collegestudenten herumtreibt, der beträchtlich jünger ist als ich. Schauderhaft. Wenn ich daran denke, wie ich sie auf den Straßen herumgestoßen habe, wenn wir in bitterkalten Nächten Prospekte oder Pralinen verkauften, wie ich sie mit Liebe und Gewalt und was sonst noch dazu angetrieben habe. Ich war verrückt, wahnsinnig. Ich habe sie geliebt, und ich hatte Hunger. Ich war verzweifelt. Kein Mensch verstand, was ich war, wer ich war. Ich wollte jemand sein. Ich hielt mich für einen Künstler, einen Dichter. Ich war ein Träumer. Ich habe so sehr an die Menschen geglaubt, daß ich sie herumstieß. Ich bitte June, mir das zu verzeihen. Ich wollte sie nie wirklich herumstoßen. Ich habe sie zu allem möglichen angetrieben. Das sehe ich jetzt nur allzu deutlich. Ich habe sie von mir weggetrieben. Ich war ein Feigling. Das bestreite ich gar nicht. Ich war ein Feigling, weil ich sie geliebt habe und nicht genug geliebt habe. Ich habe auch mich selbst geliebt. Ich wollte jemand sein. Ich war froh, daß sie sich für mich opferte. Ich habe gehofft, mich eines Tages für sie opfern zu können. Das war alles von Anfang bis Ende verdreht, verzerrt, verrückt, verkehrt. Ich habe seit damals eine ganze Welt durchlebt und weiß es jetzt besser, aber die arme

June erinnert sich nur daran, daß ich sie in der Kälte herumgestoßen habe, als sie selbst nur zu wenig Mut hatte. Himmel, Emil, man kann gar nicht zuviel für eine Frau sprechen, die soviel getan hat wie June. Und man kann gar nicht bitter genug gegen sie sprechen, wenn sie all das getan hat, was June gegen mich getan hat.

Vielleicht werde ich in meinem ganzen Leben keinen solchen Brief mehr schreiben. Aber Osborns Worte haben mich tief getroffen. June war in einem Restaurant. June war lebendig. June war mit einem jungen Mann zusammen, «beträchtlich jünger als ich». Etc. Diese et ceteras! Ich wünsche dem jungen Mann Glück. Ich hoffe bei Gott, er wird mit June so glücklich sein, wie ich es mir erhofft hatte. Ich wünschte, ich wäre dieser junge Mann. Ich wünschte, ich wäre jung und naiv und dumm, damit ich June in einem Restaurant in Greenwich Village gegenübersitzen und an ihren Lippen hängen und an sie glauben könnte, wie ich einmal an sie geglaubt habe. Ich wünschte, es wäre möglich, June all das begreiflich zu machen. June will es nicht begreifen. Das ist das Dumme. Ich wünschte, anstatt diesen langen Brief zu schreiben, könnte ich nach Amerika versetzt werden und June nur für ein paar Minuten sehen. Wie kann diese Frau mich hassen? Diese Frau sollte vor mir auf die Knie fallen.

Emil, ich bin sehr traurig, und sehr betrunken, und sehr krank. Krank im Herzen, und diese Krankheit rafft mich dahin. Ich habe einmal einen langen Brief an June geschrieben, in dem ich ihr meinen Selbstmord ankündigte, falls ich sie nicht haben kann. Ich schrieb das in der Küche des Hauses Nr. 224 in der 6th Avenue, wo Du und ich eines Nachts so ausgelassen lachten, als wir diese verrückten Briefe der Western Union-Kuriere lasen. Nun, heute nacht, wiederhole ich, bin ich zum Selbstmord bereit, falls June damit geholfen ist. Sie wird mir nicht glauben, aber ich meine es ernst. Sie braucht es nur zu sagen. Und nichts von all dem, was ich geschrieben habe, wird ans Licht kommen. Ich werde das alles mit mir ins Grab nehmen, ganz wie der ehrbare Holländer, der ich bin. Ich bin ein Narr, und ich weiß es. Aber die Liebe ist mir heilig. Ich würde mir gern eingebildet haben, sie hätte mich um meiner selbst willen geliebt, hätte meine Fehler ebenso geliebt wie meine Tugenden. Ich hätte mir gern eingebildet, diese unsere Liebe sei etwas Ewiges. Aber da sie das nicht ist, oder war, was kann ich tun? Ich kann mir eine Kugel in den Kopf jagen oder in die Seine springen. Wegen einer Judenmöse. O Ironie! O Schicksal! Ja, ich kann das tun für eine kleine Judenmöse, deren Stolz verletzt wurde. Ich kann das tun, für June Smith-Smerth-Mansfield-Miller. Sag ihr das. Sag ihr, daß ich alles tun werde, um ihre kleine Judenmöse wieder zum Zwitschern zu bringen. Sie kann mit einem jungen Athleten im Bett liegen und ihm erzählen, wie ein romantischer Hans Castorp, ein zartes Kind des Lebens ihretwegen Harakiri gemacht hat.

Betrunken... Betrunken... Betrunken... Ich habe sie geliebt. Das ist die ganze Geschichte. Alles andere ist Gewäsch. Liebe. Liebe. Ich platze davon, und sag ihr, bevor ich Harakiri begehe, werde ich eine der tollsten Mösen Frankreichs ficken. Sag ihr, daß ich im Café Wepler bei mir in der Straße eine kleine schwarzäugige Hure gefunden habe, und daß ich sie liebe, und zwar mit Großbuchstaben. LIEBE. Sag ihr, daß ich französische Mösen viel reizvoller finde, auch wenn das eine gottverdammte Lüge ist. Ich kann die Tasten nicht mehr sehen, also gute Nacht und alles Gute, und hoffen wir, daß es in der nächsten Welt heiter und fröhlich zugeht, ohne Katarrh und Rheuma und Polypen und Krebs... Nur Liebe. Ich habe sie geliebt. Sag ihr das. Dieses billige, schäbige kleine Miststück. Aber ich tu's für Dich, wenn es sie glücklich macht – sie und ihren schäbigen Athleten mit seinem «beträchtlich jünger als ich» etc. Et cetera.

Weißt Du, was es heißt, verletzt zu sein? Ich bin es.

Das ist alles 3/4

Drei Viertel 3/4 Verletzt. Verletzt.
Ich habe sie geliebt.
Sag ihr das.
Harakiri
HVM.

19. Mai, 12 Stunden später

Lieber Emil:
Den beigelegten Brief kannst Du vergessen. Oder lies ihn und amüsier Dich. Ich lege einen Rohentwurf für «Palace of Entrails» bei, dessen leichte Mißklänge ihn auch nicht um sein Aroma bringen dürften. Habe das heute morgen für Dich abgeschrieben, nur um Dir zu beweisen, daß ich nach Werthers Leiden gestern nacht jetzt wieder gut in Form bin. Es ist alles O. K. Bloß ein vorübergehender Anfall – denn, wie Wambly Bald sagen würde, Osborns verdammter Brief hat in meinem Geist Bilder hinterlassen.

Heute morgen habe ich ihn noch einmal gelesen und mich kaputtgelacht. Traue nie dem Autor, nur der Geschichte. Wenn ich sage, mir bricht das Herz, glaub mir nur ja nicht. Das ist bloß Literatur. Solltest Du noch jemals diese Mansfield-Smith-Smerth-Miller-Frau sehen, sag ihr, sie soll sich ins Knie ficken – sag ihr, das hätte ich gesagt! Zeig ihr nichts – denn nichts davon ist wahr. All dieses Zeug lebt nur in meiner Phantasie. Organisch, funktionell, metaphysisch bin ich intakt. Hundert Jahre alt werde ich zwar nicht, aber noch bin ich nicht tot. Und denke auch nicht daran, Harakiri zu begehen. Erst wenn ich auch ein paar gute Aquarelle gemalt habe. (Ich schreibe jetzt eine Kolumne für Wambly Bald: er gibt mir ein Bild von einem Bekloppten, neben ihm ein phallischer Baum, um seinen Kopf ein Heiligenschein, der aussieht wie ein zusammengerolltes Kondom. *Inspiration.*)

• • • •

Ich habe heute mittag nicht viel zu sagen, außer daß ich ein bißchen verstimmt bin. Dieser Brief hat mir einen guten Schock versetzt – hab ich sehr genossen. Also schreib mir ab und zu einmal und erzähl mir von June, weil ich mich einen Scheißdreck für sie interessiere. Erzähl mir, welche Farbe ihr Kleid hatte und ob ihre Augen grün oder blau angemalt waren.

Der junge Mann, der beträchtlich jünger als ich ist – was für ein Ausdruck! Ich glaube, damit hat der ganze Ärger angefangen.

Das kann kein anderer gewesen sein als Stratford Corbett von der N. Y.-Lebensversicherungsgesellschaft. Jetzt weiß ich, warum June immer, wenn sie nach Paris kam und mit mir ins Bett ging, gesagt hat: «Gott, Val, wie dünn du bist!» Er muß ein athletisches, gesund aussehendes Prachtexemplar sein. Die Künstler sehen immer ein bißchen elend aus, verwahrlost, wurmstichig, neurasthenisch, verdreckt, memmenhaft etc. Et cetera. Mir war nie klar, wieviel Sinn so ein et cetera hat. Ich mache Entdeckungen. Ich liebe dich, June... et cetera. Nein, danke, mir reicht's... et cetera. Noch ein kleines Gläschen?... et cetera. Immer Gott... et cetera... *et Cie*.

Du siehst, in was für einer schönen, heiteren, gesunden Stimmung ich bin.

• • • •

Sollte ich heute noch an irgendwelche Knete kommen, werd ich auf die Pauke hauen. Zwischen cinq et sept wird meine schwarzäugige Hure im Café Wepler sein – heute nachmittag in einem grauen Kleid, wie der Garçon mir sagt. Mein Briefchen ist freilich an die Dame in Blau adressiert. Ich habe ihr geschrieben, daß ich sie mit heftiger Leidenschaft liebe. Meinst Du, das klingt gut? Kann man wirklich noch so lieben? Grüße an Fraenkel. Unterm Schweißband findest Du das Universum des Todes.

HVM.

(Für das Selbstporträt)

20. Mai 1933
(24 Stunden später)
Clichy – Seine. *Tod*

Lieber Emil:

• • • •

Fraenkel! Wenn er hier wäre, würde ich die Arme um ihn legen und ihn an meine Brust drücken! Wo ist dieser kleine Mann mit dem hellblickenden Auge, dem Feuer in seinen Eingeweiden, dem Lodern im Gehirn, dem stürmischen Forschergeist, der schamlosen Arroganz und Bescheidenheit, die einen zu Tränen rührt, so tief ist sie und so echt. Fraenkel? Ach, der kleine Fraenkel, so verachtet, so mißverstanden, so gequält und gefesselt von inneren Konflikten – Fraenkel ist ein sehr lebendiger Mann, ein Mann mit dem Heiligen Geist im Bauch, wo er hingehört, und mag er auch der Philosoph des Todes sein, so atmet er doch mehr Leben als die ganze Mannschaft zusammen – diese vulgäre, gesunde, rotwangige Piratenmannschaft, die Du mir da schilderst – Boyd, Hale, Smith, Van Vechten, etc. Rauchende, dampfende Scheißhaufen sind das! Diese Schmähung borge ich bei Lawrence. War einer seiner Lieblingsausdrücke. Rauchende, dampfende Scheißhaufen! Wenn es um Leben und Tod geht, seid ihr da drüben alle nichts als rauchende, dampfende Scheißhaufen! Das muß einmal gesagt sein, Emil. Hat keinen Sinn, darum herumzureden.

• • • •

An meinen Freund Emil Schnellock
der mir alles beigebracht hat
*was ich von Malerei verstehe!*

*Anno Domini 1933*
4, Avenue Anatole France
Clichy (Seine), France

## Genese eines Meisterwerks

Ich will mein Gedächtnis nach besten Kräften anstrengen und Dir die Geschichte des bemerkenswerten Aquarells erzählen, das jetzt zum Trocknen im Papierkorb liegt. Noch so eins werde ich wohl mein Lebtag nicht mehr malen. Es sei denn, ich kann mich wieder auf die dabei angewandte Technik besinnen.

Zunächst einmal... Die Ursprünge dieses Meisterwerks liegen weit zurück. Am Morgen sah ich meine «Material»-Mappe durch, allerlei Krimskrams, der in meinen *Schwarzen Frühling* einzementiert werden soll. Ich lese meinen Letzten Willen, meine begeisterten Briefe und – stoße schließlich auf meine

Notizbücher zu dem «Roman» – dem Roman, der nie geschrieben wurde, und den ich nie schreiben werde, wofür ich die Ausrede parat habe, daß ich den Rest meines Lebens damit zubringen würde und nicht weiß, ob ich noch so lange leben werde. Gegen Mittag platzt mir der Kopf – vor Ideen. Mein ganzes Leben schießt in einem einzigen Schwall nach oben, wie ein Geysir, der eben aus der Erdoberfläche hervorgebrochen ist. Was soll ich mit all diesen Ideen – ich will mich hinsetzen und schreiben. Aber ich bin machtlos. Während des Mittagessens bedecke ich die ganze Tischdecke mit Notizen. Meine Vergangenheit. Meine Zukunft. La Fourche, wo ich über sämtlichen Straßen sitze und schizophren werde. Chez Richard. Aber was soll's. Ich komme nach Hause und genehmige mir ein Nickerchen, damit das Blut mir wieder in Füße, Beine und Bauch zurücksickern kann – irgendwohin, bloß raus aus meinem Kopf. Na schön, du Mistkerl – wenn heute ein Ideentag ist, betätige ich mich eben als mein eigener Amanuensis. Um etwas Druck abzulassen, schreibe ich nach dem Abendessen ein bißchen aus Goethe ab. Goethe war ein Besessener. Er glaubte an seinen Dämon. Und gehorchte ihm aufs Wort.

Ich reinige mein Fahrrad von oben bis unten, ziehe alle Muttern nach, öle es, poliere die Speichen. Dann räume ich meinen Schreibtisch auf, ordne meine Bücher. Ich setze mich zum Schreiben – aber es ist unmöglich. Ich habe zu viele Ideen auf einmal. Unter den Büchern auf meinem Schreibtisch ist eine Broschüre, etwa drei Zoll im Quadrat, Titel *L'Art et la Folie*. Schön. Ich schlage sie auf. Ich sehe einen Jungen und ein Mädchen dicht voreinander knien; zwischen sich halten sie ein großes Schloß. An Stelle von Penis und Vagina sind sie mit großen Schlüsseln ausgestattet, die ineinander eindringen. Sie sehen sehr glücklich aus. Dies ist die Zeichnung eines «fou». Nicht übel. Auf Seite 85 eine *paysage*. Sieht genau so aus wie eine von Hilaire Hiler – oder sogar noch besser. Merkwürdig daran ist nur, daß im Vordergrund drei winzige, sehr mißgestaltete Männer zu sehen sind. Sehen aus, als seien sie zu schwer für ihre Beine. Aber das ist keineswegs beunruhigend. (Gestern habe ich jede Menge Notizen über die «Monstren» gemacht, die ich in der Rue de Rivoli beobachtet habe.) Vielleicht sind diese drei Typen ganz normal, wie Monster nun einmal sind. Jedenfalls ist es ein architektonisches Bild, eine Studie in Neo-Naturismus. Liegt irgendwo in der Mitte zwischen Giotto und Santos-Dumont.

Sachte beginnt mir zu dämmern, daß ich auch einmal so eine verrückte Zeichnung machen sollte. Zu Anfang möchte ich eine davon für Dich abzeichnen, Emil – um Dir zu zeigen, wie gut die sind. Aber es ist mir ein wenig peinlich, die Werke von Leuten aus der Irrenanstalt zu kopieren. Das ist die schlimmste Form von Plagiat. Diese armen Teufel haben keine Rechte. Trotzdem, mir will nichts anderes einfallen.

Am Ende beschließe ich ein Pferd zu zeichnen – nur für den Anfang. Ich denke vage an die Pferde, die ich gestern in der Etruskischen Abteilung des Louvre gesehen habe – die ich eigens aufgesucht habe, um einen drei Jahre alten Notizzettel zu erledigen. Also, ich beginne mit dem einfachsten Teil des Pferdes – dem Pferdearsch. Ich lasse eine kleine Öffnung frei für den Schwanz – um ihn später hineinzustecken. Aber kaum fange ich mit dem Körper an, wird der Rumpf gleich viel zu lang. Ich zeichne doch keine Leberwurst – sondern versuche ein Pferd zu zeichnen. Ich erinnere mich, daß einige der Pferde auf den Vasen (Rhodos-Periode) sehr länglich waren und daß ihre Beine mit einer schönen, sauberen Linie mitten im Körper anfingen – die Ursprünge von Kubismus und Surrealismus – vor etwa 4000 Jahren. Also O. K. – dann eben ein Rhodos-Pferd. Aber jetzt wird es schwierig – die Beine. Die Form macht mich völlig konfus. Kenne mich nur von den Fesseln abwärts aus, das heißt, ich weiß, wie der Huf aussieht. Heikle Operation, oben das Fleisch draufzusetzen – und den Oberschenkel natürlich an den Körper anschließen zu lassen, und nicht, als ob er mit Leim da angeklebt wäre. Ich habe dem Tier bereits fünf Beine verpaßt – eins davon mache ich zu einem Pimmel –, als mir plötzlich klar wird, daß man ja gar nicht alle vier Beine auf einmal sieht. Ich versuche die Vorderbeine hochzubiegen – so eine tänzelnde Bewegung. Geht nicht. Dann versuche ich den Bauch wiederherzustellen, der während der Arbeit an den Beinen stark gelitten hat. Am Ende sieht der Bauch wie eine Hängematte aus – besser bekomme ich's nicht hin. Ich lasse ihn so. Wenn es nicht wie ein Pferd aussieht, kann ich es später immer noch ändern – es eine Hängematte nennen und einen Schläfer da reinlegen. Und jetzt zum Kopf. Ich habe die Ohren, aber der Schädel sieht aus wie ein Futtersack. Beim Einsetzen der Augen fällt mir auf, daß das Pferd lacht. Dies ist der erste menschliche Zug an meinem Tier. Und da bin ich angewidert. Ich will noch einmal von vorne anfangen. Also setze ich mich ruhig hin, schließe die Augen und versuche mir ein Pferd vorzustellen. Ich lasse meine Hände über seine Mähne gleiten, über seine Schultern, über seine Flanken. Mir scheint, ich kann mich erinnern, wie ein Pferd sich anfühlt, wie die Wölbungen hier und da verlaufen. (In Chula Vista habe ich jeden Morgen, bevor es in die Felder ging, die Esel gestriegelt. Wenn es wenigstens ein Esel wäre – aussähe wie ein Esel, würde ich mich besser fühlen.) Also beginne ich mit einer Mähne. Sieht ein bißchen albern aus – wie Zadkines Zeichnungen, wenn er besonders schlau sein will und so tut, als könnte er gar nicht zeichnen. Schon beginnt die Mähne einem Zopf zu gleichen. Na ja, ein bißchen Farbe wird das vielleicht richten, wenn ich wieder an diese Stelle komme. Weiter geht's. Ich verändere die Linienführung des Bauchs von Grund auf. Das heißt, wo er konkav war, mache ich ihn konvex, und umgekehrt. Aus irgendeinem Grund galoppiert das Pferd jetzt. Hitzig schnaubt es aus den Nüstern. Aber mit den zwei Augen sieht es komisch aus. Eins wird ausradiert. Jetzt wirkt es ein bißchen pferdehafter. Aber auf einmal blickt es so niedlich drein – wie Charley Chase! Ich beschließe, ihm Streifen anzumalen, falls ich später ein Zebra draus machen will. Aber ich vergesse, daß der Bauch gerundet ist und die Kurve sich in der Mitte brechen sollte. Jetzt sieht es aus wie ein Papp-Pferd. (Mir fällt das Cinzano-Pferd ein – ist ebenfalls gestreift – ein schönes Tier. Und doch nur Reklame für einen Apéritif.) Wenn ich ein Pferdebild von einem fou finden könnte, würde ich da ein paar Anleihen machen. Aber keine Pferde dabei. Nur griechische Göttinnen, Flüsse, Brücken, Epileptiker. Na gut, also eine Brücke. Ich sehe mir Seite 85 aufmerksam an. Eine schöne Komposition. Hat was Japanisches. Sehr mechanisch, sehr geometrisch. Aber man erkennt, daß es eine Brücke ist, und man kann Häuser und Bäume und Berge klar unterscheiden.

Außerdem... Direkt unter dem Pferdearsch, wo die Kruppe anfängt und aufhört, zeichne ich einen Strohhut, eine Melone. Darunter einen Kopf – in groben Zügen. Ich nehme den großen Pferdepimmel und verbiege ihn zu einem Arm – so! Der Mann kitzelt das Pferd am Bauch. Schön – ich kann immer behaupten, ich imitiere das Werk eines fou. (Und hier frage ich mich zum erstenmal, ob womöglich irgend etwas nicht mit mir stimmt, daß ich solche Zeitverschwendung betreibe.) Da mir die Füße nicht gelingen wollen, verdecke ich sie mit einem Geländer, das ich von Seite 85 abmale. Der Mann beugt sich über das Geländer und kitzelt gleichzeitig das Pferd am Bauch. Kompositorische Effekte. (Ich erinnere mich, daß auf den in Portugiesisch-Afrika entdeckten Wandmalereien des 17. Jahrhunderts manche Sklavenzeichnungen zwar hundsmiserbale Kreuzigungsszenen darstellten, von der Komposition her aber ganz phantastisch waren.) Und da ich jetzt langsam müde werde von meinen Anstrengungen, beschließe ich die Plackerei abzukürzen und die Brücke mit diagonalen Streifen auszulegen. Damit ist mindestens ein Drittel des Bildes erledigt, was Detailarbeit betrifft. Jetzt die Rasenstreifen, die Böschung, die drei Bäume, die schneebedeckten Berge. Das ist wie ein Puzzle. Immer wo ich einen Felsen nicht richtig hinkriege, mache ich ihn zu einer Hauswand oder zum Dach eines unsichtbaren Hauses. So arbeite ich mich allmählich zum oberen Bildrand empor, wo der Rahmen meinen Mühen ein Ende setzt. Bleiben nur noch die Bäume und die Berge. Die Bäume sehen aus wie Blumensträuße. Ich bringe Licht in die Blätter, um ihnen Struktur zu geben, aber das klappt nicht. Ich setze Wolken ein, um etwas von dem Laubwerk zu überdecken – das ist immer ein guter Trick. Aber die Wolken sehen aus wie Fetzen von Seidenpapier, die von den Sträußen gerissen wurden... Na, also dann wenigstens der Berg. Ein Berg ist einfach. Zu einfach. Meiner soll ein

Vulkan sein. Scheiße, ich kann mir ein paar Freiheiten erlauben – besonders mit dem Werk eines fou. Also male ich zuerst einmal den Krater und arbeite mich dann zum Fuß des Berges hinunter, der sich an die Brücke und die Hausdächer unten anschließt. Ich mache Spalten in den Berghang, um die von dem Vulkan angerichteten Schäden zu verdeutlichen – es ist ein aktiver Vulkan, seine Hänge brechen auf. Als ich damit fertig bin, sieht er aus wie ein Hemd. Ich erkenne den Kragen und die Ärmel. Jetzt braucht es nur noch ein Rogers Peet-Etikett und Größe 16, oder welche hast Du? Eine Sache auf dem Bild ist jedoch nicht zu verkennen – und das ist die Brücke. Sie hat drei Bögen und wirft keinen Schatten. Vermutlich stand die Sonne senkrecht darüber. Der untere Teil der Brücke ist noch nicht fertig. Reichlich karg. Ich setze große Portale ein, wie bei einem Friedhofseingang. Die Gitter kann ich notfalls noch später machen. Und, o ja – fast hätt ich's vergessen. Um mein Gewissen wegen dieses Plagiats zu beruhigen, habe ich in die linke obere Ecke einen Engel gemalt. Ist auch nicht sonderlich gut geworden. Der Bauch war zu dick und die Flügel sahen aus wie ein Schirmgestänge. Aber die *Symbolik* war unverkennbar. Immerhin die stammte von mir.

Und jetzt habe ich folgende Theorie – beseitige die Zeichnung so schnell wie möglich und klatsch die Farbe rein. Schließlich bist du Aquarellmaler und kein Zeichner. (Kein Arbeitstier, Poppa!) Also die Tuben rausgeholt. Ich beginne mit ungebrannter Umbra für die Hauswand. Sieht schlapp aus. Die Wand nebenan streiche ich in knalligem Krapprot. Sieht zu hübsch aus. Scheiße! Fängt ja schlecht an mit meinen Farben. Ich nehme mein Federmesser und beginne zu experimentieren. (Als erstes – ich weiß ja, was mir vorschwebt – setze ich neben die Brücke eine Gondel, so daß sie automatisch im Wasser liegt.) Jetzt die Palette. Ich nehme die Tuben und quetsche sie freigebig aus. Ich tauche das Messer ins Karminrot und streiche damit die Fenster. Heiliges Kanonenrohr! Sofort steht das Haus in Flammen. (Wäre ich wirklich verrückt, anstatt bloß albern die Zeit damit totzuschlagen, daß ich die Werke eines fou kopiere, dann würde ich jetzt Feuerwehrleute in das Bild einsetzen, das Ganze umdrehen und den Brückenboden zu einer Leiter machen. Auch die Felsen könnte ich in brennende Häuser verwandeln.) Statt dessen aber fache ich ein großes Feuer an. Ich setze sämtliche Häuser in Brand – erst mit Karminrot, dann mit Zinnober, und schließlich mit einer blutroten Mischung aus vier oder fünf Farben. Dieser Teil des Bildes, der in etwa das Zentrum bildet, sticht schön und blutrot hervor. Ein Brand oder ein Mord, je nachdem, ob ich die Häuser so lasse oder in Menschen verwandle. Und um mich etwas abzukühlen, wende ich mich dem Wasser zu und male jetzt erst mal das. Noch immer ziemlich feurig gestimmt, nehme ich dafür ein sattes rötliches Gelb – ein einziger rascher, unretuschierter Pinselstrich. Schön. Sieht ganz klar aus. Es ist Mineralwasser.

Emil – an dieser Stelle habe ich aufgehört, denn ich merkte, das war ein Teil meines Buchs. In wenigen Tagen schicke ich Dir etwa 135 Seiten des vorletzten Entwurfs (denn einen letzten gibt es nie) – dann wirst Du selbst sehen, was ich aus diesem Thema gemacht habe. Dies hier nur als Souvenir für Dich. In 50 Jahren kannst Du es als «authentisches» Dokument verkaufen. Verkauf alle meine Besitztümer – aber warte erst ab, bis ich etwas wert bin.

Dein
Henry

• • • •

Café Wepler, auf der Terrasse
Place Clichy – warmer Abend

16. Juni '33
4, Ave. Anatole France
Clichy (Seine),
Frankreich

Lieber Emil:
Es ist Mitternacht, und ich sitze hier und warte auf das Erscheinen meiner neuen Möse, der Luxushure. Offenbar kommt sie

nicht. Bei den letzten wenigen Malen muß ich sie so gut bezahlt haben, daß sie es sich leisten kann, ein paar Tage freizunehmen, um sich zu bräunen oder was weiß ich – wofür Gott gepriesen sei. Glaub mir, ich bin hier in Paris mit allen möglichen Huren zusammen gewesen, aber diese eine bringt wirklich mein Blut in Wallung, sobald ich in ihre Nähe komme. Und das ist ein unfehlbares Zeichen – für Liebe oder Vernarrtheit. Das tut weh.

Ich harre ungeduldig einer Antwort auf einen langen Brief, den ich ihr geschrieben habe – eigentlich hat Fred ihn geschrieben! –, von mir sind nur ein paar Anregungen. Wären Huren einfühlsam und intellektuell, wenn sie eine Seele (?) hätten – würde ein Brief wie dieser sie fertigmachen. Aber das sind sie nicht – und eben deswegen jagen Schwachsinnige wie ich ihnen nach.

Aus Louveciennes zurückkommend, wo ich mich halb tot gefickt habe (und auch hart gearbeitet habe), gerate ich in ihre Fänge und überreiche ihr das Geld, das Anaïs mir für einen neuen Anzug gegeben hat. Ich schlafe mit ihr und erzähle ihr in meinem schlechten Französisch von meinem Leben. *Sie ist eine wunderbare Zuhörerin.*

Ich muß sie nicht unbedingt ficken. Es gefällt mir, wie sie sich auf dem Bett herumlümmelt, ein Bein hochgestreckt, den Fuß auf eine Blume des Tapetenmusters gestützt. Ihr Körper gefällt mir. À propos Renoir! Sie ist einer, wenn ich je einen gesehen habe. Ein prachtvoller Torso – sie hat für irgendeinen amerikanischen Bildhauer in Montparnasse Modell gestanden. Ich kann mir vorstellen, was er in ihr gesucht hat. Die anderen Huren hier wollen mir einreden, sie sei zu fett. Fordern mich auf, ihre Schenkel zu befühlen, etc. Aber mir liegt nichts an ihren jungen, festen Hinterbacken, etc. Ich will diese eine – ihren gewaltigen, wogenden Torso, der mir eine Wiege ist, die massigen Gliedmaßen, die mich einladen, sie zu berühren. Wenn sie sich auszieht, einen Fuß auf dem Stuhl, bücke ich mich gern unter sie. Ich betrachte ihren Spalt, dunkel, geheimnisvoll, groß, und bin im Himmel. Ich würde ihr kein Gramm wegnehmen. Sie ist genau richtig so.

Was mich eigentlich fesselt ist ihre Sprache und ihr Aussehen.

Schöne Augenbrauen, natürlich, zart wie Pinselstriche. Ihr schweres Gesicht, spanisch, russisch, wenn man so will, das aber mit der kleinsten Geste, der leisesten Emotion sein ganzes Gewicht verliert.

Als ich zum erstenmal in ihre Nähe kam – hatte sie immer nur aus der Ferne beäugt –, bekam ich einen Schock. Wie das Gesicht des Menschen sich ändern kann, wenn man ihm bis auf zwei Handbreit nahe kommt! Es ist fast so, wie wenn man einen vertrauten Gegenstand durchs Mikroskop betrachtet. Eine neue Welt tut sich auf. Und ihres war aus der Nähe so lieblich, so weich, so zart, so richtig dunkel und verlockend. Ich war glücklich, sie einfach nur anzustarren. Ich verschlang sie mit meinen Augen. Und dann die Vorstellung, wie einfach es ist, mit einer ins Bett zu gehen, die man so sehr begehrt. Nur ein bißchen Zaster. Teufel, was kümmern mich Anzüge oder Mahlzeiten oder dies und das? Wenn sie mich als Kunden will, O. K. Wenn sie mich als Liebhaber will, O. K. Wenn sie mich als Zuhälter will, O. K.!!

• • • •

Du schreibst, der Brief über June habe Dich angerührt. Himmel, ja! Da war ich für eine halbe Stunde *echt*. Am Boden zerstört. Ich hoffe, ich kann diese Gefühle irgendwann einmal ausführlich beschreiben. Das Ganze war sehr «Albertine». Sehr. Jedenfalls ist es eine furchtbar tiefe Wunde, und ich weiß, sie wird nie verheilen. Nie. Es gibt Dinge, von denen man sich nie erholt. Trotz aller meiner Ausschweifungen, meiner Unberechenbarkeit, meiner Selbstsucht, meiner Kindischkeit – ich habe June schrecklich geliebt. Das tue ich noch immer (werde es ihr gegenüber aber nie mehr zugeben). Manchmal träume ich davon, Dich zu ihr zu schicken, damit Du mit ihr redest. Und ihr einen Deiner offenen, bitteren Vorträge hältst, was Du viel besser kannst als ich. Und wie sie dann zusammenzuckt. Ich wünschte, irgendwie möge ihr das Herz brechen. Nicht weil ich ihr Böses wünsche, sondern weil ich fürchte, sie hat gar kein Herz. Ich würde sie mir gern für fünf Minuten wirklich vorstellen. Anaïs hat ein wunderbares Porträt von ihr geschrieben, in einem Buch, das keiner haben will. Ein Buch, das unmittelbar Widerstand hervorruft. Aber sie ist in June eingedrungen, wie ich es nie gekonnt hätte. (Und nicht mit Haß oder Eifersucht – sie bewundert June, ob Du's glaubst oder nicht.)

Was mich da umgeworfen hat, war wohl der Gedanke an June neben einem anderen – irgendeinem jungen Collegestudenten, irgendeinem Hohlkopf mit athletischem Körper. Sie hat sich nicht mal Zeit gelassen, ein bißchen zu trauern. Hat mich fallenlassen wie einen alten Mantel. Im Kopf. Nun, vielleicht war es so, vielleicht auch nicht. Vielleicht trauert und leidet sie ja insgeheim ein bißchen. Vielleicht erinnert sie sich ab und zu daran, was ich ihr einmal bedeutet habe. Was ich nie mehr irgendeiner Frau bedeuten kann! Ich bin jetzt wie ein Stein. Ich kann fast mit jeder gehen. Zum Beispiel diese Luxushure. Mit der würde ich in die Hölle gehen, wenn sie's verlangen würde.

June hat mich zum Krüppel gemacht. Da gibt es nichts herumzureden. Ich weiß nicht, was ich ihr durch Dich ausrichten lassen soll (sag ihr, sie soll sich ins Knie ficken!), falls Du sie noch mal sehen solltest. Ich bemerke, daß sie Dir aus dem Weg geht. Dabei weiß ich auch, daß sie eine sehr hohe Meinung von Dir hat. Es war ein langer Kampf. Manchmal war ich verdammt kurz davor, Dich zu verraten. Bloß um sie zu beschwichtigen. Verrat, Brandstiftung, Diebstahl, Mord. Alles – bloß um sie zu behalten.

Was würde ich nicht darum geben, ihr eines Abends im Village zu begegnen – rein zufällig. Die Hölle würde ich ihr heißmachen. Aber ich bin hier und bleibe hier und lutsche Huren aus. (Grüße an Dr. Perry – «liebe 85, liebe 85, wir ehren deinen holden Namen!» Hoho!)

Na, ich freu mich darauf, von Renoir und Cézanne und Piero della Francesca und Tizian und sogar von Rubens zu hören! Das ist das einzige, was zählt. Mösen! Was sind schon Mösen? Das einzig Wertvolle ist das, was wir bei Mösen empfinden, was wir gewissermaßen am Rand so mitnehmen. Und nur das! Ich werde für keine Möse je wieder den Geist aufgeben. Wenn sie mir die Syphilis anhängen wollen – O. K. Schreiben werde ich auch noch mit falschen Zähnen, selbst noch mit einem Loch im Hals, in das mir die Suppe geschüttet wird. Selbst noch ohne meine Eier. Ich habe etwas, das mir gehört – und das wird mir keine Möse nehmen! (1 Uhr 30 morgens, und mein schöner, draller Renoir schläft mit Sicherheit in einem schmutzigen Schlafzimmer.) Aber weißt Du, was sie mir nach unserer letzten Sitzung gesagt hat – «Ich habe die ganze Nacht an dich gedacht!» Und ich, der Esel, glaube ihr aufs Wort. So wahr mir Gott helfe, ich glaube es! Das ist meine Schwäche. Und das sollte Dir klarmachen, was für ein Denker, was für ein Philosoph ich bin. «Der Meister des rosa Klopapiers.»

O. K. Wisch Dir den Arsch!
HVM.

• • • •

21. Juli 1933
Clichy

Emil:
Ich nehme an, Fraenkel wird morgen nach Amerika abreisen, und dieser Brief wird ihn wahrscheinlich auf dem Schiff begleiten und in New York entweder auf die Post gegeben oder persönlich abgeliefert. Er hat auch noch andere Briefe für Dich und zwei Bücher (als Manuskripte, auf Durchschlagpapier), die Du lesen und ihm dann wieder zurückgeben kannst. Er wird versuchen, den Roman für mich in New York zu verkaufen; das andere Buch, das ich als letztes geschrieben habe und mir am besten gefällt, möchte ich Buzby zeigen.

• • • •

Hör zu, wegen meines Buchs – da kommt es zum Äußersten. Anaïs wird ihren Pelzmantel verkaufen, um es privat drucken zu lassen. Mir wäre es freilich lieber, wenn irgendein freundlicher edler Gentleman mit ein wenig Glauben an die Menschheit sich melden und das Risiko auf sich nehmen würde. Das würde mir gefallen! Aber auch wenn wir es privat veröffentlichen, vergiß nicht, daß wir damit einiges absahnen werden. Es ist sicher sensationell genug – und doch nur der erste Band. Es ist jetzt alles klar zum Gefecht, und ich bin bereit, mich an den zweiten Band zu machen. Behandle mir Fraenkel gut. Er ist ein vortrefflicher Bursche, und Du wirst viel von ihm lernen. Er trinkt gern Schnaps.

Henry

P. S. Die Buñuel-MSS werde ich mit separater Post schicken, falls das Schiff mit Fraenkel sinken sollte.

7. Sept. 1933

Lieber Emil:
Heute abend hat Amerika mich mit seinem Charme bezaubert, und ich will Dir erzählen warum – denn Du bist der einzige mir bekannte Amerikaner, der das besitzt, was wir Charme nennen. Den ganzen Tag hatte ich mit Sprengstoff hantiert. Und in meinen Taschen werden wohl noch ein paar Granaten übrig sein, die auf meine zerfetzten Blätter zu schleudern ich vergessen habe. Zunächst einmal mußt Du wissen, daß ich zur Zeit die endgültige Fassung dieses *Selbstporträts* durchackere, das, mit erstaunlichen Verbesserungen und Zusätzen, von nun ab *Schwarzer Frühling* heißt, dessen Kernstück ich Dir vor einigen Monaten aus Louveciennes geschickt habe. Als ich heute abend schlußmachte, glaubte ich mir das Recht auf ein wenig Entspannung erworben zu haben, und da ich nur ein paar stille Stunden der Ruhe haben wollte, beschloß ich ins Kino zu gehen. Und da ich lieber einen schlechten als einen guten Film sehen wollte, denn bei einem schlechten entspanne ich mich besser, entschied ich mich für einen Ernst Lubitsch-Film – *Haute Pègre* – so was Ähnliches wie *Schicke Gauner* (zu Deiner Aufklärung lege ich Dir das Programm bei).

Als der Film anfing, dachte ich – gut, fängt an wie jeder andere amerikanische Film. Venedig... ein Gondoliere holt die Mülltonnen ab und singt dazu «O Sole Mia» – so was Absurdes, selbst wenn es realistisch wäre. Aber so amerikanisch! Aber ich muß

Dir gleich sagen, daß ich den Film mit Ausnahme dieses idiotischen Gondoliere, der den Mülltonnen ein Ständchen bringt (er hat zwei Auftritte), für vollkommen makellos halte. Und er ist nicht nur makellos, sondern von der Perfektion, die ich mit besagtem Ernst Lubitsch nie in Verbindung gebracht hätte; jetzt erinnere ich mich sehr lebhaft, wie Du ihn einmal eines Abends vor einem Kino auf der Atlantic Avenue gepriesen hast – nach einem Pola Negri-Emil Jannings-Film – Titel hab ich vergessen.

Ja, heute abend hat Amerika seinen ganzen Charme auf mich ausgeübt, und ich muß gewisse Worte zurücknehmen, und das mit dem größten Vergnügen. Grâce à Ernst Lubitsch, diesem Kroaten oder Ungarn oder Wiener, gewann die harte, spröde Oberfläche unserer amerikanischen Lebensart eine schier Mozartische Anmut und Würde. Grâce à Miriam Hopkins – vielleicht die einzige wahrhaft charmante Frau, die ich je auf einer amerikanischen Leinwand gesehen habe. Was die Brillanz dieses Films womöglich noch steigerte war eine enorme, unausgesprochene Spannung – ob der Unverfrorenheit dieser Amerikaner. Um das klarzumachen ... Was Schurken, Gauner, Gangster und Schwachsinnige angeht, sind die amerikanischen Schauspieler unschlagbar. Die Franzosen haben das akzeptiert, bon gré, mal gré. Aber darauf, eine Sittenkomödie aufzuführen, sich im Nippes der High Society zu bewegen, dieses Athletentum, diese Brutalität der Amerikaner herabzustimmen – darauf waren sie nicht vorbereitet. Ich nehme an, die Hauptdarsteller waren Miriam Hopkins und Herbert Marshall. Ich kenne die beiden nicht – habe sie vorher noch nie gesehen.

• • • •

Du hast wissen wollen, was Anaïs für ein Mensch ist. Nun, mit Miriam Hopkins hast Du eine Frau, die Anaïs so ähnlich wie nur möglich ist – fotografisch betrachtet. Das gleiche wellige Haar, der gleiche Scheitel, der gleiche Glanz; die gleiche königliche Ausstrahlung des Körpers und die dazu passende Eleganz; die gleichen breiten Schultern im Vergleich zu den schlanken, graziösen Hüften; das gleiche ovale Gesicht, wenn auch nicht der gleiche Ausdruck. Wenn man die beiden nebeneinander stellte, wären sie sich gewiß nicht ähnlich, aber wenn man sie auseinanderhält, sie zerlegt und wieder zusammensetzt, ist die Ähnlichkeit doch sehr merkwürdig. Anaïs hat ein ernsteres, nachdenklicheres, tragischeres Gesicht, es kann versteinern, wenn etwas sie bewegt. Die Hopkins bleibt an der Oberfläche, besitzt aber unter der Oberfläche die ganze Tiefe, die man bei einer vollblütigen Frau, die in einem anderen Klima und auf einem anderen Boden aufgewachsen ist, erwarten kann.

Mit den Einzelheiten des Films will ich Dich nicht langweilen, da Du ihn wahrscheinlich kennst. Ich will Dir nur von ein paar Erinnerungen erzählen, die gewisse Gesten, Szenen, Posen in mir wachgerufen haben. Fast hätte ich gesagt – die Hopkins erinnert mich an die Dunkle Lady der Sonette. Dabei denke ich kein bißchen an Shakespeares rätselhafte Gestalt. Eher denke ich an eine Frau, deren Namen mir vollständig aus dem Gedächtnis entschwunden ist, die ich für die dunkle Lady der Leinwand halte, die intelligenteste, die charmanteste, die edelste Frau, die wir je auf die Leinwand gebracht haben. Jetzt müßtest Du wissen, wen ich meine. Sie gehört in die Zeit vor etwa zehn Jahren, würde ich sagen. Sie war besser als Miriam Hopkins – sah aber vielleicht nicht so gut aus. Man ging, um *sie* zu sehen, nicht den Film. Sie hätte Maud heißen sollen, denn sie war dunkel und tragisch, und alles, was sie anrührte, war poetisch. Sie war eine der wenigen Frauen von Bühne oder Leinwand, die wußten, wie man sich hinsetzt, wie man eine Tür aufmacht. Sie wußte, wie man so was macht – savoir faire. Sie hatte alles, nur kein Genie. Etwas fehlte da, etwas, das sie auf immer aus den Reihen der Duse, Modjeska und anderer verbannte. Vielleicht lag es nur daran, daß sie Amerikanerin war. Vielleicht war es nur das.

Ich komme aus dem Kino und sitze in diesem kühlen septemberlichen Paris in einem Café; meine Gedanken verweilen noch immer beim Charme dieses Films. Ich erinnere mich jetzt nicht mehr an etwas Bestimmtes, sondern scheine nur an diese andere Filmschauspielerin zu denken: wie sie an einer prachtvollen Täfelung lehnte und uns mit kaum einer Beugung des Fingers, kaum einer Wendung des Kopfs, auf diese herrliche stumme Art, wie die alten Filme sie erstrebten, die ganze Fülle ihrer Stimmungen, all die unaussprechlichen Regungen vermitteln konnte, die auch der längste Dialog uns jetzt nicht geben kann. Ich habe nie ihre Stimme gehört – zum Glück! Aber ihr Körper hat gesprochen – und vielleicht war es gar nicht ihr Körper, sondern etwas, das von ihrem Körper ausstrahlte, irgendeine geheimnisvolle, fühlbare, duftende Essenz, die ihre Gesten mit unvergeßlicher Beredtheit umspülte. Und während ich da auf der Terrasse saß und an sie und all die schönen Stummfilme dachte, die ich gesehen hatte, kam mir der Gedanke, daß die große Veränderung, die über uns gekommen ist – hauptsächlich in Amerika –, in einer Veränderung des Tempos besteht. Auch damals lebten wir schon nicht mehr in der Zeit der Pferdekutschen, der schmalen Schlackenwege, auf denen an Sonntagmorgen die Radfahrer radelten. Es war etwa 1920, oder vielleicht noch etwas früher. Doch seit dem Krieg wird das Tempo mit jedem Jahr schärfer, die Musik schriller, die Manieren taktloser. Wir werden dermaßen beschleunigt, daß wir bei der geringsten Kurve ein knirschendes Geräusch von uns geben. Die Maschinen sind gut geölt, aber wir sind es nicht.

Ich spreche zu Dir von diesen Zeiten, weil dieser Hintergrund mein Sprungbrett sein soll, wenn ich einmal dazu komme, jenes Buch über das Kino zu schreiben, was ich bei nächster Gelegenheit zu tun gedenke. Ich bitte Dich, das ernst zu nehmen und mir mit Deinen reichhaltigen Erinnerungen an das zu helfen, was wir die goldenen Zeiten zu nennen belieben – zum Beispiel die Zeiten, als wir zu Tränen gerührt aus einem Jannings-Film kamen (es war dieser frühe über die Polenkriege, glaube ich???). Ich möchte die Erinnerungen an diese Filme ausgraben, wieder lebendig machen, an diese Filme, die uns einmal etwas bedeutet haben – denn ich habe in mancher Hinsicht ein schlechtes Gedächtnis, Daten, Orte, Titel, Handlungen etc. verzeichnet es nur ungenau. Ich erinnere mich nur an das, was ich in meinen gefühlsmäßigen Reaktionen selbst an Wertvollem geschaffen habe. Und daher bin ich voller Eindrücke und Stimmungen – aber es fehlt mir an den zugehörigen Einzelheiten, an der Form des Ganzen.

In diese Zeit – aus irgendeinem Grund hat die Atlantic Avenue sehr damit zu tun (Du mußt gerade aus Europa zurückgekehrt sein) – gehören unsere Abendspaziergänge im Prospect Park, wenn ich, froh, mich von der Western Union und von B freimachen zu können, Dich in der Nähe des Parks abholte und wir zu einem jener geruhsamen Gänge aufbrachen, die sich, wie ich mir jetzt vorstelle, deswegen so in mein Gedächtnis eingegraben haben, weil Deine Rede mit dem Fluidum einer Welt gesättigt war, von der ich selbst noch nichts gesehen hatte. Und wie seltsam, daß ich Dich jetzt, von diesem kleinen Vorposten Clichy aus, mit dem Inhalt desselben Gefäßes fülle, das damals in mir ein solches Fieber, eine solche Rastlosigkeit geweckt hat – eine solche Verzweiflung, sollte ich sagen –, denn damals habe ich es mir nicht träumen lassen, daß ich jemals an diesen Gestaden würde landen können.

• • • •

Was mit Deinen blinden Versuchen im Prospect Park begonnen hat, ist jetzt abgeschlossen – abgeschlossen zumindest, was mich betrifft, denn ich habe mein Äußerstes dazu gegeben. Geblieben sind die milden Sommernächte, die eingetaucht sind in die Fragen um Lawrence – die dunklen, einsamen Pfade am See, die Melancholie, in die Du alles gehüllt hast, meine ersten schöpferischen Versuche, und hinterher diese furchtbaren leeren Straßen von Brooklyn, diese entsetzlichen Braunsteintreppen, diese eintönigen Lichter an der Flatland Avenue und die Narbe der Fifth Avenue-Sea Beach-Hochbahn mit ihrer Kurve an der Kreuzung Third Avenue und Flatbush. In mancher Nacht bin ich auf der Third Avenue dort drunter hergegangen, um in 284 Sixth Street meinen Freund Stanley zu besuchen und mir von ihm ein Essen zusammenkratzen zu lassen, gewürzt mit Beleidigungen und Einschüchterungen.

Aber zu Lawrence… da kommt mir noch ein Gedanke. Wenn ich damals davon träumte, eines Tages selbst zu schreiben, dann bestimmt nicht, um mit einem Mann wie Lawrence zu konkurrieren. Wenn ich an *Söhne und Liebhaber* dachte, dann nahm das für mich einen Platz in der Ewigkeit ein, auf einer Stufe mit anderen vollkommenen Werken aller möglichen Zeiten. Kritik an ihm zu üben – das lag mir völlig fern. Aber der Mann war praktisch in meinem Alter, nur ein paar Jahre älter als ich. Und ich hatte noch nicht einmal Knospen angesetzt. Und er war berühmt. Er hatte bereits ganz Europa durchstreift; er sprach Italienisch wie ein Affe, er ließ gelegentlich französische Ausdrücke einfließen; er schrieb Gedichte, er malte. Mein Gott, er machte einfach alles. Nur Mut, Leute, es ist nie zu spät! Ich erinnere mich an die Zeit ein wenig später, als ich ernsthaft damit angefangen hatte – genaugenommen bemühte ich mich bereits seit fünf Jahren. Und eines Abends schrieb ich in einer meiner begeisterten Stimmungen, in denen ich wußte, wer ich war und wofür ich bestimmt war, einen kleinen Brief an June – keine Sorge, Kindchen, wir werden es schaffen etc.... Wir hatten uns damals ziemlich auseinandergelebt. Die Kronski war aufgetaucht – es ging alles fröhlich dem Ende zu, wie jeder sehen konnte außer dem Unterzeichneten, dem verrückten Ludwig, der an seine Freunde glaubte, an June, an die Welt etc. Und weißt Du, was ich auf der Rückseite dieses Briefs lesen mußte, als ich ihn ihr später – nach einem heftigen Streit – aus dem Koffer klaute? Fünf Jahre! Wie eine Rüge war das da neben meinen guten Namen gesetzt, neben alle meine ernsten Bemühungen, meinen guten Willen, meine hohen Ziele, mein verzweifeltes Ringen, endlich lebendig zu werden. Ich habe ihr nie gesagt, daß ich das gesehen hatte – aber es hat mir den Wind aus den Segeln genommen. Es war beredt, dieses FÜNF JAHRE. Du hast noch nichts auf der Habenseite, ist dir das klar? Keine Bücher veröffentlicht, keinen Namen, kein Geld verdient, nicht die geringste Anerkennung. Und ich schrieb da in Hochform, sagte mich los von Ludwig und Konsorten, verhieß die ewige Seligkeit etc. Bei mir kommt immer ein *et cetera*!

....

Auf der Terrasse hatte ich auch andere Gedanken. Und so geschah es, daß ich, um meinen Drink zu bezahlen, einen Fünfzig-Francs-Schein aus der Brieftasche nahm. Sitze da so aufgeschlossen und großzügig, noch ganz erfüllt vom Geist des 18. Jahrhunderts, wie er aus den kurvigen Lenden der Miriam

Hopkins schimmerte. (In einer Gartenszene trug sie ein Kleid mit Puffärmeln, genau so eins wie Anaïs neulich – vielleicht sagte Paderewski deswegen, als er sie sah: «Sie besitzen die Schönheit einer anderen Zeit.») Ich dachte gerade daran, wie anders das in der französischen Fassung klingt, wenn Miriam im feinsten Französisch sagt: «Mais nous aurons beaucoup de temps devant nous, mon cher ami... des semaines, des mois, des années.» Hast Du eine Vorstellung, wie reizend sich das auf französisch anhört? Wie davon das ursprüngliche Lubitsch-Thema wiederhergestellt wird? Denn worin besteht denn der Charme seiner Regie? Ist es nicht sein Feingefühl, seine Behandlung der zarten Oberflächenkonturen, was jeder Bewegung, jedem Gegenstand jene Musikalität verleiht, die in den Worten «18. Jahrhundert» mitschwingt? Er verlangsamt die Zeit nicht nur, hält sie nicht nur an, sondern er bannt sie in einen Spiegel, dessen Lügen eine ganz eigene Vollkommenheit haben... Wie auch immer, während ich also mit der Anmut Mozarts beschäftigt bin, spannt eine Hure, wie ich den Fünfzig-Francs-Schein aus der Brieftasche ziehe. Sie weiß genau, daß es ein Fünfzig-Francs-Schein ist. Sie lächelt in Anerkennung seines vollen Werts. Ich lächle. Ich lächle, weil ich denke, auch in dieser offenen Anerkennung von Werten liegt ein gewisser Charme. Das hat was vom 18. Jahrhundert. Denn jetzt leben wir in einem Zeitalter, in dem alle Werte durcheinandergeraten sind. Die Episode endet mit diesem beiderseitigen Lächeln, das auf einem völligen Mißverständnis beruht. Im nächsten Augenblick denke ich an Pferdekutschen, an das Tempo vor der Jahrhundertwende, an die Zeit, die uns als Männer einer anderen Generation kennzeichnet, und ich bin stolz, daß ich im 19. Jahrhundert geboren bin, und nicht im 18. oder 20. Ich denke an die Türme von Martinville, die Proust aus einer offenen Kutsche sah – nur so muß man die Türme von Martinville sehen – aus einer offenen Kutsche. Dann erinnere ich mich an sämtliche Biegungen des Delaware River, als wir eines Sonntagnachmittags von Narrowsburg nach Gott weiß wohin geritten sind. Ich erinnere mich, wie die Pferde furzten und die gelbe Scheiße voller Vogelfutter auf das Geschirr fiel und den ganzen Nachmittag dort liegen blieb. Ich erinnere mich, daß es mir kein bißchen geschmacklos vorkam, kein bißchen ungehörig oder schlecht erzogen, wenn das Pferd einem ins Gesicht furzte. Selbst der Geruch war angenehm, wenn es munter so vor sich hin trabte. So ist das Pferd nun einmal.

Als ich das Café verlasse, um meinen üblichen Weg die Avenue de Clichy hinunter zur Porte zu gehen, sehe ich plötzlich vor einem anderen Café – Chez Richard, in La Fourche – einen Betrunkenen tanzen, und wieder überkommt mich ein feines Gefühl der Zustimmung. An der Bordsteinkante steht ein Blinder und klimpert auf dem seltsamsten Instrument herum, das ich je gesehen habe; die Terrasse ist voll besetzt mit Arbeitern und Arbeiterinnen... wir nähern uns den gemeineren Vierteln der Stadt. Und wenige Schritte von der Terrasse entfernt bewegt sich dieser Betrunkene in seinem schwachsinnigen Rhythmus, und die Menge sieht belustigt zu, aber diese Belustigung ist fein unterschieden von Verachtung, Spott oder Empörung. Und dann, Emil, Herr im Himmel, geschieht das Merkwürdige, daß eine Hure auf der anderen Straßenseite, die dort an die Fensterladen gelehnt auf Beute gelauert hatte, mit einemmal Feuer fängt, angesteckt von der Musik und zweifellos auch von den Possen des verrückten Trunkenbolds, und sie hebt mit lautem Hurrageschrei ihre Röcke und beginnt herumzuhopsen. Und das, bei Gott, ist der wahre Geist von Paris. Der Mann der Straße, die Frau der Straße, das offene Café, die Toleranz, die Belustigung, die Zeitverschwendung, die Gleichgültigkeit, die allgemeine Menschlichkeit... Ein milder, sanfter Augenblick, der in Amerika einen Mißton hervorrufen würde. Das Leid, das zu so etwas führen konnte, ist weggewischt. Man vergißt, daß die Hure bald aufhören wird herumzuhopsen, um wieder jenes unsägliche Gemurmel anzustimmen, jenes verzweifelte Flehen um drei Uhr morgens auf einer leeren Straße; man vergißt, daß der Penner, der da auf der Bordsteinkante tanzt, sich irgendwo in einer schmutzigen Gasse auf eine Zeitung legen und die Nacht verschnarchen wird, um dann wieder mit verklebten Augen aufzustehen und mit zitternder Hand um ein paar Sous zu betteln.

Man vergißt das alles, so wie man in der Lubitsch-Vorstellung vergißt, daß diese Welt – Venedig und schicke Gauner – eine von Hollywood erfundene, imaginäre Vorhölle ist.

Ich hatte vor, noch mehr zu schreiben. Hatte eine Menge Notizen zurechtgelegt, aber die Schreibmaschine macht einen fertig, wie der Malpinsel und die Tageslichtlampe. Nennen wir's einen Brief – fürs erste.

«Was soll das heißen?» sagt Aaron.

«Na, ganz einfach – daß ich müde bin.»

Reicht das als Entschuldigung?

Der Kabinettminister.

# 5

# Die andere Hemisphäre des Seins 1933–34

In seinem fünften Pariser Jahr künden Millers Briefe von einem Stimmungswandel, einem Nachlassen der Intensität nach Jahren der Hektik. June war endgültig aus seinem Leben geschieden. Sein Zorn und sein Hunger waren verschwunden, statt dessen herrschte das Gefühl vor, etwas geleistet zu haben. Er war sich seiner jetzt als Künstler sicher. Obwohl er die Spenglersche Ansicht, daß die Welt am Rand einer Katastrophe stünde, auch weiter beibehielt, war er persönlich heiter und betrachtete die Dinge mit distanziertem, philosophischem, «chinesischem» Blick.

1934 war er noch immer mit den vier Büchern beschäftigt, die er zwei Jahre zuvor begonnen hatte. Nach etlichen Verzögerungen erschien im September *Wendekreis des Krebses*, und er schickte mehrere Exemplare davon an Freunde in New York; ein Brief zeigt ihn in ängstlicher Erwartung der Reaktion Schnellocks. Mit dem Buch über D. H. Lawrence mühte er sich weiter ab, während er *Wendekreis des Steinbocks* vorläufig beiseite legte, obwohl er sich geistig noch immer mit diesem Buch über sein bisheriges Leben beschäftigte. Hauptsächlich aber kam er mit *Schwarzer Frühling* voran, wovon er einen Teil des «Traumabschnitts» abschickte, der schließlich als «Ins Nachtleben hinein» erschien. Ein Stück hatte er bereits abgeschickt, «Genese eines Meisterwerks», eine frühe Fassung eines anderen Kapitels von *Schwarzer Frühling*, nämlich von «Der Engel ist mein Wasserzeichen». Und sein Freund Walter Lowenfels, der in einem der Briefe als Jabberwocky Cronstadt auftaucht, war das Thema eines weiteren Kapitels: «Jabberwhorl Cronstadt».

Sein Privatleben drehte sich noch immer um Anaïs Nin, die ihm weiterhin moralische und finanzielle Unterstützung angedeihen ließ. Ihrer Hilfe war es zu verdanken, daß er eine Atelierwohnung in der Villa Seurat beziehen konnte, jener für Künstler und Schriftsteller gedachten Straße, wo er früher schon einmal bei Michael Fraenkel gewohnt hatte. Anaïs teilte noch immer seine Leidenschaft für das Schreiben – für das seine ebenso wie für das ihre –, vertiefte sich aber immer stärker in die Psychoanalyse, zuerst als Patientin von Otto Rank, dann als seine Mitarbeiterin. Rank, einer der frühesten und eifrigsten Schüler Sigmund Freuds, hatte mit Freud gebrochen und war in den zwanziger Jahren nach Paris umgezogen. 1934 beschloß er, seine Praxis nach New York zu verlegen, und Anaïs ging mit ihm. Alles schien nach Amerika zu ziehen; sämtliche Pariser Freunde, und jetzt auch noch Anaïs. Plötzlich faßte auch Miller diesen Entschluß. Sein letzter Brief an Emil vor der vielleicht endgültigen Abreise aus Paris und der Rückkehr nach New York bringt sehr gemischte Gefühle zum Ausdruck. Wie sich ergeben sollte, blieb er nur wenige Monate in Amerika und verbrachte den Rest des Jahrzehnts glücklich und häuslich in der Villa Seurat, aber das konnte er zu dem Zeitpunkt noch nicht wissen.

---

[16. Dezember 1933] Samstag – 16.
4, Avenue Anatole France
Clichy (Seine), Frankreich

Lieber Emil:

....

Gerade heute morgen kam Anaïs vorbei, um mir einen Elektroofen zu bringen (wir haben noch immer Null Grad, und dafür sind diese Häuser und ihre Heizungen nicht geeignet).

....

Du weißt natürlich, daß sie sich die ganze Zeit um mich gekümmert hat – was wäre sonst aus mir geworden? Zweifellos wäre ich tot, denn andere Möglichkeiten des Fortkommens gibt es nicht. Im Ernst – wenn Du den Stier wirklich bei den Hörnern packst und Dich entschließt, es hier zu wagen – sagen wir für ein Jahr oder so – kann ich viel für Dich tun, die Kosten gering zu halten, falls Du meinst, daß Du erfolgreich eine Wohnung mit mir teilen kannst. Ich werde demnächst hier ausziehen und mich in ihrer Nähe niederlassen. Sie wird für drei Wintermonate eine möblierte Wohnung in Paris beziehen, da es in Louveciennes im tiefsten Winter kaum auszuhalten ist. Das heißt, daß ich mir fürs erste, vielleicht auch auf unbestimmte Zeit, so etwas wie eine Atelierwohnung besorgen werde – im Stadtteil Passy, dem Nobelviertel von Paris –, in der Nähe des Dir bekannten Viertels um Trocadéro und Eiffelturm. Alles neu, praktisch, schick, modern und teuer. Wenn sie im Frühjahr nach Louveciennes zurückkehrt, werde ich entweder in Passy bleiben oder irgendwo aufs Land in ihre Nähe ziehen – in die Gegend von Garches, Marne-la-Coquette etc. Herrliche Landschaft! (An der Hauptstraße nach Versailles, St. Germain-en-Laye etc. Wunderbare alte Wälder, Häuser aus dem 18. Jahrhundert, und so weiter.) Weißt Du, ich kann gar nicht schlecht kochen – sogar verdammt gut, darf ich sagen. Natürlich ohne den ganzen Tag am Herd zu stehen. Zum Essen gibt es immer guten Wein (ich habe gerade eine Flasche Vouvray kaltgestellt), guten Käse, die besten Fleischstücke, und an Gemüse, was immer Du willst – einschließlich Salat mâche und betteraves (rote Bete). Fred kommt nicht mit – bin auch froh, ihn loszusein – obwohl wir noch immer gute Freunde sind.

• • • •

Anaïs hat viele Freunde, viele Verbindungen – in der Welt der Gesellschaft. Sie hat eben ihre Analyse bei Dr. Rank abgeschlossen, dessen Buch, wie Du schreibst, Dir Kopfschmerzen gemacht hat. Aber ich glaube, Du würdest Deine Meinung ändern, wenn ich mit Dir über ihn reden oder ihn Dir vorstellen könnte. Ich nehme an, in diesem Winter werde ich sehr nahe an ihn herankommen – nur meine natürliche Zaghaftigkeit hat mich davon abgehalten, das schon früher zu tun –, denn er hat mich bedrängt, ihn auf freundschaftlicher Basis zu besuchen. Jetzt weiß er alles über mich. Und, Emil, das ist ein Mann, der im Gegensatz zu anderen Psychoanalytikern sich fast ausschließlich für den «Künstler» interessiert. Er gilt als Außenseiter und hat eine Menge an Freud und Allendy und den anderen wissenschaftlichen Geistern auszusetzen, die die Theorie in Gut und Böse unterteilen. Ich finde ihn erstaunlich flexibel, subtil und einfühlsam – ein Geist wie Spengler, sehr, sehr menschlich, sehr bescheiden, sehr neugierig. Und auf Grund seines Interesses am Künstler ist er mit sämtlichen großen Malern und Schriftstellern hier bekannt (ihre Gemälde hängen bei ihm an den Wänden, er hat viele von ihnen als Patienten gehabt, etc.). Du siehst, wie das alles ineinandergreift. Ich will damit auf folgendes hinaus – daß ich in meinem ganzen Leben nie an einem günstigeren Ort gelebt habe – um die richtigen Kontakte zu schließen (Kontakte! Ich hasse dieses Wort – es riecht nach Amerika, genau wie das Reklamekauderwelsch – aber faß es im besten Sinne auf). Ich habe mich ziemlich abseits gehalten, frei von verwirrenden Beziehungen, frei von Langweilern und Nervtötern – was mir früher nie gelungen ist. Manchmal ein bißchen einsam, aber innerlich zufrieden, reicher, selbstsicherer. Ich kann jetzt die Größten kennenlernen und bin für jeden Schlagabtausch gewappnet. Keine falsche Bescheidenheit, keine falsche Schüchternheit. Und eine gewisse, zähe, bewußte Zielstrebigkeit, um nur die kennenzulernen, bei denen es sich für mich lohnt – die mich nähren können. Und warum nicht? Warum sollte ich meine Zeit mit kleineren Fischen vergeuden? Die anderen sind genauso menschlich, genauso interessant, genauso einfühlsam – und genauso erpicht auf anständige Gesellschaft. (Mach Dir klar, daß ich aus meinen heterogenen Beziehungen in der Vergangenheit eine Menge Nutzen gezogen habe – die waren Gold für mich. Aber jetzt habe ich das nicht mehr nötig. Mein «anekdotisches Leben», wie Zadkine das nennt, ist beendet. Meine künftigen Abenteuer werden im Geist stattfinden. (Ist das schlecht, Poppa?)

• • • •

Du fragst nach «Horoskopen». Ich lege Dir eine Rohfassung von meinem bei, wie ich sie aus dem Original abgeschrieben habe. Die Ausarbeitung ist noch im Gange – und wenn ich es bekomme, kriegst Du eine Abschrift, falls Dich so was amüsiert. Anaïs ist viel stärker daran interessiert als ich, und durch sie ist ihr Mann ein richtiger Experte auf diesem Gebiet geworden. Er besitzt eine ganze Bibliothek zu dem Thema. Und sie haben die Wände ihres Ateliers in Louveciennes mit ihren Horoskopen geschmückt – ein sehr interessanter Anblick. Ich wiederhole nur, daß meins, wie Horoskope nun einmal sind, für bemerkenswert gehalten wird. Aber ich lege dem nicht viel Bedeutung bei. Ich bin noch immer skeptisch. Einige sehr bemerkenswerte Übereinstimmungen muß ich allerdings einräumen. Und ob dies nun auf dem Einfluß der Sterne beruht oder das Werk eines blinden inneren Prozesses ist, erkenne ich doch auch, wie mein Lebensmuster sich in den letzten Jahren geändert hat, und ich sehe die Rolle, die ich selbst bei der Beeinflussung meines Schicksals gespielt habe – ich meine, wo ich ihm gewissermaßen nachgeholfen habe. Rank hat in seinem Buch *Kunst und Künstler* ein paar erstaunliche Dinge über die alte Astrologie zu sagen, über ihre Stellung und Bedeutung im Leben der Menschen. Das Kapitel heißt «Makrokosmos und Mikrokosmos». Ein großes Thema, und sehr aufschlußreich.

• • • •

Leider sind wir Zeugen des Todeskampfs des individuellen Lebens. Spengler hat bedauerlicherweise nur allzu recht. Doch wir, als Individuen, als Menschen, können zum mindesten unseren Protest zum Ausdruck bringen. Ich will nicht zu dieser kommunistischen Zukunft der Niemande gehören, wo nur noch Friede herrscht auf der Welt und alle Menschen guten Willens sind, für 7 Dollar 50 am Tag und ohne Überstunden. Die Gegenwart ist schlecht, die Vergangenheit ist unwiederbringlich dahin – aber die Zukunft ist schwarz, schwarz, Emil. *Schwarzer Frühling!* Alors, trotzdem Frohe Weihnachten, und erzähl mir doch bitte, was Du mit Dir selbst vorhast, Deine Pläne, Deine Zukunft, und was ich für Dich tun könnte.

• • • •

Henry

• • • •

15. (?) Febr. 1934
24, Rue des Marroniers
Paris (XVI), Frankreich
Das Passy-Viertel –
wo all die noblen Arschlöcher wohnen!
Schreib hierhin. O. K.

Lieber Emil:
Das Obige ist vorläufig meine Adresse – noch für einen Monat oder so. Bevor ich hier wegziehe, schreibe ich noch mal. Solltest Du rein zufällig Deine Sachen packen und rüberkommen und mich nicht finden, setz Dich einfach mit Alfred Perlès in Verbindung bei der *Chicago Tribune*, Rue Lamartine – das ist eine Nebenstraße der Rue Lafayette – Hauptgebäude – unten im Keller – Korrektur-Abteilung. Er wird immer wissen, wo ich stecke.

Ich wohne jetzt im Nobelviertel von Paris – das extreme Gegenstück zu Clichy. Bin gerade noch vor der Revolution umgezogen! Du wirst inzwischen wohl alles darüber gelesen haben. Paris war sehr seltsam, sehr unheimlich während dieser wenigen Tage der Spannung. Am ersten Abend – als man beinahe die Abgeordnetenkammer gestürmt hätte – wußte ich nichts davon, daß eine Demonstration stattfinden sollte. Ich hatte seit über einer Woche keine Zeitung mehr gelesen, war ganz in mein Buch über Lawrence vertieft, völlig isoliert – und gerade an dem Abend, als es zum Krach kam, bin ich mitten da hineingeplatzt – instinktiv. Bin hineingeplatzt und – in aller Eile – wieder heraus. Als ich die unbelebten, so bedrohlich leeren Straßen sah, glaubte ich zunächst, daß irgendwo eine Parade stattfände. Aber langsam dämmerte mir, daß da irgendein wirkliches Ereignis bevorstehe. Ich war in Richelieu-Druot, auf den Grands Boulevards, eingeschlossen von Polizisten und Soldaten. Hatte das eigenartige Gefühl (das so echt ist, wenn man sich in Gefahr befindet), eine Zielscheibe zu sein. Sah mich vom Mob an einer Mauer plattgequetscht und uns alle von Kugeln niedergemäht. Erkannte, daß ich in der Falle saß. Sah mich verzweifelt nach einem Ausgang um. Kam eben noch nach Hause, als die große Sache losging.

Und inzwischen weißt Du, daß die Kämpfe auf der Place de la Concorde und den ganzen Boulevards durchaus real waren. Paris hat sich in diesen wenigen Stunden ungeheuer verändert. Man konnte das blutige Drama der Revolution noch einmal richtig nachvollziehen. Die Menge war widerlich. Wäre das Kabinett nicht zurückgetreten, ich glaube, man hätte die Stadt niedergebrannt. In den wenigen Stunden wurden üble Schäden angerichtet.

Ein merkwürdiger und wahrscheinlich glücklicher Umstand dabei war, daß die Menge keinen Führer hatte. Kein Mann weit und breit. («Das untragische Zeitalter», wie ich sage.) Und als die Kommunisten am Freitagabend ihren kleinen Krieg aufführten, war die Szene sogar noch schrecklicher. Es war eine dieser Winternächte mit dichtem, erstickendem Nebel, sämtliche Läden und Bistros waren mit Brettern vernagelt, die Lichter schwammen in trüben Höfen, man hörte Polizeipfeifen, Schüsse, klirrende Fenster etc. All das in dichtem Nebel. Es gab etliche Tote – und etwa tausend Verletzte. Barrikaden wurden errichtet. Aber es war ein komplettes Fiasko. Nehme an, euch da drüben werden es die Wochenschauen zeigen. Hier sind sie zensiert und unterdrückt worden – man zeigt so gut wie nichts. Die Öffentlichkeit ist noch immer unruhig. Gereizt. Es ist noch nicht vorbei – Doumergue und sein Koalitionskabinett werden es nicht mehr lange machen, fürchte ich. Das Ganze wird noch einmal losgehen – und diesmal dann besser organisiert. Wenn man weiß, wie verhältnismäßig gut es Frankreich im Vergleich zu Amerika geht, wundert es einen, daß Amerika bisher noch jede Revolution abgewehrt hat. (Nicht daß ich denke, Frankreich werde kommunistisch! Noch nicht! Faschistisch ist viel wahrscheinlicher!) Hier und in den U. S. ist die Mittelklasse noch immer stark. Aber mir scheint, wir bewegen uns allmählich auf die römische Epoche der Auflösung zu – der Mob und die Tyrannen. Der Kampf zwischen Geld und Blut, wie Spengler sagt. Eine sehr langwierige Affäre. In Amerika sehe ich den Aufstieg von wunderbaren Tyrannen, wunderbaren Sadisten, Entarteten, Perversen etc. – die aus der Welt der Gangster kommen. Und ich sehe jene Armee von nach und nach in Roboter verwandelten Lohnsklaven, denen man Brot und Spiele bieten muß – weil sie alles, was sie an innerem Leben und Individualität gehabt hatten, der Maschine ausgeliefert haben. Die Mittelklasse wird zwischen diesen beiden Mühlsteinen zu Staub zerrieben werden, vollständig verschwinden, und mit ihr die Idee von «Demokratie» und «Freiheit» – *Illusionen*.

• • • •

Mit Deiner Einschätzung der Psychoanalyse hast Du vollkommen recht. Merkst Du denn nicht allmählich, daß ich die ganze Sache entlarven will? (Kommt schon noch, wenn Du den Rest des MS lesen wirst.) Aber erst mußte ich mich kundig machen, mußte selbst genau verstehen, worum es dabei eigentlich geht. Ich habe das Gefühl, daß ich der Sache jetzt auf den Grund gegangen bin. (Wenn die Mittelklasse abgeschafft wird, werden die Neurotiker und die «Seelenärzte» gleich mit verschwinden!) Ich selbst muß wie Lawrence alles persönlich und mit Leidenschaft erfahren und erproben. Ich kann irgendwelche Dinge nicht einfach verstandesmäßig loswerden. Anaïs war von Deinem Brief wieder sehr beeindruckt. Sie begreift Deine Persönlichkeit bemerkenswert gut. Sie mag Dich – und versteht, warum wir beide uns so sympathisch sind. Sie findet, daß Du intuitiv immer recht hast, daß Du ein Mensch mit feinen Gefühlen und solidem Urteil bist – ihr gefällt Deine Lebenseinstellung.

• • • •

Wie gesagt, wenn Du hier rüberkommen willst, können wir uns das Leben schon einrichten. Du stellst es auf eine Basis, die Dich zufriedenstellt und Herz und Kopf unbeschwert läßt. Ich verstehe Deine Gefühle durchaus. Selbst ich habe solche Skrupel erlebt. (Was meinst Du denn, wo diese ganze Heftigkeit und Verbitterung in meinen Büchern herkommt?) Aber je länger ich lebe, desto weiter lasse ich all das zurück – ich rede von dem Gefühl der Demütigung und der ständigen verbitterten Reaktion darauf. Ich habe jetzt einen besseren Eindruck von den Leuten – das heißt, ich erwarte nicht mehr zuviel von ihnen, überschätze sie nicht mehr. Die Wurzel allen Idealismus! Mit dem zugehörigen Teufelskreis von Schuld-Sühne-Neurose. Ich akzeptiere die Welt nicht, und werde das vermutlich niemals tun – aber ich kann in ihr leben! Das ist doch schon mal was. Und im übrigen werde ich meine Bücher nicht mehr als Vorwand benützen, um am Leben vorbeizusehen. Ich werde kein Ersatzleben in der Kunst führen. Ein angemessenes Leben zu führen und dabei kein Heuchler zu sein, sich nicht aufzugeben, ist auch eine Kunst. Ich denke, ich lasse beim Schreiben schon viel weniger Tiraden vom Stapel als etwa Lawrence – behalte aber das Explosive, das Dynamische, das Rebellische bei.

Meine Arbeit an Lawrence war ungeheuer!!! Kann Dir gar nicht alles erzählen. Das Buch wird für sich selbst sprechen. Um es auf eine festere Grundlage zu stellen, habe ich es praktisch in Stücke gehauen. Jetzt habe ich's fertig – aber es hat mich ein Jahr intensiver Bemühungen gekostet. Aber die Behauptung, man tue dies für die Kunst oder für die Welt, ist albern. Ich profitiere dabei. Ich habe etwas bis zum Abschluß durchgekämpft. Nicht einfach ein Problem angehen, wie so viele vollendete Schriftsteller es tun, sondern eine Sache mit Leib und Seele durchleben, bis man schier dabei draufgeht. Das verstehe ich unter *kreativer Anstrengung*. Das ist eine Selbstaufgabe, die so etwas wie einen ewigen Triumph einbringt – und der Lohn ist weder Ruhm noch Geld, noch Erfolg. In diesen zwei Jahren habe ich viel gelernt. Ich habe mich, zumindest für mich selbst, als wirklicher Künstler etabliert, der den besten nicht nachsteht. Und das meine ich wirklich! Ich weiß jetzt, was ich wert bin – die Welt wird langsam, vielleicht nie dahinterkommen –, aber ich glaube doch. Was ich erreicht habe, ist von entscheidender Wichtigkeit und dauerhaft – in diesem kaputten Zeitalter wie in jedem anderen. Ich habe keine Angst. Ich habe meine Schlacht gewonnen – alles andere ist Flitterkram, sei es Anerkennung oder Schimpf und Schande. Und das, warte nur ab, macht aus mir oder kennzeichnet mich als einen profunden Optimisten. Es spielt keine Rolle, ob ich morgen sterbe. *Ich werde nicht sterben.*

Alors, Pobba – klopf ich mir wieder mal zuviel auf den Schultern rum? Ich möchte, daß Du herkommst. Ich garantiere Dir ein ungestörtes Leben. Ich werde Dich nicht zu Tode quatschen. Ich werde Dich nicht kritisieren. Wir werden so langsam reife komische Käuze. Ich glaube, früher war ich ziemlich «störend». Davon bin ich geheilt. Die Philosophie wird nach und nach in Tat und Geste umgewandelt. Ich rede und handle immer mehr so, wie ich schreibe und denke. Innere und äußere Realität werden immer feiner, passender aufeinander abgestimmt. Ja, wenn ich nicht irre, könntest Du hier bei Deiner Ankunft einen Chinesen vorfinden. Vielleicht erkennst Du mich gar nicht mehr wieder.

(*China!* Das Wort ist mir jetzt sehr wichtig. Ich habe ein ganzes neues China erschaffen!)

Die Sache mit Deinen Mal-Plänen und Deine Begeisterung und Zuversicht dabei verstehe ich nicht so ganz – aber ich hoffe, das klappt irgendwie. Ich würde mir nicht so viele Sorgen über das machen, was man für seinen Lebensunterhalt tun muß. Laß Dich von keinem Job und keiner Lebensweise in einen Zustand drängen, wo Du auf Dich herabblicken mußt. Diene Gott und dem Mammon – wenn's geht. Innerlich bist Du in Ordnung. Bausch die Dinge nicht so auf. Betrachte das Leben lässiger. Wenn Du aufhörst, mit Dir selbst zu kämpfen, Dich um Deinen Stolz und all das zu sorgen, werden die Aquarelle von ganz allein kommen. Was Dich durcheinanderbringt, ist die schrecklich falsche Außenwelt. Arrangiere Dich mit der Welt – schmeiß ihr einen Knochen hin – und sei frei von Verbitterung. Die Sonne, der Frühling, sogar die Vögel, Pobba, das alles ist entweder in Dir – oder nirgendwo. Denk an die wunderbaren Dinge, die aus der Schwarzen Pest hervorgegangen sind – immer aus den schwärzesten Zeiten. Wenn Du dem Tod ins Auge siehst und ihn akzeptierst – was auch immer der Tod für Dich persönlich bedeuten mag –, wirst Du von neuem leben. Das stammt nicht von Lawrence – sondern ist das, was ich wirklich glaube und ganz aus mir selber kommt. Der Mensch hat nicht viele Leben, wie man so sagt, aber er stirbt viele individuelle Tode. Mit Schmerzen und Opfern ist alles gewonnen, auf Kosten von bitteren Illusionen.

Hier unterschreiben ________ !

• • • •

Heute ist der 26. Febr. – hatte keine Möglichkeit, das hier zu Ende zu schreiben, also mache ich Schluß und bringe die Fortsetzung nächstes Mal. Habe das noch nicht einmal durchgelesen – kommt mir alles spanisch vor.

Ich lege Dir einen Teil des «Traumabschnitts» bei; es sind insgesamt über 90 Seiten. Den Überschuß stecke ich in den nächsten Umschlag. Habe auf Verlangen des Verlegers die Arbeit an *Schwarzer Frühling* unterbrochen, um das Buch über Lawrence fertig zu machen. Ein wunderbares Buch, Emil – ich drehe noch durch. Der Angelpunkt meiner Karriere. «Die sanfte Blüte des Seins!»

Henry

P. S. Anaïs ist eine Woche hier bei mir und rackert sich mit meinen ungeheuren Notizen und Materialien für das Lawrence-Buch ab. Hier sieht es aus wie in einem Gefangenenlager.

• • • •

12. Mai 1934<br>
Grand Hôtel de la Havane<br>
44, Rue de Trevise, Paris (9)

Liebe alte Socke!
Du kannst Dir nicht vorstellen, mit welch ungeheurer Erleichterung ich Deinen «Ausfluchtbrief» erhalten habe! Ich muß sagen, daß ich abgesehen von den Qualen, denen June mich ausgesetzt hat, noch nie so fieberhaft auf Nachrichten aus der Heimat gewartet habe.

• • • •

Und magst Du auch abgebrannt, krank und verzweifelt etc. sein (eine relative, schnellockische Verzweiflung, nehme ich an), so ist das doch schon mal was. Wenn Du eine schöne, langwierige Krankheit hättest, könnte ich mich darauf freuen, Dir regelmäßig zu schreiben.

• • • •

Stirb bloß nicht vor mir! Ich weiß, wie verzweifelt das alles ist – aber ich war schon lange vor dieser Welt-Desillusionierung so verzweifelt, daß ich an dem allgemeinen Unglück jetzt kaum noch Anteil zu nehmen vermag – ja kaum an Deinem, um die reine Wahrheit zu sagen. Und das ist ein abscheuliches Geständnis. Es bedeutet nicht Gleichgültigkeit – sondern daß in Hinsicht auf gewisse Gefühle das Gummiband bis zum Zerreißen gespannt worden ist. Ich bin weniger sentimental, weniger albern, vielleicht weniger persönlich. Ich habe keine Illusionen und keine Hoffnungen – und daher ist alles prima und jedes Ding ein Geschenk. Sollte ich jemals finanzielle Unabhängigkeit erlangen (oder in der Lotterie gewinnen!), würde ich etwas für meine Emotionen tun und Deinem elenden Zustand mit drastischen Mitteln abhelfen. So aber erblicke ich in Dir bloß eine Inkarnation meines früheren Ich – und irgendwann in den letzten vier Jahren *bin ich zweifellos gestorben* –, was weiterlebt ist ein unbarmherziger Witzbold, der sich von Katastrophen nährt. *Aber keine Gleichgültigkeit* – unter der Oberfläche! Kannst Du mir überhaupt folgen? Ich habe gesehen, wie eins nach dem andern zerschmettert, kaputtgemacht, begraben worden ist. Wie kann man da noch auf irgendeine *persönliche* Weise großartig Anteil nehmen? Alles nimmt wahrhaft symbolische Züge an. (Diese Stelle in den Lawrence-MSS hat mir gefallen.) Bedeutet mir sehr viel. Aber fasse es immer so auf, Emil – die Tatsache, daß ich Dir schreibe, und praktisch nur Dir, kündet von meinem letzten Endes aufrichtig emotionalen Wesen. Ich klammere mich verzweifelt an Dich – Du bist die letzte Verbindung zwischen mir und der Welt, die ich verlassen habe. (Bei meiner Abreise habe ich nicht geahnt, wie schicksalhaft und unwiderruflich dieser Schritt war. Im *Wendekreis des Steinbocks*, womit ich hoffentlich *nächstes Jahr anfangen* (!) kann, werde ich diesen Punkt deutlich machen.

Nach Deinem Brief konnte ich die ganze Nacht nicht schlafen. Habe über mein ganzes Leben nachgedacht, Jahr um Jahr, beinahe Monat um Monat. Eine Phantasie aus Daten und Vorkommnissen und Leuten und Dramen. Aber so, als hätte jemand anderes – *nicht ich* – all das getan. Habe mich gefragt, ob ich den Schauplatz dieser 38 Jahre jemals wiedersehen werde. Durch eine seltsame Ironie des Schicksals hatte ich mir am Abend zuvor von «Bijoux», einer ehemaligen Hure, die jetzt verrückt oder «exzentrisch» ist, aus der Hand lesen lassen. Hat mir eine Lebensdauer von 80 oder mehr vorausgesagt, keine Unfälle, große Reisen, viel, viel Glück, Hochzeit mit einem schönen jungen Mädchen etc. Alles allerbestens! Natürlich glaube ich nicht an diesen Kack – ich hab's getan, um ihr ein paar Sous zu geben. Dennoch dachte ich so bei mir – merkwürdig, aber das hört sich beinahe an wie das, was ich bereits durchgemacht habe. Bis zum kleinsten Detail.

Und als ich heute abend von Jabberwocky Cronstadt wegging, dachte ich darüber nach, ob ich die Atelierwohnung nehmen soll, die er mir anbietet – bloß um Dich für eine Weile unterbringen zu können!

Es ist eine wunderbare Wohnung – mit Sonnenzimmer, Bad, Dampfheizung, viel Platz etc., und die Miete wurde für mich auf 700 Francs monatlich herabgesetzt, tout compris. In Amerika wäre das ein lächerlich niedriger Betrag für eine solche Wohnung. Hier ist es noch immer ziemlich viel (etwa das Doppelte von dem, was ich jetzt in meinem Hotel bezahle). Komisch, ich mag mein billiges Hotel – die verrückte Tapete, die Flecken an der Wand, den Schimmelgeruch, die kaputten Sachen etc. Sogar den Lärm mag ich! Denn ich habe mir das denkbar betriebsamste Viertel ausgesucht – nur einen knappen Block entfernt von der Rue Lafayette, der *Chicago Tribune*, den Folies-Bergère – etc. Ich mag das Gewühl, den Gestank, den Schweiß, den Schmutz – jedenfalls für ein Weilchen. Aber um auf das Atelier zurückzukommen! Was meinst Du, wo das liegt? Es ist Fraenkels alte Wohnung – in der Villa Seurat! Fast habe ich Angst, dorthin zurückzukehren – Gespenster! Besonders seitdem alles, was damit zusammenhängt, zu Bruch gegangen ist. Jabberwocky ist der letzte Mohikaner. Zufällig zeigte er mir einen Brief von Fraenkel, in dem der leidende Werther berichtet, daß er bis heute Geschäfte über $ 35 000 abgeschlossen hat – könnte sich zur Ruhe setzen, wenn es ihm gelänge, alle ausstehenden Schulden einzutreiben.

• • • •

## Teil II

Terrasse des Trois Portes Cafés

Voller Sonnenschein – selbst das Papier ist heiß! 11 Uhr vormittags. Frühstück. Métrostation Cadet, Rue Lafayette. Sonntagmorgen. *Katholischer* Sonntag! Habe Dir gestern nacht im Bett geschrieben – und heute morgen habe ich Heuschnupfen. Mit zunehmendem Alter habe ich nur noch einen Ehrgeiz – ein stilles Fleckchen in der Sonne zu finden! Glaub mir, früher habe ich von Wetter oder Klima nie Notiz genommen, aber vier Jahre der Zurückgezogenheit – in den feuchten Mauern französischer Häuser – treiben einem die Tränen in die Augen, wenn man mal richtig an die Sonne kommt. Natürlich hat Frankreich den Midi – beginnt schon südlich der Loire. Nach meiner Betrachtungsweise der Dinge liegt er auf jener französischen Mason and Dixon Line, die die wahre Achse der Welt bildet. Je mehr man über die großen Männer liest, desto mehr findet man, daß der entscheidende Wendepunkt in ihrem Leben jene Phase ist, in der sie den Süden in sich selbst entdecken und die andere Hemisphäre ihres Seins auszuleben beginnen. Wie ich es sehe, besteht jede Weisheit darin, diese beiden Seiten miteinander auszusöhnen (unser europäisches Leben). Die Verschmelzung des romantischen und des klassischen Geistes. In der nördlichen Welt Idealismus, Streben, *Idee*. Im Süden Leben um seiner selbst willen, Hedonismus, Aktion und Kontemplation, Ideen verbunden mit dem Leben. Goethe ist ein wunderbares Beispiel für die Verschmelzung dieser zwei feindlichen Geister und für den Triumph über beide.

Denke noch immer an Deinen Brief. Was Du über die *Träume* schreibst. Kannst Du dazu noch mehr sagen? Ich wollte Deine Reaktion über diesen Abschnitt als ein Stück Literatur erfahren. Es war ein Experiment. Kommt das so rüber? Wird das Traumhafte deutlich? Ich zweifle noch. Ich werde es wohl umschreiben, die Episoden verdichten, den Traumzustand selbst aber ausweiten. Der *Schwarze Frühling* hat architektonische Dimensionen. Ich habe das alles sauber entworfen – und den größeren Teil bereits fertig. Das *Traum*-Motiv ist der Kern des Ganzen. Die Hauptmotive werden in jedem Abschnitt mit stets neuem Nachdruck wiederholt – Straßen, Gewalt, China etc. Einiges an den Träumen fand ich selbst ganz ausgezeichnet – die Sache mit Brooklyn Bridge, Schwanz und Schere (Gertie Imhof), das Edelweiß in meinem Herzen, die Rückkehr in die Decatur Street etc. Wo ich abgebrochen habe, wollte ich eigentlich ins Leben explodieren – gewissermaßen mit Worten das *«Geburtstrauma»* vermitteln. Also berichte mir!

• • • •

Unterdessen schreibe ich noch einmal den *Wendekreis des Krebses* um, wie schon gesagt. Schwierige Arbeit. Kann mir diesen leeren Bauch, das Fieber, die Qualen, die Spannung und die Alpträume kaum noch vorstellen. Hauptsächlich ändere ich die Konstruktion des Ganzen. Und streiche wie üblich. Reiße den nutzlosen Scheiß heraus. Stecke neuen Scheiß rein.

• • • •

Die Speisekarten sind bloß ein Anfang. Ich werde meine Briefe gelegentlich auf die Rückseiten von Speisekarten schreiben, die ich in all den Lokalen, die ich besuche, gesammelt habe. Wenn Du kommst, bringst Du die Speisekarten mit und probierst die Läden aus. Auf diese Weise wirst Du die Stadt schnell kennenlernen.

• • • •

Bis dann.
Henry.

P. S. Versuch das nächste Mal die Seite vollzukriegen. Ist mir immer ein Rätsel, wie man einen Brief mitten auf der Seite beenden kann. Mach Postskripta. Ich mag die unfertigen Notizen. Ich mag alles Kalligraphische.

• • • •

14. Juli 1934
18 bis Ave. de Versailles
Paris (16)

Lieber Emil:

• • • •

Voici un menu séduisant! Wie gesagt, ich habe die gesammelt, um sie als Briefpapier zu benutzen. Das könnte manches Vergangene wieder lebendig werden lassen. Diese hier stammt aus einer kleinen Straße gleich um die Ecke bei den Folies-Bergère und meinem letzten Hotel – Havane. Ein paar Häuser weiter gibt es ein gutes Bordell.

• • • •

Du fragst nach meinem *W. d. K.* Wird jetzt gedruckt – lese die Fahnen – erscheint im September. Der Anblick der Fahnen hat mir nicht den geringsten Spaß gemacht. Keinerlei Gefühlsregung – außer Ekel. Wenn ich ein schlechtes Aquarell male, betrachte ich es immer mit Vergnügen – selbst beim tausendstenmal. Aber ein Buch! Bah! Das ist so tot, wenn man es einmal aus sich herausgeschrieben hat. Kann sein, daß ein guter Maler bei seinen Bildern ähnliches empfindet. Weiß nicht. Habe nie einen kennengelernt.

• • • •

Ich bin wirklich neugierig, wie es jetzt, nach dem Ende der Prohibition, in N. Y. aussieht. Muß sich ein bißchen verändert haben, he? Auf den Rückseiten der Speisekarten siehst Du (das heißt, die mit Weinlisten auf der Rückseite schicke ich Dir ja gar nicht – weil da kein Platz zum Schreiben ist), aber trotzdem, ich frage mich, wie viele von den aufgelisteten Weinen kann man wohl drüben bei euch zu einem vernünftigen Preis kaufen? Ist der vin ordinaire trinkbar? Bekommt man, sagen wir, eine halbe Flasche Beaujolais für 25 Cents? Das ist ein guter, durchschnittlicher Rotwein, wie Du sicher weißt. Ein Macon ist noch besser. Und ein Châteauneuf-du-Pape encore mieux. Erzähl mir davon, Emil. Wenn ich über den Broadway bummeln und ein kleines Restaurant finden könnte, wo es guten Wein und gutes Essen gäbe, und wo man endlos sitzen und alle diese Klasseweiber beobachten könnte (von denen Céline schreibt – *wo sind die?*), wäre ich vielleicht recht zufrieden. Einfach da sitzen und mit Dir von den alten Zeiten reden. Das habe ich hier gelernt – Sitzen und Nichtstun. Bloß essen und trinken und die Menge vorüberziehen sehen. Und meine Gauloises Bleus müßte ich haben – kann ums Verrecken keine amerikanischen Zigaretten mehr rauchen – die letzte ist schon über drei Jahre her.

• • • •

Ja, in letzter Zeit habe ich mehr als je zuvor daran gedacht, daß ich gern mal wieder auf einen Besuch zurückkommen würde. Nur um die große Veränderung zu sehen. Von allen Seiten Englisch hören. Nichts als Millionen-Dollar-Beine sehen. Das Roseland und die Irving Burlesk besuchen. Unter der Brooklyn Bridge sitzen. Ah, besonders das. So ziemlich als erstes würde ich mir Dich schnappen und die Wanderschuhe anziehen. In der Dämmerung zum Wallabout Market gehen, weiter mit der 23. Street-Fähre, die Second Avenue runter... Und so weiter...

• • • •

Während ich *W. d. K.* umschreibe, fällt mir auf, daß es da nur so von Essen und Trinken strotzt. Uteriner Hunger! Anaïs und ich kämpfen jetzt mit dem Vorwort – der Lektor besteht darauf, weil das Buch zu haarsträubend sei und erklärt werden müsse. Also fangen wir an: «Hier haben wir ein Buch, das unseren Appetit auf die ursprünglichen Wirklichkeiten wieder wecken kann.» Appetit. Das ist das Schlüsselwort. Und eine gute Verdauung. Der Rest ist Literatur. «Bei der Zusammenarbeit mit mir selbst leitet mich bis heute die Vorstellung, ein Wiederauferstehung der Gefühle vorzuführen.» Soit. Böses dem, der Böses dabei denkt.

• • • •

Oder ich könnte sagen: Ich hatte das Ziel, eine Erektion vorzuführen. Ohne Vorwort. Die Keule, Penis libre. Himmel. Was habe ich geschwitzt beim Umschreiben dieses Buchs. Habe das ganze verdammte Ding von Anfang bis Ende neu geschrieben. Nur etwa 30 Seiten unberührt gelassen.

• • • •

Hochachtungsvoll
Male mir so bald wie möglich ein paar Zeilen.
Henry.

Freitag, 1934, Paris

Lieber Emil:

• • • •

Osborn schickt mir soeben ein paar Ausschnitte aus dem *Telegram*, nehme ich an – eine Artikelreihe von einem gewissen M. Liebling über Exilamerikaner, die nach N. Y. zurückgekehrt sind und sich irgendwo hinter dem Buchauktionshaus Gotham treffen. Und siehe, Wambly Bald tritt darin auf, und zwar als «brillanter Geist» – seine letzte Kolumne wird zitiert – oder jedenfalls ein guter Teil davon – der Teil, den ich ihm hingeworfen habe, weil er ausgebrannt und mit seinem Witz am Ende war. (Erzähl das niemandem – soll unter uns bleiben.) Aber es ist schon sehr komisch, die eigenen Worte unter dem Namen eines anderen zitiert zu sehen. Und ich bin so ziemlich der letzte Exilamerikaner, der hier noch übrig ist. Lowenfels und Hiler reisen in Kürze ab. Ich werde der letzte Mohikaner sein. Bin auch ziemlich stolz darauf – denn als ich wegging, hatte ich keinen Exilkomplex, und jetzt habe ich auch keinen. Ich fühle mich frei von allen Kulten, Ismen, Bewegungen, Ländern, Breiten und Philosophien. Ich bin allein, ein Mann, ein Künstler, bei Gott, und ich will nichts zu tun haben mit diesen Trotteln – Putnam, Gillespie, Bald, etc. Verflucht! Und auch nicht mit Pound, Eliot oder Joyce. Die reden wie Wetterexperten, denen es bei Regen stets gelingt, Sonnenschein vorherzusagen.

• • • •

Manchmal läuft man herum wie ein Gespenst und sucht nach vertrauten Gesichtern. Es sind jetzt fast fünf Jahre. Alle reisen ab. Es ist, als würde man allein auf einer einsamen Insel zurückgelassen. Ich kann keine lohnenden Freundschaften schließen. Entweder stimmt mit mir was nicht oder mit der Welt. Ich werde verdammt kritisch gegenüber den Leuten. Zur Zeit habe ich eine Quasi-Freundschaft mit einem deutschen Juden, Heinz Liepman, der eben einen großen Erfolg geschrieben hat – *Mord in Deutschland* –, vielleicht hast Du davon gehört. Er hat nur noch ein Jahr zu leben – die haben ihm mit ihren Schlagstöcken und dicken Stiefeln die Nieren kaputtgeschlagen.

Henry

• • • •

Dieser Michonze, bei dem ich Unterricht genommen habe – sein Unterricht ist mir schnurzegal, aber ich möchte ihm gerne helfen. Also habe ich so getan, als hätte ich den Unterricht nötig, um ihm zu einer Mahlzeit oder einem Anzug zu verhelfen. Etc. Armes Schwein. Er ist jetzt seit zwölf Jahren hier und hatte noch keine einzige Ausstellung. Er hat nie einen Cent. Wohnt in einer erbärmlichen Dachkammer, schläft auf den Federn seines Betts. Kein Wasser. Keine Heizung. Schauderhaft. Und doch blickt er optimistisch in die Zukunft. Glaubt an sein Genie. (Neulich haben er und ich Hiler besucht, während letzterer gerade an einem Auftrag arbeitete. Hiler fragt Michonze, ob er ihm helfen möchte. Michonze sagt ja, packt einen Pinsel und fängt an. Hinterher gibt Hiler ihm 10 Francs. Das ist hier etwa soviel wert wie ein halber Dollar.) Michonze läuft rot an. Hiler ebenfalls. Hiler sagt – «Wollen Sie mehr haben?» Michonze sagt: «Nein!» Aber ich konnte sehen, wie gedemütigt er war. Und auch Hiler war gedemütigt. Es ist furchtbar. Wieviel ist die Zeit eines nicht anerkannten Künstlers wert? Weniger als nichts. Aber das Traurigste daran ist, daß Michonze eben kein Genie ist. Oder falls doch, liefert er keinerlei Nachweis dafür. Man sollte meinen, zwölf Jahre Kampf und Leiden würden sich im Werk eines Künstlers auf irgendeine Weise zeigen. Meist zeigt sich gar nichts. Michonze malt phantastische, mittelalterliche Szenen aus der jüdischen Literatur – weder surrealistisch noch verrückt, noch sonstwas. Alles typisch Michonze, aber Michonze ist nichts. Wenn der falsche Mann leidet, zählt das nicht. Sogar ein Hund kann leiden.

• • • •

Eines Abends vernahm ich eine alte Melodie, die sich so amerikanisch anhörte, daß mir plötzlich, ehe ich wußte wie mir geschah, die Tränen kamen. Und als ich kürzlich draußen vor einem Restaurant saß, bekam ich bei der Erwähnung irgendeiner vertrauten Anekdote aus der Vergangenheit einen hysterischen Anfall. Man weiß nie, wann so was wieder hochkommt. Genauer gesagt, dieses letztere kam durch ein Gespräch über N. Y. zustande. Anaïs bot mir die Möglichkeit an, für einen Monat dorthin zurückzukehren. Die Stadt war in meinem Kopf so lebendig, daß ich bereits durch die Straßen ging und mich mit allen möglichen Leuten unterhielt. Dann wurde mir plötzlich klar, daß ich nie dorthin zurückkehren würde, es sei denn, ich hätte mir einen gewissen Namen gemacht. Ein eitler Gedanke, aber da hast Du's. Sollte ich je für eine Weile zurückkommen, dann muß die Situation ganz anders sein als bei meiner Abreise. Sonst bleibe ich hier und sterbe hier und zum Teufel mit der Vergangenheit. Unmöglich zum Beispiel die Vorstellung, in Decatur Street durchzufallen. Wenn ich an dieses Viertel denke, an dieses Leben, werde ich wahnsinnig. Das würde mich vollkommen verrückt machen. Nein, ich werde es hier noch eine Weile aushalten. Es sollte mich wundern, wenn die Dinge sich nicht bald zum Besseren wenden würden. Es ist jetzt zehn Jahre her, seit ich mit dem Schreiben angefangen habe. Und auch wenn ich nur verdammt wenig vorzuweisen habe, halte ich mich doch nicht für einen zweiten Michonze. Noch nicht! Ich habe es satt, eine romantische Figur zu sein. Aber das ist bloß Literatur.

Henry

• • • •

28.8.34
18 bis, Ave. de Versailles
Paris (XVI), Frankreich

Lieber Emil:

• • • •

Es ist durchaus möglich, daß ich mit *Wendekreis des Krebses* ein bißchen absahnen werde. (Es erscheint im September, und ich kann Dir ein paar Exemplare von Hiler mitbringen lassen, der Anfang September für immer zurückgehen wird.) Übrigens habe ich eben ein Vorwort für ein paar kostspielige Alben von ihm geschrieben, die sich mit seinen indischen Gemälden und Zeichnungen befassen. Er will in N. Y. ein Café für Künstler eröffnen – mit Bibliothek, Bar und anderen Sachen.

Zurück zu meinem Buch. Wie Du weißt, kann es weder in England noch in Amerika vertrieben werden. Sollte es sich als die Sensation herausstellen, die ich mir vorstelle, wird irgendein schlauer Bursche drüben bei euch einen Raubdruck herausbringen. Ich habe immer gedacht, Joe O'Regan wäre genau der richtige für so was. Aber natürlich ist er immer pleite. Vielleicht würde mein Freund Doc Conason das finanzieren. ??? Einmal habe ich an Buzby gedacht, aber ich weiß nicht, ob der ausreichend interessiert ist oder auch bloß finanziell in der Lage wäre, sich auf ein solches Abenteuer einzulassen.

Selbst wenn nur die erste Auflage verkauft werden sollte, bin ich recht zuversichtlich, daß Kahane (der Verleger) das 2. Buch herausbringen wird – *Schwarzer Frühling*. Er ist bloß vorsichtig und wartet ab. Einmal hat er mir einen Vertrag über drei Bücher gemacht, dann aber kalte Füße bekommen und den Vertrag auslaufen lassen.

Fred feilscht jetzt mit einem Drucker, um seinen ersten Roman – *Titel folgt noch* – herauszubringen. Das läßt sich für nur 3000 Francs machen (etwa $ 175). Nicht viel, was? Es wäre prächtig, wenn die beiden Bücher zusammen herauskämen, da es eigentlich Zwillings-Bücher sind, zur gleichen Zeit und praktisch am gleichen Ort geschrieben. Er hat durchweg meinen richtigen Namen benutzt – was auf mich einen sehr eigenartigen Eindruck macht. Und einige Episoden überschneiden sich. Das Größte wäre es, wenn auch Anaïs ihres herausbekäme. Scheiße, ich wäre eine Berühmtheit! Aber hier scheint es eine Menge *Wenns* zu geben.

Ein weiteres Buch, *Always Summer*, wird bei Harcourt Brace & Co. erscheinen; es stammt von meinem Freund Edgar Calmer (aus Virginia), der mich in diesem Buch *Irving Brace* nennt. Am Ende des Buchs läßt er mich sterben – werde in ekstatischer Stimmung von einem Taxi überfahren. (Ganz zu schweigen davon, daß er ein paar Absätze aus *W. d. K.* plagiiert hat – was ich für einen guten Scherz hielt, zumal er nicht glaubte, daß ich das merken würde.)

Ich erwähne diesen ganzen Mist nur, um Dir zu zeigen, daß es am Ende doch eine Möglichkeit geben könnte, meine Sachen auf eigene Kosten zu veröffentlichen – was ich ohne zu zögern tun würde, da ich nicht mein ganzes Leben zu warten gedenke, bis ich von den Idioten, die den Buchmarkt beherrschen, für voll genommen werde. Aus diesem Grund bin ich notfalls sogar bereit, mich der Psychoanalyse zu verschreiben. Ich will meine Meinung äußern, und über das Wie werde ich keine Kompromisse schließen. Ich glaube, daß ich am Ende mein Publikum finden werde. Dazu braucht es nur Mut und Beharrlichkeit.

• • • •

Henry

25. Okt. 1934
18 Villa Seurat
(XVI) Paris, Frankreich

Lieber Emil:
Vor ein paar Tagen kam Dein Brief, und ich habe mit der Antwort gewartet, weil ich annahm, Du könntest inzwischen das Buch bekommen haben und mir noch einmal schreiben. Bekam

auch einen Brief von Osborn und einen von Buzby; dem letzteren lag ein Scheck bei (! – prima), also sind deren Bücher durchgekommen. Ich hoffe sehr, daß Du Deins erhalten hast, denn ich habe zum Zeichen meiner Zuneigung eigens für Dich ein kleines Aquarell auf das Titelblatt gemalt.

• • • •

Falls ich im Dezember nicht nach New York komme, was ich aber hoffe, wird Dich auf jeden Fall Anaïs besuchen. Sie muß dahin – es ist eine offizielle Visite. Ich selbst möchte ungeheuer gern mitkommen. Ungeheuer gern; habe das Gefühl, das würde mir guttun. Und besonders dem *Wendekreis des Steinbocks*! Würde all die alten Nervenzentren wiederbeleben, die jetzt allmählich dahinwelken. Will nur mal kurz Wilson's Laden ansehen, den Palast, das Roseland, Minsky's.

• • • •

Den ganzen Sonntagnachmittag habe ich bei Walter Lowenfels aus vollem Hals gesungen – zum erstenmal, seit ich hier bin –, sämtliche alten Schallplatten gesungen, von «Old Bill Bailey», «Monkey Land» und «Aren't you the feller» etc. bis hin zu «Mandalay» und «Poor Butterfly». Bin seit Ewigkeiten nicht mehr so ausgelassen gewesen. Begleitet von einem ausgeleierten, völlig verstimmten Piano. Die Fenster zu dem großen Hof standen offen, und die ganze französische Bourgeoisie renkte sich erschreckt und belustigt die Hälse aus. So würde ich gern noch einmal singen – von mir aus auch falsch –, wenn ich Dich zu Hause besuche. Hast Du die alten Lieder noch? Erinnerst Du Dich an «Lorraine» und «Put on your old grey bonnet»?

Unterbrechung.

Fortsetzung in Lipp's Brasserie auf dem Blvd. St. Germain... Möchte auf einige Punkte in Deinem Brief eingehen. Weißt Du, diese Zeile von Dir – «Du brauchst nichts anderes zu tun etc., als dem Leser Deine Qualität zu vermitteln» –, also praktisch genau das hat auch Walter Pater über Botticelli geschrieben. Aus eben diesem Grund sind die Briefe wahrscheinlich viel besser als das fertige Buch – weil es da keine Hemmungen gibt. In dieser Korrespondenz stecken sicherlich ein paar gute Bücher. Kannst Du

Deinen Arsch drauf wetten! Vielleicht werde ich eines Tages so verflucht berühmt, daß wir sie in einer Luxus-Ausgabe herausbringen – Briefe vor dem Tode oder so ähnlich. *Und Du machst die Illustrationen dazu!*

• • • •

Du sagst in Deinem Brief noch etwas Seltsames. Und zwar – «Die erste Frage lautet – Bin ich ein Künstler?» Nun, im *W. d. K.* wirst Du sehen, wie ich auch diese Frage zu beantworten bzw. zu erledigen habe. Mehrere Leute haben mir gesagt, meine Ausdrucksweise habe sie sehr beeindruckt. Möchte wissen, ob es Dir ebenso ergangen ist.

Nein, Du bist schon ein Künstler. Das warst Du von Anfang an. Ich meine seit den Tagen der *«lieben alten 85»*. Meinen ersten Eindruck von Dir habe ich nie vergessen. An frühere Begegnungen scheine ich keine Erinnerung zu haben – nur an diesen Tag kurz vor Weihnachten, als Du aufgestanden bist und Dich in aller Ruhe daran gemacht hast, Weihnachtsbäume und Nikoläuse auf die Tafel zu malen. Du hättest von der 85 direkt auf eine Kunstakademie in Frankreich oder Italien gehen sollen – auch wenn es heißt, das schade nur. Die europäische Atmosphäre hätte diesen ganzen verderblichen Nebel aus Zweifeln und Sinnlosigkeit aufgeklärt, der Dich noch immer zu umgeben scheint. Ich gebe die Schuld Amerika und seinen «Fortschritts»-Ideen – vor allem diesem beschissenen Reklamejob, der einen guten jungen Mann aushöhlt, weil er ihm zu früh im Leben raschen materiellen Erfolg verschafft. Wenn Du ausschließlich Illustrator wärst (wie Du Dich manchmal nennst), wenn Du ausschließlich ein guter Reklamemensch wärst, würdest Du Dir nicht den Kopf darüber zerbrechen, auch anders malen zu wollen. Du würdest Deine Arbeit machen und Dich regelmäßig betrinken. *Amerika weckt in jedem Menschen Zweifel.* Denn im wesentlichen ist die Psychologie dieses ganzen Volkes gegen die Kunst eingestellt – gegen echte Kunst. Amerika ist in diesen Dingen zutiefst konservativ, so wie es in religiösen Angelegenheiten primitiv ist. Da gibt es keinen Zweifel. Der Mensch nährt sich von der Atmosphäre, die er atmet, nicht von Geld, Erfolg etc.

Was mich betrifft, so gehe ich mit gesenktem Kopf weiter, wie ein Stier. Ich werde tun, was ich will. Ich werde schreiben, was ich will und wie ich will. Scheiß auf die Leute! Ich habe nur ein Leben, und das gehört mir. Sie können mir alles rauben, nur das nicht – *ich will!*

Thomas Mann lese ich nicht mehr, nicht mehr. Nein, Sir! Bin fertig mit ihm! Lehne ihn ab! Er ist ein brillanter, vollendeter Handwerker – und eben deswegen lasse ich ihn fallen. Er ist 30 Jahre hinter der Zeit zurück.

• • • •

Jeder Bastard, der wie Thomas Mann am Leben bleibt und ein Buch nach dem anderen produziert, ist ein Nagel zu unserem Sarg. Die ersticken uns. Totes Laub. Schöne Herbstfarben, etc. – aber was soll's? Welken und dann? Ho! Er hat sein Grab geschaufelt, und jetzt muß er sich reinlegen. *Zu den Würmern!*

Das Atelier hier ist toll – perfekt! Außer daß man hier neuralgisch wird. Immer ein Haar in der Suppe. Wenn man Licht und Luft und Raum hat, hat man auch Durchzug. Und ich habe keine Haare mehr auf dem Schädel. Von wegen Wuschelkopf! Ich arbeite mit Hut und Schal. Bin gerade heute wieder aus dem Bett gekommen – nach einer schlimmen Erkältung. Muß mich noch akklimatisieren. Habe eine Dampfheizung, aber die Franzosen sind lahm. Mußte zu lange warten. Auf die Art werden die eines Tages noch mein Tod sein. Der arme alte Barthou ist daran gestorben. Er mußte sich ganz allein ein Taxi besorgen und einen Arzt suchen. Man stelle sich vor! So was kann nur in Frankreich passieren. Freiheit! Freiheit! Zum Abkratzen!

• • • •

Ich lege einiges zu Deiner Belustigung bei, comme d'habitude.

• • • •

Weiteres später. Vielleicht sehe ich Dich bald im guten alten New York. Hoffe ich wirklich sehr.

Henry

29. Dez. 1934<br>18 Villa Seurat<br>Paris (XVI), Frankreich

• • • •

Vielleicht das letzte Mal, daß ich auf diesem Briefpapier schreibe!

Lieber Emil:

Als ich Deinen letzten Brief bekam, konnte ich noch nicht ahnen, daß ich die von Dir erbetenen Briefe nun persönlich überbringen werde. Ich habe kaum die Zeit, noch einen letzten Blick auf Paris zu werfen, wie ich es mir gewünscht hätte. Versuche noch immer Ordnung zu schaffen – füge hier und da eine Seite ein. Kaum zu glauben, daß ich diese Leute – die Franzosen – womöglich niemals wiedersehen werde. Ich vernehme die letzten schläfrigen Töne von Paris mit Wehmut. Fünf Jahre! Eine lange Zeit. Die ändert einen. Und obwohl ich glücklich sein werde, Dich wiederzusehen, geht es mir beim Gedanken an New York, seine Menschen, seine Geschäftigkeit, ganz anders. Keine Heimatliebe, kein Heimweh holt mich zurück – sondern Liebe, nur die Liebe, wie der alte Fraenkel zu singen pflegte. Werde mir dort drüben komisch vorkommen, nehme ich an. Die heimgekehrten Exilanten will ich nicht sehen und erst recht nicht ihre Stammlokale. Ich bin nie einer von ihnen gewesen und bin es auch jetzt nicht.

• • • •

Emil, ich weiß nicht, wieviel ich mitbringen kann – jedenfalls nichts von großer Bedeutung, das kann ich Dir versichern. Ich reise mit nur wenig Gepäck. Aber ein paar Kleinigkeiten werde ich mitbringen, und einen großen Sack voll Erinnerungen. Ich kenne Amerika nicht mehr. Ich fühle mich etwas verschüchtert, scheu wie ein Pferd.

• • • •

Vielleicht habe ich mich ein wenig verändert. Die fünf Jahre fallen ins Gewicht – das Leben, die Begegnungen, die Entbehrungen. (Nie allzu schrecklich, diese Entbehrungen, aber anstrengend, aufzehrend, Du weißt schon.) Im großen und ganzen bin ich ziemlich intakt. Und ich nehme nichts von dem zurück, was ich Dir geschrieben habe – über den Künstler. Vielleicht werde ich für eine Weile als Künstler aufhören müssen. Das ist alles.

• • • •

Wenn ich Dich sehe, werden mir unweigerlich die Tränen kommen. Vielleicht solltest Du mich lieber nicht am Kai abholen. Ich möchte gern stark sein. Ich möchte mit kräftiger, fröhlicher Stimme bei Dir reinplatzen. Du bist der einzige Mensch drüben, der mir nie aus dem Sinn gekommen ist. Ich habe mehr an Dich gedacht, als Du jemals wissen wirst.

• • • •

Die letzten Stunden. Die vergangenen zehn Tage waren die reinste Folter. Fast hätte ich kapituliert. Die Reise wird mir guttun, hoffe ich. Ruhe. Frische Luft. Wind. Vielleicht Sonne. Du ahnst ja nicht, was fünf Jahre steten Nieselregens aus einem machen. Am Ende nieselt es in Deinem Innern. Heute war es schön. Sieht nur so aus! Die alte Hexe zeigt sich von ihrer besten Seite.

Wie auch immer, à très bientôt.

Gruß,
Henry.

• • • •

# Danksagung

Die Veröffentlichung dieser Briefe geschieht mit dem Segen Henry Millers und seines Freundes Lawrence Clark Powell, des damaligen Bibliothekars der Universitätsbibliothek von Kalifornien in Los Angeles und Mentors der Miller Collection.

Brooke Whiting, damaliger Kurator der Library Manuscripts der Universität von Kalifornien, hat sich als immer hilfsbereit und kooperativ erwiesen. Auch sein Nachfolger David Zeidberg war zur rechten Zeit mit Rat und Tat zur Stelle.

Zu großem Dank bin ich Linda Wickes verpflichtet, die den Text zur Publikation vorbereitet hat; und ich danke auch Michael Stamm für seine Unterstützung und beharrliche Detailkritik.

Rupert Pole, Nachlaßverwalter von Anaïs Nin, und Philip Nurenberg haben Fotografien zur Verfügung gestellt, von denen die meisten bisher unveröffentlicht waren.

Françoise Calin, Richard Heinzkill, Ian McNiven, Jay Martin, Roger Nicholls und Robert Potter haben alle möglichen Fragen beantwortet und ihr Bestes getan, mich vor Fehlern zu bewahren.

Peter Glassgold ist wieder einmal mein aufmerksamer Lektor gewesen, aufmerksam in jedem Sinn.

Mein Dank gilt allen diesen Mitarbeitern und Freunden.

Henry Miller

**Henry Miller** wuchs in Brooklyn, New York auf. Mit dem wenigen Geld, das er durch illegalen Alkoholverkauf verdient hatte, reiste er 1928 zum erstenmal nach Paris, arbeitete als EnglischLehrer und führte ein freizügiges Leben, ausgefüllt mit Diskussionen, Literatur, nächtlichen Parties – und Sex. In Clichy, wo Miller damals wohnte, schrieb er sein erstes großes Buch «Wendekreis des Krebses». Als er 1939 Frankreich verließ und in die USA zurückkehrte, kannten nur ein paar Freunde seine Bücher. Wenig später war Henry Miller der neue große Name der amerikanischen Literatur. Immer aber bewahrte er sich etwas von dem jugendlichen Anarchismus der Pariser Zeit. Henry Miller starb fast neunzigjährig 1980 in Kalifornien.

**Insomnia oder Die schönen Torheiten des Alters**
(rororo 4087)

**Jugendfreunde** *Eine Huldigung an Freunde aus längst vergangenen Zeiten*
(rororo 12587)

**Der klimatisierte Alptraum**
(rororo 1851)

**Lachen, Liebe, Nächte**
(rororo 758)

**Nexus** *Roman*
(rororo 1242)

**Sexus** *Roman*
(rororo 4612 und als gebundene Ausgabe)

rororo Literatur

**Stille Tage in Clichy**
(rororo 5161)

**Wendekreis des Krebses** *Roman*
(rororo 4361)

**Wendekreise des Steinbocks**
*Roman*
(rororo 4510 und als gebundene Ausgabe)

Im Rowohlt Verlag sind außerdem erschienen:

**Tief im Blut die Lockungen des Paradieses** *Henry Miller-Lesebuch*
Herausgegeben von Heinrich Maria Ledig-Rowohlt
256 Seiten. Gebunden.

**Der Engel ist mein Wasserzeichen**
*Sämtliche Erzählungen*
Deutsch von Kurt Wagenseil und Herbert Zand
352 Seiten. Gebunden.

Ein Verzeichnis sämtlicher Bücher und Taschenbücher von Henry Miller finden Sie in der Rowohlt Revue – jedes Vierteljahr neu und kostenlos in Ihrer Buchhandlung.

3254/1

Lawrence Durrell

Seine Figuren sind melancholische Diplomaten, mysteriöse Kabbalisten, nubische Huren, Spione, Schauspieler und zynische Schriftsteller. **Lawrence Durrell** schildert die Welt des Vorderen Orients, die Bordelle und Paläste, die Cafés und winkligen Gassen als verwirrende Wirklichkeit voller Magie und malvenfarbener Geheimnisse.
1912 als Sohn irischer Eltern am Himalaya geboren, ging er in Canterbury zur Schule. Sein Leben verbrachte Durrell in England, Paris, Athen, auf Korfu, Cypern, Rhodos und in Ägypten. Er starb 1990.

**Monsieur oder Der Fürst der Finsternis** *Roman*
(rororo 12909)
«Der Roman zeigt eine Raffinesse erzählerischen Könnens, die selbst das Beste von Durrell noch übertrifft.»
Times

**Justine** *Roman*
(rororo 710)
Ein mittelloser irischer Lehrer verfällt im exotischen Alexandria der schönen und rätselhaften Frau eines koptischen Millionärs.

**Balthazar** *Roman*
(rororo 724)
Der kabbalistische Arzt Balthazar verstrickt sich in den Netzen seiner Leidenschaft.

**Mountolive** *Roman*
(rororo 737)
Durrells dritter Alexandria-Roman erzählt vom britischen Diplomaten Mountolive, der die Frau eines reichen Orientalen liebt.

rororo Literatur

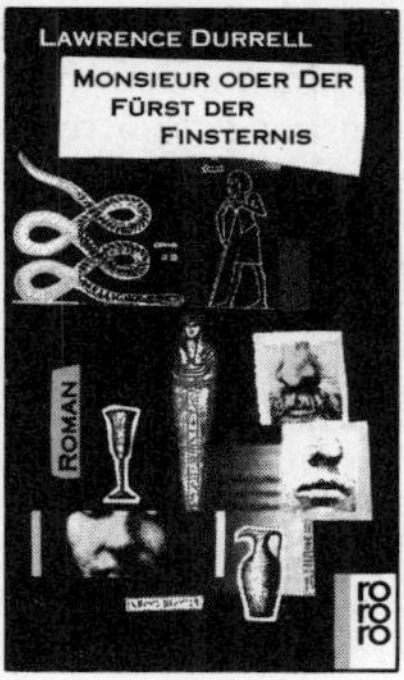


**Clea** *Roman*
(rororo 746)
Das krönende Werk des Alexandria-Quartetts spielt im vom Krieg heimgesuchten Ägypten.

**Bittere Limonen** *Erlebtes Cypern*
(rororo 993)

**Blühender Mandelbaum** *Sizilianisches Karussell*
(rororo 5690)

**Leuchtende Orangen** *Rhodos – Insel des Helios*
(rororo 1045)

**Schwarze Oliven** *Korfu – Insel der Phäaken*
(rororo 1102)

Im Rowohlt Verlag sind außerdem erschienen:

**Nuncquam** *Roman*
Deutsch von Susanne Lepsius
336 Seiten. Gebunden.

**Tunc** *Roman*
Deutsch von Susanne Lespius
352 Seiten. Gebunden.

3215/1

Alberto Moravia

**Alberto Moravia**, 1807 in Rom geboren, war als Jugendlicher jahrelang ans Bett gefesselt. Gleich nach seiner Genesung, 1925, begann er zu schreiben. Spielerisch und virtuos sezierte er die sexuellen Obsessionen unter der bürgerlichen Oberfläche und erschuf kleine Mikrowelten der verborgenen Lust. Sein Roman «Die Gleichgültigen» wurde von Mussolinis Faschisten verboten; Moravia verließ Italien und ging als Zeitungskorrespondent nach Griechenland, England, China, Rußland und Amerika. Nach der Befreiung seines Landes kehrte er zurück und wurde für sein Werk mit hohen Literaturpreisen ausgezeichnet. Mehrere seiner Romane sind erfolgreich verfilmt worden. Alberto Moravia starb 1990 in Rom.

**Agostino** *Roman*
(rororo 5630)

**Ein anderes Leben** *Erzählungen*
(rororo 4083)

**Desideria** *Roman*
(rororo 4757)

**Die Frau im schwarzen Cape** *Erzählungen*
(rororo 12277)

**Gefährliches Spiel** *Roman*
(rororo 331)

**Die Gleichgültigen** *Roman*
(rororo 570)

**Die Lichter von Rom** *Neue römische Erzählungen*
(rororo 5628)

rororo Literatur

**Ich und Er** *Roman*
(rororo 1666)

**Inzest** *Roman*
(rororo 1077)

**La Noia** *Roman*
(rororo 876)

**Der Konformist** *Roman*
(rororo 5629)

**Die Verachtung** *Roman*
(rororo 5627)

**1934 oder Die Melancholie** *Roman*
(rororo 5485)

Ein Verzeichnis sämtlicher Rowohlt-Taschenbücher von Alberto Moravia finden Sie in der Rowohlt Revue – jedes Vierteljahr neu und kostenlos in Ihrer Buchhandlung.

3255/1